咖啡館
·推理事件簿·

下次見面時請讓我品嘗你煮的咖啡

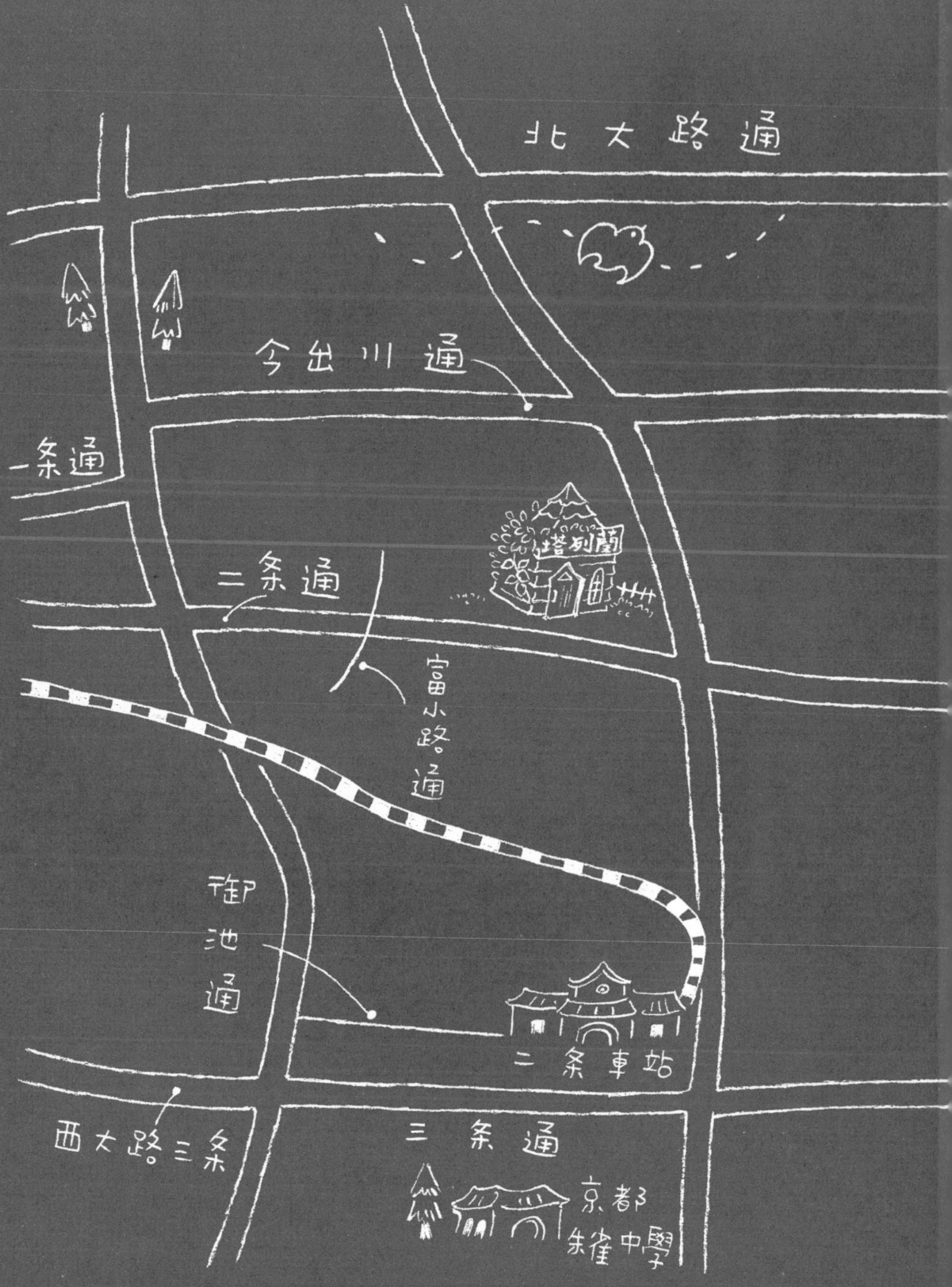
北大路通
今出川通
一条通
塔列蘭
二条通
富小路通
御池通
二条車站
西大路三条
三条通
京都朱雀中學

咖啡館·推理事件簿·

下次見面時請讓我品嘗你煮的咖啡

珈琲店タレーランの事件簿

また会えたなら、あなたの淹れた珈琲を

岡崎琢磨／著
林玟伶／譯

目次

咖啡館

·推理事件簿·

所謂的好咖啡，即是如惡魔般漆黑、如地獄般滾燙、如天使般純粹，同時如戀愛般甘甜。

——查理・莫里斯・德・塔列蘭・佩里戈爾（法國人，一七五四—一八三八）

序章

——我找到了！

只差那麼一點，我就要情不自禁地大叫出聲了。

在古樸的咖啡店內，只有一名客人。除了用來當伴奏音樂的爵士樂空虛地迴響在空氣中，店裡的聲音大概只剩佇立在櫃台內側、樣貌讓人想叫他老闆的老人手中餐具發出的聲響吧！也就是說，我如果在此時大叫，靜謐的氣氛就會徹底瓦解。

這也代表我所受到的衝擊，足以在瞬間忘卻自己身處於這樣的環境下。當人看見難以置信的景象時，會伸手搓揉自己的眼皮；那麼，當品嘗到難以置信的味道時，是否該擦拭自己的舌頭呢？我懷著這樣的心情望向桌上。

白瓷的杯盤組中飄出淡淡熱氣。我現在必須再次確認剛才自橫躺在杯中的黑色液體所感受到的味道，是否是這間店的獨特氣氛而造成的錯覺。於是我戰戰兢兢地拿起杯子，閉著雙眼將它送到嘴邊。

第二口讓衝擊轉變為肯定。

在液體自雙唇注入口中瞬間，一股香氣輕盈地瀰漫整個鼻腔。隨之而來的是彷彿輕撫過舌頭般的甘甜。只有經過精心烘焙的咖啡豆才能孕育出的絕妙清爽感，將原本相當刺激的餘韻巧妙地逐漸隱去。

沒錯，這便是我想像中「正是如此」的味道。

我長久以來所追求的，可說是理想的咖啡味道。

終於找到了！

我邊發出遲來的感慨嘆息聲，邊緩緩抬起下巴並張開雙眼。剛才送來咖啡的女店員將銀托盤靠在胸前的身影頓時躍入眼簾。我甫張開的眼睛一和她四目相對，她便輕柔地露出微笑——

啊啊，想必在那時，我已經被俘虜了！

因為命運的巧妙安排，讓我一天內經歷了別離，同時也與足以忘卻它的感動相遇。

一 事件始於第二次光顧

1

「——您是青山先生，對吧？」

她以平穩且充滿溫暖的聲音說道。

不包括這兩次以咖啡店員和客人身分所進行的短暫交談，這是她對我所說的值得紀念的第一句話，我感到有些詫異也很正常。

「為、為什麼妳會知道……」

預想不到的情況讓我好不容易才擠出聲音。既然她以「對吧」來確認，就代表我並未主動對她報上名號，而且僅是客人的我，也沒必要特地向她闡明自己來歷。

「看來我猜對了呢！其實是因為這個……」

她神色自若地開始說明緣由，從圍裙口袋中拿出一張紙片。我一看到那東西，臉像是吃了苦藥般地皺成一團，而這可得歸咎於六月底的某件事。

那天，我在一座離京都最繁華的街道不遠處、靜靜豎立於窄巷口的「拱門」前停下腳步。

那是個慘不忍睹的假日。我前一天晚上和情人約好碰面，算是所謂的約會吧！出門前我抬頭一看，天氣似乎不太穩定，但我堅信這天會過得相當順遂，連放在玄關口的傘也不屑一顧。

我比約好的時間提早十分鐘，在剛過正午時抵達對方指定的地點——河原町三条的漢堡店。情人早已站在那裡，一看到我，就張開雙臂跑了過來。

她該不會想在大庭廣眾下給我一個擁抱吧？我總不能閃開，只好使勁站穩雙腳。她挾著驚人的氣勢飛進我懷中，伸手抓住我的衣領——

一如往常地使出了俐落的大內割[1]。

與其摔倒在人來人往的餐廳地板上，當眾被擁抱或許還好一點。我上半身抬起後，她在我旁邊蹲下，氣呼呼地追問道：

「那女人是誰？」

來自四面八方的銳利視線讓我倍感難堪。「妳說的是哪個女人啊？」

「昨天中午我在大學裡看到的，你和一個女人在咖啡店聊得很開心，對吧？」

我仰天長嘆。看來她無論如何都想讓我背上劈腿的罪名。

「在咖啡店裡總會和店員、客人聊上幾句嘛。我根本不知道那位女性是誰……」

「我不想管你了，笨蛋！」

她刻意打斷我的話並站起來，然後衝出店外，朝北方跑走了。

又來了。我哭喪著臉從地上站起。接著我必須趕快追上去，攔下她後並努力安撫嘴裡不斷喊著「我要跟你分手」的她，請求她的原諒。她偶爾會像這樣醋勁大發，滿足自己嗜虐的心態。整整兩年內，她剛才的舉動已經反覆上演過好幾次了。

我一昧地低著頭，在周遭仍舊刺人的視線下離開了漢堡店。這時，彷彿在嘲笑我般，天上開始滴答滴答地下起雨。「要跑的話，也挑沿路上都有騎樓的南邊吧！」我真切地這麼祈求著。

當我一路追到御池通時，已經完全看不到她的身影了。眼看著雨勢一分一秒地增強，我很想盡快打道回府，但要是被她知道我並未認真追上去，無疑是火上加油，也不太好。既然都追丟了，總不可能再往前直走，於是我便抱著淋成落湯雞的覺悟，隨意踏進位於附近的富小路通，繼續往北走。

穿過它與二条通的十字路口後不久，我突然停下腳步。

路旁有個外表復古的電子招牌，高度及腰，相當厚實，底座還附有車輪。自內部探出的插座沒接上任何線路，寂寥地倒臥在地面上，雖然招牌沒亮，但還是能一眼看出似乎是用來表示「營業中」的東西。招牌上寫著這麼幾個字：

塔列蘭咖啡店　由此進☜

1　為柔道招式的足技之一。

正是這大膽的店名，讓咖啡愛好者的血液有如置身於虹吸壺內部般沸騰。

有位法國伯爵曾這麼說：所謂的好咖啡，即是如惡魔般漆黑、如地獄般滾燙、如天使般純粹，同時如戀愛般甘甜。

這位伯爵的名字是查理・莫里斯・德・塔列蘭・佩里戈爾。在法國大革命時期，他多次在外交上展現果斷的作風，是連拿破崙大帝也得敬他三分的偉大政治家。他同時也是為人所知的美食家，所留下的語錄被視為在談論完美咖啡時不可或缺的至理名言，經由後世傳誦至今。

差不多是距今十年前的事吧！少年時期的我，對味覺的感受與孩童無異，認為咖啡不過是種苦澀的飲料，但在聽到那句名言後受到極大的衝擊。那種飲料的確又黑又燙又單純，但怎麼會甜呢！

從未見過的高級咖啡肯定既甘甜又美味，希望自己總有一天也能品嘗一杯。自從我心中萌生如此強烈的願望以來，就一直在追尋與伯爵敘述的口感如出一轍的完美咖啡。

之後我才知道，包含塔列蘭的祖國法國在內的歐洲各國，只要說到咖啡，多半不是指日本人所飲用的濾沖式咖啡，而是濃縮咖啡。也就是伯爵所敘述的甘甜滋味，其實正是溶化在濃縮咖啡裡的砂糖；少年時期連這種事情都不知道的我，卻性急地把這當成理想。我造訪了各地的咖啡專賣店，甚至還準備豆子和器具煮咖啡，但不管怎麼做，都覺得哪裡不太對。如果說從一開始就搞錯的話倒也太直接了，不過直到最後，我還是無緣遇見足以讓我稱為理想的咖啡。

這間取名為塔列蘭的咖啡店，可以說勾起了我的好奇心，讓我興起反正也要找地方避雨，不如進去看看的念頭。

一旦決定後，就連情人造成的麻煩也被我拋到腦後了。我看向招牌下方所指示的方向，似乎要從兩棟上方像隧道一樣被屋頂蓋住、如雙胞胎般並列的古老住宅間的狹窄小徑穿過去。腳邊則有如踏腳石般的紅色磚塊零星地鋪在地上。

這就是「門」？除此之外，我沒有發現其他像是入口或咖啡店的建築物。

雖然有些猶豫，但不斷落下的雨水在這段期間仍持續弄溼我的肩膀。算了，就走走看吧！我把頭壓得非常低，小心翼翼地穿過隧道。

展現在隧道另一頭的是非常奇異的景象。

在面對街道的成排住宅後面，憑空冒出一片小空地。以公園來說，面積有點小，但以庭院來說，全被草皮覆蓋的院子又太遼闊，從「門」向前延伸的紅色磚塊在地上排列成一條平緩的曲線，通往位於最深處的建築物。如果這裡是森林的話，就算那棟小巧的木造平房是魔女的家，光看那歷經風霜的紅棕色木板牆，以及爬滿了地錦藤蔓的三角形屋頂，也頗有幾分可信度。在我右手邊掛著一塊與看起來很厚重的門平行的長方形青銅金屬板，上頭刻著「塔列蘭咖啡店」的字樣。

有那麼一瞬間，我忘記自己身在京都市區裡。位於異世界的咖啡店，與日常生活相距甚遠，而夾在兩棟房子間的隧道，有種彷彿連結兩個世界的「門」的錯覺。

我在磚塊的指引下，一口氣拉開門把。在喀啷地響起一陣鈴聲後，「塔列蘭」迎入了首次來訪的客人。

我環視了店內一圈。不算寬廣的室內擺著大大小小加起來共四張的暗色木桌。除了從天花板垂吊而下的燈具以朦朧的光線照亮四周外，因玻璃而變成綠色的戶外光線從面向庭院的巨大採光窗照進來。在店內深處還有座櫃台，內側應該就是調理區。

「——哎呀，歡迎光臨。」

當我的視線正巧落在與這類咖啡店有些格格不入、帶有高級感的濃縮咖啡機上時，一位少女從咖啡機陰影處探出頭來。

外表看起來應該是女高中生吧！她穿著白色襯衫和黑色褲子，外面再套上一件深藍色圍裙，看起來簡直就像穿著制服的工讀生。少女繞過櫃台一端，安排我坐在靠窗的桌子前。店裡沒有其他客人的冷清氣氛讓我腦中閃過一抹不安。

「給我一杯熱咖啡。」

我一坐下就立刻點了飲品，並在心中默念：要這間店裡最美味的。

「知道了。」

她先是露出微笑，然後朝店內角落輕輕一瞥。

我其實早已注意到有人坐在那。但他一直用攤開的報紙遮住臉，直到聽見我點餐的聲音，才緩緩闔上報紙站起來，我這才知道他是個老人。他的鼻子和嘴巴四周留有銀白色鬍鬚，頭上戴著苔綠色針織帽。銳利的眼神給人的感覺就像在訴說著自己早已看遍人生百態。

咖啡的苦澀味和沖泡者的深度應該沒有關聯。我選擇相信那名老人的技術，於是走向位於店門口旁的廁所，想把弄溼的衣服和頭髮擦乾，關心一下我那冰冷下腹的抱怨。

當我回到座位時，少女像是早已準備好，用托盤盛著咖啡走了過來。我在期待和緊張的心情下喝了一口，然後——我終於遇見了！

一開始，我費了很大工夫才從衝擊中反應過來。緊接著與理想面對面的感動和願望實現的滿足感有如咖啡因般，緩緩滲透進我的體內。當我以這種心情抬起頭時，女店員對我露出微笑，我只能失神地呆坐在座位上。此時，我口袋裡的手機響起，我心不在焉地接起電話。

「你在哪裡？」

唔呃，我的喉嚨發出奇怪的聲音。

「我在咖啡店躲雨。倒是妳，究竟跑去哪了？」

「天啊，真不敢相信。我因為擔心你，折回剛才那間店了耶。沒想到你竟然一個人悠閒地喝著茶，我要跟你分手……」

「好啦、好啦，我現在馬上過去找妳。」

「你有辦法離開那裡嗎？你的錢包在我手上喔。」

我嚇得臉色刷白，手趕緊伸向位於屁股的口袋。真的沒有。

「你的錢包掉在漢堡店了。這樣不行喔，要仔細看好錢包啦。」

「是妳害我的錢包飛出去的吧？」

站在一旁的少女吃驚地看著我。好想哭。

「如果你不在我數到十以前過來找我，你的錢包會變成怎樣我可不知道喔。倒數開始，十——」

「等一下，我沒有錢包沒辦法付錢啊！」

「那是你自作自受！九——八——」

「好好好，我過去、我過去總行了吧！」

就在我驚慌地想衝出咖啡店時……

「等等，這位客人！」

在我即將踏出店門前，少女叫住我。雖然她這麼做也沒錯，但就算我想結帳，也沒錢可結啊。

於是我硬是在這時折回。門旁的短櫃上放著一台只要打開就會響起叮的一聲收銀機，在收銀機旁則放了一疊名片大的卡片，上面寫著這間店的住址和電話號碼。我心想，這裡一定會有某樣東西，於是找了一下，便發現收銀機的陰影處躺著一支原子筆。

我迅速拿起筆並抽出一張卡片，在背面空白處飛快寫下自己的聯絡方式。

090-0000-0000 blue-mountain_truth.nogod31@xxxxxx.ne.jp

連信箱也寫上去，是我突發奇想下的結果。我覺得將空白處填滿，比較容易掩蓋沒有寫姓名的突兀感。

「不好意思，我來這裡的路上弄丟錢包了。」

我手裡拿著卡片對少女這麼說。

「我改天一定會來還錢的。這是我的聯絡方式。」

接著我沒等她回答，便衝出咖啡店，趕往漢堡店與等待我的情人會合。這時我已經聽不見少女呼喚我的聲音，說不定被雨聲蓋過了！

之後等著我的卻是始料未及的發展。當我再次溼淋淋地抵達漢堡店後，情人卻對我說「我要跟你分手」，我一回答「好」，她便開始追問我。或許是與咖啡相遇的興奮產生了效果所致，我刻意不向她解釋。因為和以往發展不同，她氣得滿臉通紅，把錢包丟向主人後只說了聲「再見」便揚長而去。此後我再也聯絡不上她，所以我們應該算是分手了吧！或許有些無情，但我覺得除了認命之外，我也別無他法。

「……換句話說，妳從我的信箱地址猜到我的名字。」

我像是要把嘴裡的苦澀感吐出似地說。

喝了咖啡卻沒付錢這件事一直讓我很過意不去。原本應該盡快來付錢，卻一直抽不出時間，也仗著對方沒有來電，就這麼拖過了一星期。當我好不容易誠惶誠恐地來到店裡，少女店員卻在把我帶到窗邊的位置坐下後立刻開口——也就是稱我為「青山先生」。

「沒錯。」她露出得意的笑容，「若談到電子信箱，可以從表示姓名和生日這條線索來推測。以這個信箱的情況來看，『nogod31』指的是神無月[2]，也就是十月三十一日，應該是生日吧！既然這樣，前半段也同樣可以推測出是某些字的英譯。若說到『blue-mountain』，像我這樣的人，當然會聯想到咖啡豆的品牌，但如果直譯成日語，便是『青山』。這應該就是姓氏

2 神無月為日本十月的別稱。

了。然後再以下劃線連結姓和名，『truth』代表『真』或『誠』，我或許該稱呼您為makoto[3]先生才對。」

「看來妳應該希望我稱讚妳是位非常聰明的小姐吧！但我只覺得可怕，真的。」

我扯開嘴角這麼回答。這種「我已經明白你的來歷囉」的壓迫感，或許真能防止客人白吃白喝，不過對來還錢的人發怒，應該也沒什麼意義吧！

「是我失禮了。在詢問別人的名字前，應該先報上自己的名字才對。」

雖然我想說的並不是這，但她誠摯地向我道歉後，便把手交疊在腹部前方，恭敬地露出微笑。

「我是這間咖啡店的咖啡師，名字是切間美星。」

2

「……咖啡師嗎……」

聽到出乎意料的答案，我一時忘了禮貌，忍不住仔細觀察她。

她帶有光澤的黑髮剪成短短的鮑伯頭，眉毛不會太細、鼻子不高也不低、再加上厚薄適中的唇瓣，雖是五官端正，卻顯得有些平凡，不過圓圓的臉型和漆黑大眼，讓她看起來有種難以形容的魅力。至於她嬌小的身體，依舊穿著和上次見面時相同的制服。

「咖啡師（Barista）這個職稱，源自義大利的義式咖啡屋（bar）[4]，也就是在夜間兼營酒吧的咖啡店。義大利是濃縮咖啡的發明地，負責在義式咖啡屋製作這種廣受民眾喜愛的飲品的專業人士，就稱為咖啡師。換言之，說到葡萄酒就會想到侍酒師，雞尾酒則是調酒師，那咖啡的話就是咖啡師了。」

「呃，這我其實已經知道了。」

我好歹也自認為對咖啡文化的了解比一般人熟悉，不僅可以說出像是咖啡師的語源出自義大利文「在義式咖啡屋工作的人」（bar＋～ista），英譯的話，就會變成酒保（bar＋tender），展現出我的學問淵博；我也能針對咖啡知識進行補充說明，例如咖啡師這種職業能在世界上廣為人知，其推手之一，就是目前在我國相當風行，以星巴克為代表的西雅圖系咖啡店。所謂的西雅圖系咖啡店，泛指發跡於美國華盛頓州西雅圖市，以濃縮咖啡衍生出的花式咖啡為主要飲品的咖啡店。

「重點不是這個……上次我喝的咖啡是妳煮的？」

她點了點頭，動作雖然很輕，卻帶著一絲驕傲。

我不禁低吟了一聲。因為剛好沒看到她煮咖啡的情景，我一直以為她只是在這裡打工的女高中生。相反的，我一直深信那位正滿臉不悅地站在吧台內，感覺會對手中咖啡投注超乎尋常熱情的老人，才是能重現那完美味道的人。沒想到那杯咖啡竟是出自這名五官還帶有一絲稚氣

---

3 日文中的「真」和「誠」發音皆是makoto。

4 原文バール在義大利是指提供輕食和飲品的餐廳，為和英文「bar」的意思區別，在此翻作義式咖啡屋。

的少女咖啡師之手。

「我一直以為是坐在那裡的老闆煮的呢！」

「老闆……啊，是指叔叔嗎？」

咖啡師朝吧台看了一眼。

「他是本店店長兼主廚，同時也是我的舅公，正確來說，應該是外婆的弟弟。雖然我叫他叔叔，其實年紀已經跟老爺爺沒兩樣了。我總覺得在工作場合這麼叫他，對客人有些失禮，不過可能因為從小叫慣了，要是換成其他稱呼，反而會相當不自在。」

「不管怎麼說，他看起來還是有可以煮出好喝咖啡的氣質。」

「才沒有那回事呢！」她壓低聲音說，「我偷偷告訴您，不知道為什麼，叔叔煮的咖啡就是不太好喝。明明使用的咖啡豆和器具都一樣，真的很奇怪。」

就算她說這話時臉上帶著美麗的微笑，我也只能苦笑以對。

「原來如此，因為有專業的咖啡師駐店，店裡才會擺著那麼高級的濃縮咖啡機啊。老實說，我之前還曾覺得它跟這間店的外觀有一點點不相稱呢！」

「那是我要求引進的，這樣就能告訴別人我是咖啡師了。」

「為什麼？」

「您不覺得這職稱聽起來很帥氣嗎？」

由於她回答的口氣實在太稀鬆平常，以至於我完全忘記糾正她話中錯誤的因果關係，應該是會操作濃縮咖啡機才被稱為咖啡師，而不是因為想擁有咖啡師的名號才買咖啡機。

其實這時店裡還有其他客人，她卻完全沒有要離開我這張桌子的意思。我正懷疑她為何這麼熱情地和我攀談，才想起自己還有一個目的尚未達成。

「請給我和之前一樣的熱咖啡，結帳時算兩杯的錢。」

「我明白了。」

我會在七月點熱咖啡，除了想再次品嘗那完美的味道外，另一個原因則是至今仍不斷打在窗外草地上的梅雨，在我前來這裡時奪走了我的體溫。這陣雨從早上就一直沒有間斷，我今天總算沒有忘記帶傘，不過還是無法阻擋體溫流失。我那把已經結束戰鬥的苔綠色雨傘就放在店門口內側的鐵製傘桶中，與先來的客人們的幾把雨傘溼黏黏地糾纏在一起。

我身後的桌子坐著一群女大學生，在等待咖啡送上的時間，她們聊天的聲音不斷鑽進我耳內。她們一共有三個人，其中兩人臉朝向我。最初帶位時，我坐在桌子內側的椅子，現在則改坐在自己對面的椅子上，完全避開與那群學生面對面的機會。

其實我大可以走近那三名女學生，自然地加入她們的對話。但我的耳朵卻清楚聽到前去準備飲品的咖啡師對站在一旁的老人隨口低語的內容。

「看，他不是白吃白喝吧？」

我嚇了一跳。同時背後的對話聲也停止了。

老人舉止誇張地抬起頭來。從浮腫的眼皮下射來的眼神極為銳利。我身子僵直，準備承受他那藏在鬍鬚下的嘴巴所說出的話。

「——是搭訕吧。」

太糟糕了。

「不是這樣的！」我慌張地衝向櫃台。「我剛才不是解釋了嗎？我只是弄丟了錢包，我沒有白吃白喝，更別說是搭訕！」

「你沒膽直接問別人電話，才會耍這種小手段吧？只要打電話給你，不僅可以達成你的目的，還可以當作再來店裡光顧的藉口。還真是年輕小伙子會想到的方法，不過我們家咖啡師才不會被你唬住呢！對於身經百戰的我來說，搭訕就是要死纏爛打才行，就算遇到挫折而覺得沮喪也不可以放棄唷。」

我頓時啞口無言。三名女學生的竊笑聲傳進我耳裡。

這名老人和其沉著的外表完全相反，不僅嗓音尖細，口氣還很隨便，嘴裡吐出的內容更是輕浮。濃濃的京都腔聽起來也莫名陰柔。我覺得自己好像明白他煮的咖啡為何會難喝了。他身上肯定連半點讓咖啡產生苦味的綠原酸[5]的氣質都沒有。

「你怎麼可以對客人說這種話呢！」咖啡師神色不變，滿臉通紅地怒斥。

「怎麼，妳知道人家想搭訕妳，鼻子就翹起來了[6]嗎？」

「我的鼻子才沒有翹起來！」

她聽到老人說的話後變得更生氣了，我卻不太明白「鼻子翹起來」是什麼意思，是類似「得意忘形」嗎？

「那個……妳還好嗎？就各種層面上來說。」

我戰戰兢兢地插嘴問道，咖啡師才終於回過神來。

「竟然連我都失去理性，真的很抱歉。請您將剛才那段對話忘了吧！這個人也會深深反省自己所說的話的。」

「我會剃掉髮髻謝罪的，原諒我吧！」

我心想，絕對不原諒你。

「叔叔你別再說話了，只會把事情弄得更複雜！你的頭髮根本連綁髮髻都不夠……啊，請您別誤會，青山先生，事情不是這樣的，這個人雖說是親戚，其實只是四等親，幾乎跟外人差不多……啊，不過別看他這樣，叔叔做的蘋果派非常好吃喔。只要吃上一口，我想一定能讓您原本寬大的心胸恢復。」

我心想，我死也不會吃的。

我拋下很有生意頭腦的她，隔著櫃台看向老爺爺的手邊。那裡放著一塊頗厚的派皮，裡面塞滿了蘋果餡料，正準備放進烤箱裡。

「所以你剛才露出一臉嚴肅的表情，就是在做派嗎？」

「最近我的眼睛不太好，眉頭很快就會出現皺紋，一張帥臉就這麼毀啦。」

這應該不是什麼好拿來說嘴的事吧？

「派皮是在早上揉好的嗎？」

5　咖啡裡所含的化學物質之一，能讓咖啡產生苦澀的味道，隨著烘焙時間增加，苦味也愈重。

6　這裡的原文いちびる在關西地區為得意忘形之意。

「是啊。因為還得在冰箱放一陣子。」

「所以這段時間做餡料？」

「不，餡料昨天晚上就做好了。但放上一晚，把水分完全去掉，烤起來的派才會酥脆好吃。」

難怪咖啡師如此推薦，看來老爺爺在製作蘋果派上費了不少工夫，或許我該改變主意嘗嘗看。

「我可以在這裡等到蘋果派烤好嗎？」

我這麼告訴咖啡師後，她似乎對我的讓步感到安心，彷彿自己被誇獎了般，帶著滿面笑容說：

「也很推薦拿坡里義大利麵喔！」

……在這種情況下，真佩服她還能得意地翹起鼻子呢！

3

老人名叫藻川又次。這名字讓我聯想到因為〈Coffee rumba〉一曲而為人所知的葉門咖啡豆摩卡瑪塔莉[7]。

等著蘋果派烤好的時間，美星咖啡師跟我閒聊了起來。她這麼做或許也是在對剛才老人無禮的發言表示歉意吧！雖然我不討厭這些話題，但她和我聊的內容，卻都是在介紹兼宣傳這間咖啡店。

「您是否很驚訝呢？沒想到京都街道深處竟然有一間像這樣的咖啡店。」

「是啊，這麼說或許有些直接，不過還真是奢侈的土地利用方式呢！」我邊將她端來的咖啡送到嘴邊邊回答。每一口都能品嘗到和第一次飲用時完全相同的感動，讓我體會到這杯奇蹟似的咖啡是真實存在，而非奇蹟。

「這裡原本是叔叔去世的太太所開的店，因為家裡似乎代代都擁有土地，在繼承這塊地後，才開了這間兼顧興趣和收益的店。叔叔因為入贅而從外地來到這裡，後來就幫忙打理這間店。」

「所以他其實不是本地人囉？」

「是的。我想您應該也察覺到，我也不是所謂的京都女孩喔。」

「難怪妳說話沒有關西腔……不過，既然這樣的話，為什麼藻川先生他……」

「很奇怪，對吧？一個男人竟然會說『不可以放棄唷』這種話。」

咖啡師掩嘴笑道。

「他以前好像是個相當穩重的人喔。因為受到個性開朗的太太影響才會變成這樣，在和別人交談時，會脫口而出太太教的京都腔。他太太過世後，整個人就像完全拋開了矜持，一天到晚搭訕年輕女孩子……我想他可能是為了排解失去太太的寂寞，才會做這種事情吧。」

7「藻川又次」的日文發音為mokawamatazi，與摩卡瑪塔莉（mokamatali）相似。而瑪塔莉為葉門的咖啡產區。

在她沉浸於感傷的情緒時說這個雖然有些抱歉，但我實在很難想像藻川先生以前個性穩重的樣子。

「我也是在成為短大生並搬到這裡後，才開始在塔列蘭工作。一開始，我只是在這裡打工，當時他太太教了我許多事，甚至還因為很看好我的素質，跟我說『這間店就交給妳經營吧』……兩年前她突然過世時，我雖然也相當悲痛，但還是打起精神對徬徨失措的叔叔說：『我會代替太太接管這間店，讓它繼續營業下去吧！』剛好那時我也快從短大畢業了。」

為了不讓這間充滿與故人有關的無可取代之回憶、自己也相當重視的咖啡店消失，做出這樣的抉擇。真是段美好佳話。將故人的遺志像這樣一代接一代地流傳給後世的人們……

短大？畢業？兩年前？

「呃，我可以冒昧請問咖啡師妳今年幾歲嗎？」

「這的確是個挺冒昧的問題呢！」她回答時依舊笑容滿面，連眉頭都不皺一下，反而更讓人覺得恐怖。「我今年就滿二十三歲了，不過每天還是有很多需要學習的事情。」

「竟然比我還大！」

因為太過驚訝，我粗心地大喊出聲。我到了十月就滿二十二歲，雖然只相差一歲，她還是比我年長。我原本還以為她是高中生呢！女性掩飾年齡的技術簡直就像魔術或騙術。

我的反應太粗心，似乎惹她不高興了。雖然我認為自己說得也沒錯，但由於這年紀實在很尷尬，無論用實際年齡比外表還老，或用外表看起來比實際年齡還小，都很難解釋清楚。於是我急忙轉開話題。

「你們兩人突然必須接手經營這間店，一定很辛苦吧？」

「這倒是不會喔。剛才我也說過，太太繼承了一塊土地，所以這間店就像為了滿足晚年興趣而開的……這種悠閒的感覺直到現在都沒有什麼改變喔。嗯……雖然要是我不努力招攬客人，將來可能會陷入困境，但本店除了每個星期三、年節和中元節前後一週外，還會不定期休業，和其他店家比起來，我們的經營方式已經悠閒到都覺得不好意思了。」

這其實沒什麼不好意思的。明明是能端出這種水準的咖啡的店，卻讓對這附近的咖啡店知之甚詳的我一直沒發現，的確可以說沒有努力招攬客人。但反過來想，正因為這間店的咖啡好喝到會威脅同業生存，所以其他店的店員如果喝過這間店的咖啡，應該都會這麼想——拜託你們維持這種默默經營的風格吧。

「無論其他受歡迎的店家生意有多好，還是決定貫徹自己的步調，對吧？」

「您說的受歡迎的店家，是指INODA COFFEE，或位於今出川通的Roc'k On咖啡店嗎？」

聽到她毫不猶豫地說出幾個咖啡店名，讓我嚇了一跳。INODA COFFEE是只要住在京都的咖啡愛好者都知道的名店，使用自行烘焙的咖啡豆；Roc'k On咖啡店則座落於以學生眾多著稱的國立大學旁，是京都最近急速成長的熱門店家。老實說，一週前和我分手的情人就是在那間咖啡店看到我和女生交談，所以我才會對她說出的店名特別有反應。

「這個嘛……我在逛街時也會和一般人一樣去這些咖啡店坐坐，但目的不是因為嫉妒或羨慕，想查探其他店家的資訊。我只是忠實地將太太教給我的味道傳承下去而已。」

她的笑容非常溫柔，帶著一種連過世的人都不禁為之傾倒的高雅氣質。

「──喂，派差不多快烤好囉。」

此時突然傳來老爺爺慢悠悠的聲音，打斷了我們的對話。真可惜，看來要問出美味咖啡的祕訣得再找機會了。

一打開烤箱，烤得恰到好處的蘋果派甜香便在店內飄散開來。我立刻有種彷彿蝴蝶被花香誘惑的感覺，沒想到剛才的女大學生三人組竟在這時起身前往結帳。

「妳們不嘗一點派嗎？」

感到有些無趣的老人這麼問道，有著一頭咖啡髮色的女生便回答他：

「我們在減肥啦，大叔你真的很過分耶。聞到這種味道，對人的心理健康實在不太好。」

我看到笑著這麼說的她那壯碩的體型，內心不禁暗想：所謂的減肥只是嘴上說說吧。

三人組回去後，咖啡師開始收拾桌面，我則享用起切好的蘋果派。甜中帶酸的內餡和奶油香味完美融合。除了品嘗薄厚適中的派皮味道外，還能享受其富有嚼勁的口感。在調味料的搭配上，無論是用來鎖住風味而添加的少許蘋果酒，或是味道不會太重的肉桂，都足以用「絕妙」兩字來形容。

「嗯，真是太好吃了。」

我轉眼間就吃完了蘋果派，甚至想對做出這派的人說句甘拜下風，但是很不巧的，藻川老伯在不久前說要處理進貨的事情，然後就離開了。

「不知不覺就在這裡待了好久呢！如果打擾到你們工作也不太好，我今天就先離開了。」

「感謝您的惠顧。」咖啡師走向收銀機。「若您今後有空，還請再來光顧本店喔。我絕對不會像叔叔那樣懷疑您是壞人的。」

她帶著苦笑補充道。

「感謝你們的招待。」

「不客氣。」

她那若有似無的體貼讓身為客人的我覺得很高興。於是我忽略心中浮現的些許異樣感，打算走出店，就在這時……

「青山先生！」

咖啡師又叫住我。她站在櫃台另一端，伸手指著店門口旁邊，食指前後搖晃的動作相當滑稽。

「……啊。」

我沿著她的手指往前看，這才發現自己有東西忘記拿。有個傘桶就放在店門口旁，我察覺到的異樣感，正是先前那場傾盆大雨停了所造成的。

不過，我剛才會發出短促的驚呼，不是因為對自己的粗心感到羞恥。

「怎麼了嗎？」

咖啡師輕輕地歪了歪頭。我拿起傘桶內僅有的一把傘對她這麼說：

「咖啡師，妳覺得這像是我會拿的傘嗎？」

我努力在相當安靜的店內不發出噪音地打開彈簧傘——那是一把有如還沒變成蘋果派前的蘋果般，顏色鮮豔的大紅色雨傘。

4

「……其實跟您還挺搭的喔，雖然感覺有點花俏啦。」

看到她臉上僵硬的笑容，我覺得她真的不用勉強自己稱讚我。

「我的意思是妳弄錯了。這不是我的傘。」

「可是，這樣一來……」她的視線移到傘桶上後就沒再繼續說了。

沒錯。在我腳邊的傘桶裡已經沒有傘了，也就是說我的傘不見了，取而代之的是被遺忘在這裡的紅傘。

「這下可傷腦筋了。我還挺喜歡那把傘的耶。」

「真的很抱歉，是我們沒有盡到保管的責任。」

「呃，我不是在責怪妳啦。反正如果不是非常注意的話，也沒辦法事先防範客人拿錯傘嘛。」

唯一慶幸的是雨已經停了。因為不知何時又會開始下雨，我決定放棄找傘，就此離去，但咖啡師再次拉住我。

「既然您說很喜歡原本那把傘，代表您喜歡紅色囉？」

「咦？呃，我就說這把傘不是我的……」

「但這把傘應該跟您的傘很像吧？所以才會懷疑是其他人拿錯了。」

我頓時恍然大悟。

「這麼說來，這把傘跟我的一點都不像耶。我的傘是苔綠色的。那種在便宜塑膠傘上看不到的暗沉色調讓我愛不釋手。怎麼想都不可能和這把紅傘搞混。」

咖啡師伸手撐著臉頰，對我微笑了一下。

「讓我們一起思考看看吧！說不定有機會拿回青山先生您的愛傘。」

接著她走進店內的吧台，背對著我開始翻找起什麼東西來。

「拿回？怎麼做啊？」

「一般來說，苔綠色的傘和大紅色的傘是不可能拿錯的吧？而且這把傘看起來跟全新的一樣，也不會讓人想偷換一把比較好的傘。我們應該要針對為何傘會被調換這點進行調查。根據調查結果，說不定能提高找回那把傘的機率。」

「這樣啊……那妳現在究竟在做什麼呢？」

咖啡師轉身面對我。「是這個啦。」

從她的手上傳來「喀啦喀啦」的聲音。

那是一個手搖式磨豆機。木箱外形上有個球形儲豆槽，用來放入豆子，看起來相當典雅。

沒想到在我手上拿著不知道是誰的傘，正無計可施的時候，她竟拋下我開始磨起咖啡豆。

「妳在用手搖式磨豆機磨咖啡嗎？」

「是啊。我們的濾沖式咖啡所使用的咖啡豆全都是用手搖式磨的。據說這樣咖啡豆比較不會因為摩擦生熱而影響風味。另一方面，如果是濃縮咖啡的話，由於得極細度研磨，所以會用外國製的電動磨豆機。」

雖然我要問的不是這個，還是不知不覺對她的話產生興趣。

「但如果客人點了之後才開始磨，應該挺花時間的吧？」

「要是不在沖泡前才磨，咖啡風味就會打折扣。雖然讓客人等待的確很不好意思，但一點都不辛苦喔，因為我喜歡這項工作。只要像這樣一面轉一面聽著磨豆聲，思緒就會變得很清晰，感覺連內心也徹底洗淨了。」

咖啡師這麼說著，將沉重的磨豆機放在吧台上避免晃動，然後水平轉動起握把，那模樣就像在對咖啡豆們施加「成為好喝的咖啡吧」的魔法般。

「雖然有人說咖啡因能提昇思考能力和專注力，但我反而期待這個磨豆的動作能帶來那些效果，等到我釐清思緒後，再喝杯咖啡來歇口氣呢！」

她的微笑也如同磨豆機般堅定不移。我再次談起正題。

「現在雨已經停了，這把傘應該只是主人忘了拿走吧！然後在先前雨還沒停的時候，有個人偷了我的傘。」

「如果是這樣，那名小偷的傘又到哪了？」

「啥？」我聽不懂她在說什麼。「就是因為他沒帶傘，才要偷我的傘，不是嗎？」

「但今天從早上就開始下雨了喔？」

咖啡師的手仍舊不停轉著。

「如您所見，我們店面位置沒辦法讓汽車等交通工具停在店門口。現在雖然沒下雨，但其實今天的雨勢相當大，很難想像會有客人光顧本店時沒有帶傘吧。這個傘桶平常當然都是空的，叔叔也不會隨便拿走客人的傘。」

「這樣啊……嗯……那會不會是小偷不得已才拿著這把傘出門，心裡覺得很丟臉，所以看到我的傘後，才偷換過來的呢？」

「青山先生的傘是男用的，對吧？」

「是啊，怎麼了嗎？」

「您看，這把傘是女用的，所以物主是女性。男用的傘對女性來說，不僅握把很粗，尺寸也比較大，所以其實意外地難用，拿在手上也很顯眼。覺得拿紅傘太丟臉而忍不住偷傘的女性，竟然會認為拿男用的傘就沒問題，在我看來其實有點說不通。」

雖然我對她的論點持保留態度，但既然是以小偷為女性當理由，身為男性的我也無從反駁。

如果是這樣，為什麼我的傘會被拿走呢？我甚至想，自己的傘是不是變成妖怪了？但不是雨傘妖怪的傘，應該不會變成妖怪才對。這把傘應該不是雨傘妖怪吧？我邊這麼想邊仔細端詳起我手中的傘。從大小來看，的確是女用的傘，顏色卻是女童一定會很高興拿著它上街，鮮豔得讓人覺得刺眼的紅色。都老大不小了還拿著這種傘在路上走，不禁讓我懷疑起那個人對顏色的美感。為什麼不乾脆跟我一樣選樸實的苔綠色呢——

等一下，紅色和綠色，聖誕節慣用的兩個對比色。

「哼哼，我知道答案了，咖啡師。」

我摸著自己的下巴，抱著這次肯定沒錯的信心說：

「這把傘的主人會不會是紅綠色盲呢？」

「色盲？」

咖啡師轉動握把的手停了下來。太好了，這次肯定沒錯。

「我曾經聽人說過，天生色盲的人當中，比例最多的就是紅綠色盲，他們好像很難辨識出紅色系和綠色系喔。據說全日本約有三百萬人是紅綠色盲，一點也不少見喔。」

這次的兩把傘正好就是紅色和綠色。對於紅綠色盲的人來說，兩把傘的顏色看起來應該很像才對。

「雖然兩把傘的設計完全不同，但畢竟都是成人用的傘，而且人腦要在短時間內分辨物品的時候，似乎會優先根據顏色而非形狀來辨別。」

我知道日本國內曾經進行以下的實驗。一般為了區分男女廁所而設置的標誌是男性為站立的藍色人形，女性則是紅色且穿著裙子站立的人形。接著隨意挑選一間男女廁並排的廁所，把紅色男用標誌掛在男廁門口，藍色女用標誌掛在女廁門口。結果呢——據說幾乎所有使用者都走錯廁所。這表示他們並非根據標誌的形狀，而是根據顏色來判斷。

「這把傘的主人在離開店內時只看了一眼傘桶，想也不想地拿起我的傘。他因為顏色而認定這一定是他的傘，才會沒發現手把和尺寸都不一樣。如何？這種情況應該很合理吧？」

如果是這樣的話，能拿回傘的機率就不算低。只見她似乎深感佩服，對我微笑了一下。然後在我也學她露出笑容時，她繼續手上的動作並說道：

「我覺得完全不是這樣。」

喀啦喀啦喀啦。

「……有什麼地方不對嗎？」

「我這麼問好了，假設您是紅綠色盲，會想拿著鮮紅色或苔綠色的傘出門嗎？」

唔，原來是這樣啊。

「我應該不會帶這種傘出門吧！」

「雖然只是我的想像，但色盲的人在買傘的時候，原本就已經很容易拿錯了，還會刻意選擇自己沒信心分辨的顏色嗎？這並不合理。」

她的手以一定的速度轉著握把，同時繼續說明：

「順便再補充一點，據說紅綠色盲者絕大部分都是男性。與男性每二十人就有一人天生是紅綠色盲相比，女性大約六百人中才會出現一名。既然紅傘的主人是女性，就能得知她是色盲的機率遠低於男性。」

這時我突然察覺她的話中有語病。

「請等一下。就算這是把女用傘，也不能斷定主人就是女性吧？反倒是我們剛才曾談到對方是因為拿紅色的傘而覺得丟臉，所以這把傘的主人說不定其實是男性。如果是這種情況，尺寸和握把的差異就不在討論的範圍內了。」

聽到我說的話，咖啡師先是瞬間恢復嚴肅的表情，然後笑了出來。

「我說了什麼奇怪的話嗎？」

「不好意思，我的反應太失禮了。但是我一直以為您其實知道這件事的……能夠把傘拿走的人，只有在青山先生您走進店裡後離開的那三名女性，不是嗎？」

喀啦喀啦喀啦。我的氣勢頓時弱了下來。

「我竟然沒發現，真是太笨了。正如妳所說的，小偷一定就在那群女大學生之中。」

咖啡師呵呵地露出微笑。

「她們之中果然有您認識的人呢。」

唔呃。我的喉嚨深處發出奇怪的聲音。

「妳怎麼知道？」

「這很簡單，若非認識的人，您就無法斷定她們是一群女大學生了。」

「這種事從她們的氣質就可以看出端倪了吧？因為京都是個充滿學生的城市。」我不禁認真起來，提出沒什麼意義的反駁。「妳剛才說『果然』，那又是什麼意思？」

「今天我帶位時，原本安排您坐在桌子內側的椅子，但您卻刻意改坐在自己對面的椅子，對吧？您故意選擇距離隔壁桌的客人較近的位子，會不會希望藉由背對她們，避免被坐在那裡的某人知道自己在這裡呢？這是我的想法。」

她敏銳的洞察力讓我覺得有些恐怖。那時我會避免和坐在隔壁的客人面對面，是因為那裡坐著我認識的人，而且如果可以的話，我並不想跟她見面。於是我只能低頭表示投降。

「妳真是觀察得太入微了。那三個人離開時，有位女性曾和藻川先生說過話吧？她叫戶部奈美子，算是和我有點關係的人。」

「她是您的同學嗎？」

我更覺得驚訝了。「我說過我是學生嗎？」

「從您兩次光顧都是在平日白天，以及告訴我聯絡方式時不是使用名片，而是寫在便條紙上，還有那群女大學生中有您認識的人來看，應該都會先猜測您是學生吧！再加上您的年紀也比我小……京都又是個充滿學生的城市嘛。」

她得意地眨眨眼，但我並未正面回應她。

「正確來說，我和她只是因為有共同的友人才認識。雖然見過幾次面，但沒有熟到能直接說她是我朋友。」

在我認出戶部奈美子時，她和朋友聊得正開心，我才會趁機換了座位。如果她到最後都沒發現我就好了，但既然剛才店裡發生那麼引人注目的事，就算她想忽略我的存在也很困難吧！

「哦，原來是這樣啊。」

咖啡師竊笑出聲，停下轉動握把的手。接著她拉開位於磨豆機下方的抽屜，瞇起眼睛聞了聞剛磨好的豆子的香味。當我因為她陶醉的神情而心動時，她輕輕地對我微笑了一下。

「這個謎題磨得非常完美。」

「這樣啊……」她想說自己的疑惑像咖啡豆磨成粉般，漂亮俐落地解決了嗎？但她的說法才讓我覺得一頭霧水呢！

「青山先生也是個不容小看的人呢！」

「呃，妳這是什麼意思……」

就在這時，伴隨著一陣清脆的鈴聲，有人推開位於我背後的門。

「不好意思……啊。」

我愈來愈不知所措了。獨自站在我眼前的不是其他人，正是戶部奈美子。

既驚訝又困惑的我忍不住看向咖啡師的臉，發現她露出了微笑。為什麼我覺得她看起來好像有點樂在其中呢？

「嗨，好久不見了。」

雖然這麼做實在很不自然，我還是試著跟她打招呼。

「不好意思，我拿錯傘了，青山你手上拿的那把才是我的。」

她對著我遞出我的那把苔綠色的傘。

「原來是這樣啊。那就還妳吧。」

我也把自己手中的紅傘遞給她。兩人因為兩把傘而有了接觸。交換完傘後，戶部奈美子站在正前方凝視著我，接著對我笑了笑，於是我也學她放鬆臉部線條。

沒想到她的態度還挺友善的嘛。

或許是這個想法讓我瞬間鬆懈下來吧！她略低的嗓音像是算準了這個時機似的，猛然刺進我耳中。

「——你這爛人！」

隨之而來的是迴響在店內的巴掌聲。

5

我的左臉頰傳來陣陣刺痛。

當我含著淚水用手背冷卻發燙的臉頰時，咖啡師給了我一條沾水的溼毛巾。

「哎呀，太感謝妳了，哈哈哈……女人心真難懂。」

我勉強裝出從容的樣子，卻顯得有些無力。咖啡師先是露出擔心的表情，過了兩秒後才說：

「您認識她的尊堂嗎？」

「尊堂？喔，是指母親啊。我不認識，妳為什麼問這個？」

「因為她剛才說了句『我會跟媽咪告狀的』[8]啊。」

戶部奈美子在數分鐘前用盡全力賞了我一巴掌後，就拋下這句話離開咖啡店了。

她是真的搞錯這句話的意思，還是在調侃我呢？

「剛才是我刻意隱瞞沒說。」我邊用毛巾的冰涼感舒緩疼痛邊說，「戶部奈美子是我前陣子剛分手的前女友的好友。」

雖然我不太喜歡「前女友」這個單字，但一時也找不到適當的稱呼。我前女友和戶部奈美

---

8 日文的「媽咪」發音（mami）與女性名字相近。

子就讀的大學、科系和參加的社團，甚至連打工地點都一樣，關係比情人還親密。雖然我也因為這樣才得知戶部奈美子這號人物，但話又說回來，這兩個人竟然連舉止粗暴這點都一模一樣，真讓人覺得不舒服。

「她應該是今天在這裡全程目睹我和妳的互動，才產生誤會吧！像是我才剛跟女友分手，就立刻搭訕其他女生之類的。」

咖啡師皺起眉頭，不過看起來不像是因為我的話才感到不快。

「我一直以為她對青山先生有好感。」

「妳說奈美子嗎？這怎麼可能。」

「因為我早就看出她會再回到這裡。」

我的視線望向沒有拿著毛巾的手所握著的東西。

「所以這把傘是她故意拿錯的囉？」

「沒錯，她這麼做是為了製造能折回店裡的藉口，好再跟青山先生見面。」

如果只看結果的話，她的推測很明顯是正確的，但也有幾個無法釐清的疑點。

「如果只是想回來拿傘的話，只要假裝忘記帶走不就行了？為什麼要特地拿走我的傘呢？她們離開店裡的時候，雨應該早就停了才對啊。」

若當時還在下雨，她只要一拿起別人的傘，就會立刻被朋友糾正才對。正是因為雨停了，她才能神不知鬼不覺地偷換傘——但這種情況應該更適合以「忘了拿傘」為藉口，不是嗎？雨停了才忘記拿，用這個理由就不會有問題才對。

咖啡師仍舊不改其微笑的表情。

「她應該想讓青山先生在這間店停留得愈久愈好吧。」

「這樣我更無法理解她的想法了。與其拖住我，還不如早點折回這間店。她後來再次出現在店裡時，已經過了很長一段時間了喔。在這期間，如果不是妳拉住我的話，我甚至一度放棄找傘，打算直接離開呢！」

「因為她沒辦法立刻折回來啊，當時還有朋友跟著她嘛。」

「朋友？雖然在朋友面前甩男人耳光的確不太好，但還是可以找理由先離開這裡，事後再一個人折返，沒道理不能立刻回來……」

「所以，如果一走出店門就馬上說要折返，朋友一定會跟過來，不是嗎？」

咖啡師像是在溫柔教導一位遲鈍的學生似地說。

「這附近能讓她們消磨時間的地方並不多。如果告訴朋友，自己忘了拿傘，可以想見她們會乾脆跟著自己折回來。但只要走到比較寬廣的街道，能打發時間的店家就很多，也比較好開口跟朋友說『在這裡等我一下』吧？為了讓青山先生在自己離開後又折返的這段時間內盡可能留在塔列蘭，她才會拿走您的傘。」

既然她都說明得這麼詳盡，連我也聽懂了。簡單來說，戶部奈美子在極其偶然的情況下看見我和美星咖啡師狀似親密的樣子，心想這機會千載難逢，不賞我一巴掌不甘心，於是便巧妙地支開朋友，想出能和我正面對峙的方法，也就是故意拿錯這把傘。

沒想到她為了打我一巴掌，竟然想出這麼麻煩的計畫。女人心真難懂。不過，在我眼前的這位女性似乎也如此。

「我原本心想，就算不是為了告白，應該也是與其類似的目的……」

咖啡師露出可說是極為惋惜的表情。

就我這個被賞了巴掌的人來看，這種事現在根本不重要了。既然傘已經拿回來，就證明咖啡師的推測是正確的。只不過是搞錯了無從得知的動機，還不至於改變我對她的印象。

我又再次對她興起了佩服之意——她真的非常聰明。

但正當我打算用這句話安慰她時……

「我最大的失誤，就是沒想到青山先生竟是個花心男。」

咖啡師卻說了這種像在埋怨我的話。我一時氣不過，於是回嘴：

「妳的意思是我看起來會隨便搭訕女生嗎？那可不是搭訕喔，請不要因為這種事得意地翹起鼻子。」

「您的臉只有一邊是紅的，看起來左右很不對稱呢！讓我把您右邊的臉頰也染得像剛才那把傘一樣紅吧！」

這可是攸關生死的大危機。當我拚命閃躲著咖啡師朝我揮來的左手時，正巧回來的藻川老伯看到我的臉，便開玩笑地這麼說：

「哦，青山上多了一片紅葉哪。」

「雖然對方是搭訕男，會有這種反應也算正常，但賞客人巴掌可是不行的唷。」

「等等，這不是我打的……」

「而且我也不是什麼搭訕男！」

「妳還是道歉吧，不然下次客人就不會再來囉。」

咖啡師一聽，便為難地低下頭，陷入沉默。

她其實沒必要向我道歉，會有這種反應很正常。但我卻沒來由地對此產生了些許異樣的寂寞感。不知道是自己個性使然，還是我從她的態度裡嗅出了這種感覺——好像是在告訴我：

「你不肯再光顧就算了，倒不如說這樣比較好。」

「我還可以再來這裡嗎？」

於是我不自覺地說出了這句話。

咖啡師抬起頭來時，雖然臉上仍掛著為難的表情，像在猶豫似的，卻還是微笑著回答我。

「好啊，期待您再次光臨本店。」

還是很死纏爛打嘛，聽到老爺爺如此嘲諷，咖啡師瞄準他的臉頰，揚起了手掌。

11 Bittersweet Black

1

「……我說哥哥，你有在聽嗎？」

恕我直言，我完全沒有。

在煩人的梅雨季終於結束的七月半，自遙遠的千年前就讓古都京都增色不已的祇園祭[1]，即將在明天十四號展開連續三天的宵山[2]和翌日十七號的山鉾[3]巡行，迎來熱鬧非凡的祭典高潮。就在這個連街景也一時增色不少的時候，在塔列蘭咖啡店裡流動的時光，卻與外界的喧囂

---

1 為日本三大祭典之一，祭典期間長達一個月，在十七日舉行的山鉾巡行為祭典的最高潮。

2 祇園祭的活動之一，在日文中指的是在主祭前一晚舉行的祭典。

3 祇園祭時會在活動上遊行展示的花轎。

完全隔絕，我利用休假日在此慶祝與我理想的咖啡再度重逢。

在清爽又晴朗的夏日裡，若能在這間店度過優雅的時光，那真是再完美不過了，但現實就是無法盡如人意。大致有兩個原因，一是我還帶著同伴，而第二個呢，就是目前在吧台座位上向前探出身子的男人。

「哎呀，妳沖泡的咖啡真是太棒了。」

身上隨興穿著如破抹布般的衣服，看起來跟中年大叔沒兩樣的男子說道。他那諂媚的聲音連坐在窗邊的我都聽得見，每一句話都讓我忍不住怒火中燒。

「究竟是用哪一種咖啡豆，才煮得出這種味道呢？我很想知道其中究竟藏了什麼祕密，當然，也包含沖泡出這杯咖啡的人的祕密喔。」

「您想問的是咖啡豆嗎？應該是阿拉比卡或羅布斯塔吧。」

……哇，回答得還真隨便。負責沖泡塔列蘭所有咖啡的切間美星咖啡師的態度相當冷淡。

我所謂的隨便，不是指她那毫不理會對方，依然默默工作的模樣。她剛才所說的阿拉比卡和羅布斯塔，是將全世界的咖啡豆大略區分為兩種時所使用的兩個品種名。阿拉比卡是商業價值高的咖啡豆，味道和香氣較佳，適合沖泡單品咖啡[4]飲用，而羅布斯塔則是對病蟲害抵抗力較強，價格也便宜，所以常用來製造即溶咖啡或綜合咖啡[5]。但是，先不提咖啡豆的風味會因為生產國和等級而各不相同，如果問不出品種名或綜合咖啡的調配比例，就算想一窺其味道的祕密，恐怕也連個影子都看不到吧！所以她的回答就像有人問她：「下次的酒聚有誰會去？」她卻說：「有男的也有女的。」

「——認真回答我的問題啦！」

突然有人在我耳邊大叫，我嚇了一跳，將臉轉回座位正前方。

「哥哥，你聽完我的敘述後覺得怎樣？」

「呃，這個嘛，我覺得梨花妳說得沒錯啊。」

「噢，他果然劈腿了……！」

我帶著碰運氣的心態隨口說出的回答，似乎害她大受打擊。只見小須田梨花的眼裡泛起一層水霧，用雙手遮住自己的臉。

小須田梨花是我母親的遠房親戚。由於父母的工作關係，她是歸國子女，人生中的大半歲月都待在美國，直到今年春天才因為決定就讀京都的大學而回到日本。至於我和她的關係，則因為她在國內沒認識多少人，感到相當不安，所以一聽說年幼時只見過幾次面的我和她住在同一個城市裡，便在數個月前突然找上我，就這樣保持聯絡至今。

她的父母都是道地的日本人，在家也以日語溝通，但真要說的話，似乎還是英語比較流利，交談時也會偶爾穿插幾個有外國腔調的發音。她的外表稱不上特別漂亮，我只覺得她的雀斑挺可愛的，但當事人聽到這句話後卻勃然大怒。

「不好意思喔，梨花。我能幫妳做什麼嗎？」

---

4 只使用一種咖啡豆製成的咖啡。

5 與單品咖啡相反，是由多種咖啡豆調配混合而成的。

總之先讓對話繼續下去吧！因為梨花正經地說「我有事要拜託哥哥」，今天才會還在塔列蘭碰面。這樣的話，不僅可以找藉口再次造訪，若有什麼問題，也能借助咖啡師的智慧。至於梨花拜託的內容，則是她先前跟我說過的——類似偵探的差事。

「總而言之，我希望明天哥哥能在祇園祭時幫我調查男朋友有沒有劈腿啦。」

「調查……劈腿……？」

哦，是那種類型啊。在偵探的工作中算是比較貼近現實的。

「這種事妳自己做啦。我可沒有那麼閒。」

「我也很想自己來啊，可是我明天有事嘛。而且我男朋友後天要去有提供住宿的地方打工，到時候人就不在這裡了，只要是大一學生都想參加祇園祭，所以要和劈腿對象約會只能趁明天了。」

我揉著眉間對她說：

「妳跟對方認識沒多久就又是交往又是劈腿的，這可不是在演單季連續劇耶。妳如果不按照順序說明和對方認識的經過，我哪聽得懂啊？」

「我剛才不是跟你說明過了嗎？哥哥你果然沒在聽嘛。」

對，我沒在聽，真的很不好意思。

「我們是在四月參加社團的迎新會時認識的。我和就讀其他大學的他很快就混熟，還交換彼此的聯絡方式。不過後來我們兩人都沒加入那個社團。」

「真搞不懂這個迎新會究竟為何而辦。」

「因為我覺得他很帥嘛。我們後來通過幾次簡訊和電話，他就找我出去約會，然後在當天跟我說『跟我交往吧』，接下來我們就……」

梨花說到這裡就開始含糊其詞，害羞地低下頭。雖然我知道接下來不可能什麼事都沒發生，但因為我完全不想聽她敘述這件事，便開口催促她繼續說下去。

「我記得那是上個月初的事吧？」

「YES。在那之後我們雖然沒碰面，卻還是一直保持聯絡，他的Facebook狀態也改成『穩定交往中』——但是大概在十天前吧，我正好在逛Facebook的時候看到他發了一則『我現在一個人在家裡喝咖啡』的訊息。」

Facebook是目前號稱擁有世界最多使用者的社群網路服務的名稱。使用者必須以真實姓名註冊帳號，再自由填寫經歷和居住地等個人資訊。能夠編輯的資訊中，有個名為「感情狀態」的項目，梨花所說的「穩定交往中」，代表著他向看到自己訊息的人宣告「我有女朋友了」的意思。

Facebook不只能透過「朋友」功能來和自己認識的使用者聯絡，還能發表「現在在做什麼」的訊息，讓朋友得知自己的近況。梨花的男友便是利用這個功能，發表了「我現在一個人在家裡喝咖啡」的訊息。朋友可以隨意對自己發表的訊息留下評論，或是按下表示認同的「讚」，透過網路來互相交流。

「看到他的訊息後，因為我想給他驚喜，就偷偷飛奔到他獨居的公寓，然後按下門鈴。他雖然馬上出來應門，卻一臉為難地跟我說：『我家現在很亂，不能讓妳進來。』我覺得很奇怪，就偷看了他的房間內一眼，結果發現桌上有個馬克杯，裡面裝著喝到一半的黑咖啡。」

「那不是跟他在Facebook上寫的一樣嗎？」

「可是他之前曾跟我說過，他絕不喝黑咖啡。」

這是怎麼一回事？我皺起了眉頭。

「所以一定是在房裡的其他人曾喝過那杯咖啡。他卻跟我說『我家現在很亂，不能讓妳進來』，代表了那是不方便讓我看到的人。我看穿他的謊言後覺得很傷心，就這樣跑出公寓了……哥哥！」

我聽到她聲音的反應或許跟驚愕交響曲的聽眾如出一轍。在不知不覺間，我的注意力又被陌生男子和咖啡師的對話吸引過去了。

「今天真是收穫良多啊。」

男人朝咖啡師拉開的門跨出一步，甚是可惜地回頭說道。

「我還會再來的，下次不只是咖啡，我也想更深入了解妳的一切……」

「謝謝惠顧——」

咖啡師迅速關上門。雖然很無情，但我覺得內心舒暢多了。

「總而言之！」

梨花的手掌「碰」地拍向桌面。我轉頭看向她，發現眼前出現一張照片。那是張梨花和一個沒見過的男人的合照，看起來是在某間酒店拍的。應該是參加迎新會時，請朋友還是誰幫忙拍的。

「這個人就是我的男朋友。如果你在祇園祭看到他和其他女生在一起，一定要幫我拍下證據喔。拜託你了！」

她完全無視我沒仔細聽她說話而不知所措的態度，不分由說地把自己的要求硬塞給我，我還沒來得及叫住她，她就飛也似地離開咖啡店了。明明是她約我出來，而且有事情拜託我，現在還要我幫她付帳嗎？雖然我不打算跟她計較，但連和自己有親戚關係的女性也對我予取予求，不禁讓我覺得自己有點悲哀。

2

「真是太厚臉皮了，竟然裝出喜歡咖啡的樣子想吸引我的注意。」

聽到美星咖啡師的這句話，我沒來由地捏了一把冷汗。

我改坐到吧台前並加點了一杯咖啡，同時以帶著幾分玩笑的口氣對咖啡師說：「剛才那個人的追求攻勢真是熱情呢！」結果她的回答完全像是衝著我來的。雖然我是真的喜歡咖啡啦。

「有嗎？我聽起來倒覺得正是因為他對咖啡不太熟悉，所以才想請妳教導他呢！」

即便心裡沒這麼想，我還是忍不住替他緩頰，但咖啡師毫不領情。

「加上今天，那個人已經來第三次了。如果對咖啡感興趣，自己先稍微做點功課不是很好嗎？他上次也說了像是『不喝黑咖啡的話就嘗不出真正的味道』的話，點了一份什麼也沒加的濃縮咖啡來喝。而且也不知道他是生性吝嗇還是想在這裡待久一點，只叫一杯咖啡就小口小口地喝到八點我們要關門了才走。」

這行徑的確讓人忍不住皺起眉頭。先前我曾稍微提過，在濃縮咖啡的發源地義大利，一般都在裝了少量濃縮咖啡的濃縮咖啡杯裡加入許多砂糖，然後在數口內盡速喝完。如果是用來製作卡布其諾等花式咖啡，那就另當別論。但幾乎沒有人會喝什麼也不加的濃縮咖啡。甚至有人會用湯匙舀起杯底未溶化的砂糖來吃也不誇張。雖然沒人說不能用品嘗濾沖式咖啡的方式來喝濃縮咖啡，但眼前的情況應該可以視為男人對濃縮咖啡不熟悉所犯下的失誤。

「所以妳才會說那種話揶揄他啊。雖然妳被他煩到受不了這點的確值得同情啦……」

「您不贊同我的作法，對吧？其實我偶爾也會因此陷入自我厭惡的情緒中，但為了保護這間店和我自己，有時候不得不在身旁圍起警戒線。」

她的嘴角仍舊掛著微笑，眉毛卻垂成八字型。她所謂的警戒線，應該就是準備各種讓對方難堪的方法，在緊要關頭讓拒絕的態度更堅定的計策吧。像她這樣體型瘦小的女性，對熱情的男性心生警戒也沒什麼好奇怪的。不過，這不會有點太過神經質了？還是說她過去曾遇過什麼事？

「妳也是個不容小看的人呢！」實在沒辦法問得如此直接，我便轉而模仿起之前的她。

「妳剛才那句話就像在說『我經常被男人搭訕，實在很困擾』喔。」

聽到我這麼說後，她頓時恍然大悟，滿臉通紅地低下頭。接著她將磨好的咖啡粉放在濾布上，開始沖煮咖啡。

塔列蘭採用的是絨布濾沖式的沖煮法。沖煮的器具像撈金魚用的紙網，上面裝有名為法蘭絨的起毛布料製成的濾布。因為縫隙比濾紙大，油脂等成分較容易溶出，煮好的咖啡具有濃厚的香味，這種方法不僅是濾沖式咖啡的原點，也可以說是頂點。但同時，也因為用過的濾布必須用熱水煮沸的方式來清洗，並保存在冰箱中等相當費事的缺點，所以一般家庭不太使用。或許可說是對咖啡特別堅持的店家才會採用這種沖煮法。

「青山先生今天不是也帶了一位可愛的女孩子來這裡炫耀嗎？」

咖啡師先用少許熱水悶蒸咖啡粉，然後再緩慢地將熱水倒進濾布來沖煮。她正經反駁我的模樣雖然有些彆扭，卻讓人忍不住想露出微笑。

「如果妳是在吃醋的話，那可真是我的榮幸。她叫小須田梨花，是我的遠親。」

「說到哥斯大黎加[6]，那可是很有名的精品咖啡產地呢！據說他們為了維持咖啡豆的高品質，甚至禁止在國內栽種羅布斯塔品種的咖啡豆。」

要以一句話來解釋精品咖啡並不容易，總之，這個詞彙是指稱香氣和味道都相當優異，能夠明確發揮其產區特色的咖啡，在這幾年逐漸成為評價咖啡優劣的新基準。

「拜託妳不要拿別人親戚的名字來開玩笑啦。」

「抱歉，是我失禮了。那請問您今天為何而來呢？總覺得您好像不是單純來這裡喝咖啡。」

咖啡師的態度毫無反省之意，並將剛沖好的咖啡送到我的面前。就季節而言，現在已不太適合喝熱咖啡，我原本打算這次一定要點冰咖啡，但一走進開著冷氣的店內後，又忍不住點了

6「哥斯大黎加」的日文發音（kosutalika）與小須田梨花（kaodalika）相近。

和往常一樣的。

「梨花說要拜託我做一件類似偵探工作的事，我想到，要是遭遇困難，說不定能借助咖啡師妳的智慧，才把她叫來這裡。結果沒想到是要我調查她男朋友有沒有劈腿。」

「原來是比較貼近現實的偵探工作啊。」

不要偷笑啦！這句話我剛才已經在心裡嘀咕過了。

「她叫我去明天的宵山埋伏，當場拍下男朋友劈腿的證據。我一點也沒興趣，倒不如說是根本沒這個美國時間。」

「那我們來想個辦法，讓您不用去埋伏就能解決問題吧。」

我摸不透她那淺笑所隱含的真意，手拿著杯子愣了一下。

「有什麼辦法？現在再去說服梨花一次嗎？」

「不是的……簡單來說，只要讓她深信男友沒有劈腿應該就行了吧？我們來想想，梨花小姐的男友是不是真的背叛她。」

我頓時感到一陣無力。「這種事情要怎麼證明啊？我們又無法肯定他真的沒有劈腿。」

「可是，如果簡單的討論能讓您免去麻煩的偵探工作，不也是好事一樁嗎？請告訴我梨花小姐為什麼會懷疑男友劈腿的原因吧。」

她該不會只是因為好奇才想知道吧？我雖然不太認同她的理由，但一時也想不出其他辦法，便試著接受她的提議。

「其實這件事挺無聊的。該說是剛開始交往的情侶常有的疑神疑鬼嗎……據說是她在男友的Facebook訊息和現實行為之間，發現他對食物的喜好與自己得知的有出入。」

「哦？她的男友做了什麼事嗎？」

「他好像在Facebook上發了一則『我現在一個人在家裡喝咖啡』的訊息。梨花看到後，就在沒有事先告知的情況下跑到他家，卻在那裡看見一杯喝到一半的黑咖啡，但她的男友不喝黑咖啡的。」

「換句話說，梨花小姐看到那杯咖啡後，就認定那是男友幽會的對象喝的。對了，她男友住在很寬敞的房子裡嗎？」

「這我不清楚，但據說他好像是一個人住在公寓裡。」

既然沒有穿過玄關進入房間，還能看到馬克杯裡裝了什麼，就表示那間房間也算不上寬敞吧！

「如果是這樣，幽會的對象要立刻把自己藏起來也有困難吧？梨花小姐完全沒有察覺到任何異樣嗎？」

「嗯……就算妳問我，我也不知道啊……梨花因為男友可疑的態度大受打擊，好像立刻離開了。」

「會不會純粹只是有人也看到那則訊息，所以也去拜訪她男友呢？接著因為臨時有急事還是什麼的，在梨花小姐到達前又離開了。」

「但她說自己一看見男友發表那則訊息，就飛奔到他家了耶。」

「說不定是她男友最近改變喜好，開始喝起黑咖啡了？」

「他們兩人才認識不過三個月喔。一個人對食物的喜好會在這麼短的時間內突然改變嗎？」

「三個月？」她驚訝地眨了眨雙眼。「這麼快就開始交往了嗎？」

「是啊，上個月初男方第一次找她約會，結果在當天就開始交往了……咦？這沒什麼好驚訝的吧？」

咖啡師卻在我身旁失落地垂下頭。

「就是沒有謹慎地花時間確認對方是不是值得信賴的人，才會這麼輕易地懷疑對方劈腿，不是嗎？我的觀念應該沒錯吧？」

她的話讓我的態度有些退縮，同時也忍不住想笑。「無論妳的觀念有沒有錯，在我聽來都太理想化。」

「您讓我突然失去信心了。看來這不是我能夠解決的案件。情人是什麼？劈腿又是什麼？無論如何，若想找出真相的話，或許要連同這些觀念一起重新思考才行。我放棄，我投降了。」

「妳都已經問了我這麼多事情，現在又說投降，未免太不負責了吧？」

「所以您明天打算怎麼做呢？」

一旦立場對自己不利就裝傻到底嗎？我啜了一口有點冷掉的咖啡。

「剛才也說過了，我不會去。我能做的頂多就是告訴她因為人太多，找不到對方在哪裡而已。」

「──那讓我代替你去吧！」

我嚇得差點發出尖叫聲。因為藻川老爺爺一直沒什麼大動作，我根本沒注意到他，完全把大剌剌地坐在店內角落打瞌睡的他當成一塊路邊的石頭。一塊石頭冷不防地發出聲音，無論是誰都會被嚇一跳。

「你聽到我們的對話了？」

「是要在宵山的人群中找一個完全沒見過面的陌生人，對吧？對一般人來說的確是不可能的任務，但交給我就沒問題了。我好歹也從事這行，記住客人的臉可是我的拿手絕活唷。」

「還敢說自己做這行，明明只有在跟年輕女生打好關係時才派得上用場，不是嗎？」

就對異性交往的觀念來說，咖啡師和這名老人的實際年齡應該交換一下才對。

「你儘管放一百二十個心吧！我會把戰利品順利帶回來的。」

「你就老實承認自己是想盡情欣賞浴衣美女吧，真是一點也不能大意呢！」咖啡師手插著腰說，「你要是沒成功拍到證據，後果我可不負責喔。」

我差點沒從椅子上滑下來。

「妳真的要讓他去嗎？」

「既然可以順便彌補我無法幫上忙的地方，沒道理不讓他去吧？哎呀，您不需要擔心店裡會忙不過來，我一個人就可以應付店裡的大小事了，而且現在大家都對宵山比較有興趣，應該沒有什麼人會來店裡。」

如果街上的行人變多，照理說生意應該會比平常好，但像塔列蘭這種乍看之下不太敢隨便走進來的店家，一碰上祭典活動，客人或許反而不太光顧。

「好，那我就馬上去進行事前演練吧。說不定那男的現在已經在偷吃了。」

老人與匆匆地想離開店裡，咖啡師卻一把抓住了他。

「等一下。你打算去哪裡幹嘛？」她臉上帶著微笑。恐怖的微笑。

「當然趁今天人還沒那麼多，先把明天要找的人的臉認清楚……」

「你要怎麼辦到啊？你連梨花小姐男朋友的照片都沒見過喔。」

「哎呀，我差點忘了，那把照片給我……」

「不行。」

連坐在一旁的我也能感受到她那冷冰冰的怒氣。

「你剛才一直在打瞌睡，我現在要好好提醒你。你也不是小孩了，應該聽得懂我的意思吧？你明天能夠搭訕年輕女孩的時間可是一秒都沒有。」

「是，對不起。」

「對不起。」不知道為什麼，連我也跟著道歉了。我回過神來從口袋中拿出照片，只見照片裡的梨花彷彿在看著我們似的，她靠在旁邊的帥哥身上，露出燦爛的笑容。

翌日後，京都市區天氣也十分晴朗，就連常碰上梅雨季結束時會有豪雨的宵山，今年也在參加人數足以留下紀錄的空前盛況下閉幕了。

至於我呢？雖然是住在京都後第三次碰上祇園祭，但今年因為太忙而無法參加。所以關於梨花男友劈腿的情報，也只能改天再去塔列蘭聽聽藻川老伯有什麼收穫了。當然，就各種層面來說，我其實對他沒什麼太大的期待。

沒想到，情況卻在這裡暫時朝我始料未及的方向拐了個彎。

3

我也不是只要一有空就會到塔列蘭打發時間。

在山鉾巡行活動結束後，即便祇園祭還剩下近半個月，人們的話題已經不再圍繞著祭典打轉，我還是在位於大學旁的某間咖啡店度過一成不變的午休時間。至於我雖然沒去塔列蘭，最後還是在咖啡店打發時間這一點，就請大家別太計較了。

我休息了大約十五分鐘後，便拿起托盤等使用後的餐具，走向位於店內另一頭的回收區。這間店的用餐規定是客人必須自己將使用過的杯子和托盤拿到回收區歸還。

當我走到距離回收區只剩一步的地方時，差點撞上從對面走來的客人，於是停下腳步。我不自覺地抬頭看向對方的臉，然後發出了驚呼聲。

「啊，你是——」

我甚至還沒禮貌地用手指著對方。雖然我不如藻川老爺爺那麼擅長記憶人的長相，卻也不會錯認這位帥哥的臉。站在我面前的，竟是梨花的男朋友。

「咦？我嗎？呃，我們在哪見過嗎？」

他會覺得訝異也很正常，因為他根本不認識我。

「這麼突然真是抱歉。你有個最近才交往的女朋友，對吧？我想你大概不知道，但其實我是她的遠親啦。」

雖然說得有些語無倫次，我還是向他解釋，就算覺得自己的口氣有些隨便也已經來不及了。

「哦，這樣啊，還真巧呢！」

他驚訝得瞪大雙眼。反應相當自然單純，讓我對他先入為主的壞印象稍微緩和了一些。口氣多少有點直接，但並不粗魯，衣著也給人一種乾淨清爽的感覺。

「我們都住在京都，所以曾經聽她談起你的事。她給我看過照片，我才認出你。」

「沒想到她竟然跟你說了那麼多啊。」

這句話聽起來像在自言自語。雖然感覺像在抱怨，但其實他似乎挺高興的，臉上的笑意藏也藏不住。或許知道女朋友曾對親人提起自己，讓他有了一股安心感吧！但要說他似乎真的很喜歡自己的女朋友，可能又把他想得太好了。

因為有其他客人靠近回收區，我們往旁邊移了一步。雖然已經沒那麼害怕得知事實，但總不可能當面質問他：「你是不是正在跟其他女生交往？」於是我帶著如少女般輕浮的好奇心說道：

「你究竟喜歡她哪一點呢？」

「呃，這個嘛……這位大哥，你應該沒喝醉吧？」

看樣子用少女來譬喻自己太過美化了。

「這些稱讚的話雖然很常聽到，但她不僅長得可愛，氣質又好……從認識到交往的速度是有點快，不過這也可以算是我積極追求的成果。途中還一度想要放棄，做出自暴自棄的事……

所以告白成功的時候，我真的非常高興。」

看到他面紅耳赤地回答的樣子，連我都跟著害羞了。能讓這樣的帥哥如此稱讚，身為親戚的我雖然難以體會那種感覺，但梨花似乎也是挺有魅力的女性嘛。這麼說來，連美星咖啡師也曾說她是個「可愛的女孩子」。

「那真是太好了，你可千萬不能腳踏兩條船，害她傷心難過喔。」

「這怎麼可能嘛，我好不容易才追到她的耶。雖然我們兩人目前只交往了一個月，但我希望其他人不要把我們想成是那種輕率的關係。」

我真的覺得費盡心思說服我的他，看起來不像在說謊。

「嗯，不過你之前好像因為Facebook而引起了一些麻煩，對吧？」

「連這種事情你都知道啊。」他的表情果然變得有些不悅，但隨即又說：「沒關係，在那之後，我已經依照她所說的，不要在上面寫些會惹來麻煩的事了。」

什麼嘛，看來這事根本不需要我出馬就能解決了啊。如果是這樣的話，我還有一句話要說。

「不好意思耽誤你的時間。拜託你不要把我們在這裡說的話告訴她喔。」

「我也正打算跟你說同樣的話呢。」

「你之後要回學校嗎？」

「不，今天是星期天，我要回家了。我住的地方就在這附近。」

我看著他如自己所言地走路回家的背影，感覺心情相當輕鬆。結果劈腿的真相果然只是梨花疑神疑鬼。我腦中浮現梨花在照片裡露出的幸福笑容，也由於得知這個笑容不會消失而覺得放心，完全忘記自己還有一句話要告訴那位自願幫忙的老人。

但這件事並未就此結束。

既然「暫時」朝我始料未及的方向拐了個彎，就代表之後還會回到原本的道路上。而且如果從轉彎的方向來看，原本走的那條路一定也是朝著「始料未及的方向」前進。

我會現身在塔列蘭，是因為藻川老爺爺突然打電話找我。至於為什麼他有我的電話號碼，我已經完全不想去思考了，總之，老人沒有說要找我做什麼，只問了我哪天有空，並告訴我當天晚上六點到塔列蘭一趟，然後迅速掛斷電話。

我當然很高興能有理由再次造訪。我懷著要告訴他們「抱歉讓兩位多費心思了」的想法敲了敲門，心情很好的老爺爺安排我坐在靠窗的桌子旁。他像是達成了任務似地把手輕放在我的肩上，對我說：

「等我一下啊，我現在就拿來給你。」

我花了一點時間才明白他的意思。他要拿什麼給我？戰利品嗎？

我帶著混亂的心情轉過頭，看見咖啡師站在吧台內，坐在她面前的，是那名討人厭的陌生男子。他今天也穿著不知道用什麼布料做的衣服，朝咖啡師探出身體。

「妳煮的咖啡是世界上最好喝的，我完全成為它的俘虜了。」

這應該不是一手拿著濃縮咖啡杯的人該說的話吧！濃縮咖啡是以九個大氣壓力將熱水推進咖啡粉中，在很短的時間內一口氣沖煮出來的。在沖煮時必須使用專用器具，所以這間店才會引進濃縮咖啡機。因為這樣，濃縮咖啡的液體濃稠度會比濾沖式來得高，但沖煮時施加的壓力和所費的時間也會讓咖啡豆溶出的成分產生變化，因此味道和香氣都與單純將濾沖式咖啡濃縮而成的飲品不同。換句話說，就是截然不同的兩種飲料。

雖然男人用咖啡兩個字來統稱它們，卻沒有把濃縮咖啡與濾沖式咖啡分清楚，只說了句最好喝，實在相當隨便。就連「妳煮的咖啡」這種形容方式，也讓人十分質疑他是否明白咖啡是用機器沖煮的。

咖啡師雖然露出再明顯不過的困擾表情，男人卻完全不在乎她的感受。

「等妳有空的時候，我們找個能獨處的地方，盡情聊咖啡吧？別看我這樣，我曾經靠著流利的英文獨自在全世界旅行，品嘗過各地的咖啡喔。亞洲、歐洲、美國、中南美洲……無論哪個國家，其咖啡都具有獨特的個性，喝起來的口感非常棒呢！」

「那您一定在義大利等地遇過十分難以啟齒的事情吧？」

「唔，義大利的話倒也不盡然，但是我在美國的時候……」

放棄吧，咖啡師。那個男人根本聽不懂妳的諷刺。

就在這時，老爺爺正好回來了。他右手捏著的東西不論怎麼看，都是一張五吋照片，但他把背面對著我，不讓我看到拍了什麼。

「我照著你的吩咐去了宵山。」

「結果如何？」

「那裡有好多浴衣美女啊。」

「…………」

「果然還是夏季浴衣最棒了，尤其是後頸的線條……」

「咳、咳咳！」

美星咖啡師似乎聽到了我們的對話，誇張地乾咳幾聲。

「稍微扯遠一點又不會怎樣，笨蛋。」笨蛋是你才對，我強忍住想說出這句話的衝動。「真拿妳沒辦法，我就開門見山地說了——那女生的男朋友有其他女人了。」

老爺爺把照片翻了過來。在日暮西沉的天空下，神社內因為夜晚的攤販顯得十分熱鬧，朝著各個方向前進的人群中，有一對兩人都穿著浴衣的男女。男生正對著身旁的女生微笑，他的側臉的確和我在咖啡店遇到的梨花的男朋友一樣。女生雖然背對著鏡頭，卻看得出身材比梨花嬌小許多。而且這兩個人的手彷彿在向我強調絕對不會看錯似地緊握著。

「我猜他們至少會來參拜一下，所以從白天就在祇園大人[7]埋伏了。我怕別人起疑，還特地穿了袴[8]，結果好像被當成工作人員，最後還被一堆人膜拜，簡直把我當成神明下凡了。」

但我對他所說的話置若罔聞。在祇園大人，也就是八坂神社埋伏這點子，的確讓人佩服，但這種事情現在已經不是重點了。

「這個人真的是梨花的男朋友嗎？雖然光看這張照片好像是這樣，但只有側臉，說服力有點薄弱耶。」

我像是想找出更多否定的證據似地說，老爺爺便露出生氣的表情。

「我的眼睛不會看錯的。那時候我看到對面有位非常漂亮的美人走過來，想說跟在她身旁的會是怎樣的帥哥，結果一看，就發現是你那張照片裡的男朋友。如果只是兩個人走在一起也不能當成劈腿的證據，我還特地等他們牽手的時候才拍，所以那男人的臉我已經看到不想再看啦。」

「但我在前陣子的星期天偶然碰到梨花的男朋友，還和他聊了一下梨花的事，聽起來不像是會背著梨花劈腿的人啊。」

「想也知道那只是裝裝樣子而已啦。誰會老實告訴女朋友的親人自己劈腿啊。」

「這倒也沒錯啦……」

「看吧，果然跟我猜的一樣。」

唔呃。我的喉嚨發出奇怪的聲音。

「梨、梨花，妳怎麼會在這裡？」

「是我打電話叫她來的，既然都要報告結果，一次告訴所有人比較省事。梨花，妳去廁所去好久啊。抱歉啦，妳的男朋友是黑[9]的，看看這張照片吧。」

雖然我可以推論出因為要等梨花放學，才挑這個時間約我出來，但為什麼藻川老爺爺會知道梨花的電話號碼啊？而且你這傢伙的字典裡就沒有「體貼」兩個字嗎？

7 原文為祇園さん，是京都人對八坂神社的暱稱。
8 一種日本和服褲子，最初是武士階級的服裝，後來演變為男性傳統禮服的下裳，巫女也會穿著這種褲子。
9 日文的黑可以用來指稱對方涉有嫌疑。

「黑在日本代表有罪的意思吧？我的男朋友是黑的、是Black。明明就是不喝黑咖啡的人。」

「妳還是快點跟那種爛男人分一分，去找其他更好的對象。還是妳要找我排遣寂寞也行——」

梨花沒有把老爺爺的話聽完就轉身往外衝。這突然的變化讓店裡所有人都愣住了，只有那個陌生男子完全不顧店內的騷動，還在對沒把他放在眼裡的咖啡師展開熱烈追求。

「半天也行，只要妳和我在一起，一定可以明白我真摯的心意的。拜託妳，抽空陪我一次……嗯？」

這時，他終於察覺到梨花逼近他背後的氣息，就在他回過頭的瞬間……

「——！」

梨花以英文怒吼著什麼，在他的臉頰留下火辣辣的一掌。

「哦哦，感覺好痛啊。」我忍不住這麼說。畢竟我之前才在這裡嘗過同樣的苦頭。

梨花以像要踹破門的氣勢推開店門離去。男人失去焦點的視線在空中游移了一會兒，然後對咖啡師露出尷尬的笑容。

「剛才究竟是怎麼一回事啊？」

「您不知道發生了什麼事嗎？但我記得您英語說得很好呢！」

聽到咖啡師確認似的疑問，男人緩緩站了起來，有如被裁判宣告站立擊倒[10]的拳擊手般，搖搖晃晃地走出咖啡店。

店內頓時籠罩在如坐針氈的沉默中。

「……啊，結帳。」

在我覺得應該過了整整三分鐘的時候，美星咖啡師喃喃自語地這麼說，踩著沉重的步伐走到店外，但馬上就回來了。

「人已經不見了。」

我想也是。「妳不追上去嗎？」

「算了，如果隨便追上去，又讓他產生難以解釋的誤會就糟了。倒是青山先生，您剛才應該去追那女孩吧？」

「不，事情來得太突然了，我完全反應不過來。」

「對啊，這小姑娘也真過分，明明是我完成她的委託的，竟然連句道謝的話都沒說就跑了。」

過分的人是你才對。我和咖啡師無視老人的存在並離開原地，隔著吧台面對彼此。

「真是讓人放心不下呢！對男朋友的懷疑愈來愈強烈，似乎讓她的情緒變得非常不穩定，才會突然做出那種事。」

「妳聽得懂梨花在離開時所說的那句話是什麼意思嗎？」

「她說『隨便把交往掛在嘴上的人最差勁了』。」

應該是陌生男子的態度讓她想起自己的男朋友吧！我無法肯定是否如此，只能確定咖啡師

10 standing down，指的是雖然在比賽時沒有被擊倒，但裁判認定選手的狀態與擊倒相同的情況，如果沒在十秒內擺出戰鬥姿態，就會被判定為擊倒敗。

的英語程度比我好太多了。

「青山先生，您有辦法讓梨花小姐的心情平靜下來嗎？」

「嗯……但既然真相尚未大白，也沒辦法隨便開口安慰她。我其實還有點半信半疑呢。我覺得如果不當面詢問她的男朋友，是無法釐清真相的。」

「既然如此，關於她的男朋友是否劈腿這件事，只要能提出一個讓青山先生認同的結論就沒問題了吧？」

咖啡師向後轉身一百八十度，背對著我說：

「這完全由於我督導不周而起。今日發生的事，全由本店負起責任。若您願意原諒我的話，請再給我一次機會吧！這不僅是為了替叔叔的失禮表示歉意，同時也是為了洗清上次我完全沒有幫上忙的污名。」

說完後她又一百八十度轉身，這次她的手上多了一台手搖式磨豆機。

4

我配合她轉動握把的喀啦聲，先就我印象所及，細述我在咖啡店與梨花男友交談的內容。

「雖然不是每句話都記得，但我認為已經很貼近當時的內容了，妳覺得怎麼樣？」

咖啡師依舊沉默地思考著，沒有表示肯定或否定。就算我明白她不想妄下定論，但目前的問題是我連她究竟認為對方有沒有劈腿都不知道。

「呃，我剛才敘述時也稍微想了一下，真相會不會其實如下？」

我學著陌生男子之前的動作，身體探出吧台說道。

「藻川先生拍的照片裡出現的女性，其實是跟梨花男友相差多歲的妹妹。如果是平常穿的衣服就算了，但當時她穿的是浴衣吧？有些女生上了國中後，背影看起來就跟一般大人沒兩樣；考慮到兩人的年齡差距，兄妹為了不被人群沖散才牽著手一起走，也還勉強說得通吧？妹妹拜託今年春天才搬來京都的哥哥帶她去看祇園祭，才來到京都，聽起來挺合理的，不是嗎？加上兩個人站在一起是俊男配美女這點，也可以用兄妹長得很像來解釋啊。」

「我覺得完全不是這樣。」

咖啡師這次明確地否定了我的推論。

「請您注意照片裡兩人牽手的方式。他們的食指互相交疊，也就是所謂情侶式的牽手方法，對吧？如果兩人的關係只是兄妹，我覺得不至於會用這種方式牽手。」

「啊，真的耶。」我仔細盯著照片。「我是獨子所以不太懂這些，但或許真是如此呢。嗯……那會不會只是剛好長得很像……啊，還是說，男友其實有個雙胞胎弟弟？」

「青山先生。」

咖啡師停下轉著握把的手。嚴肅的臉上看不到熟悉的笑容。

「我非常能理解您不想讓身為親人的梨花小姐難過的心情。若您所說的就是真相的話，那不知道是件多好的事啊。但如果完全依賴參雜了願望的臆測，結果讓最有可能是真相的想法溜走，這樣真的是為了梨花小姐好嗎？」

我一句話也無法反駁。不需要她責備我，我自己也很明白這個道理。

她先以同情的眼神看了我一眼，然後才開口說出自己的想法。

「其實關於黑咖啡這件事，我一直覺得不太對勁。」

「事到如今還要談黑咖啡啊？」

我邊被再度響起的喀啦喀啦聲干擾，邊向她確認道。

「如果他真的劈腿，那則訊息就完全是在說謊吧！因為不能寫『我和劈腿對象在喝咖啡』，所以才改成一個人。」

「如果這則訊息是一封簡訊，就可以用說謊來解釋。但事實並非如此，所以我才覺得奇怪。與其發一則說謊的訊息，為什麼不乾脆一開始就什麼都不要寫呢？在自己家裡喝咖啡這件事重要到不惜扯謊也要讓全世界都看得到嗎？」

正因為是件無關緊要的事，才有可能沒經過深思熟慮就發表吧？雖然我在心裡這麼想，但咖啡師應該不會認同我的看法，所以還是別說出來好了。

「不過若真是如此，那又怎麼說明這件事呢？」

「他桌上那杯咖啡真的是黑咖啡吧？」

「我覺得是黑咖啡啦。如果有可能看錯的話，那梨花也不會如此肯定了吧！」

「──『看錯』？」咖啡師的手停了下來。「她沒有實際確認過味道嗎？」

「咦？我沒說過嗎？梨花的男朋友好像沒讓她踏進自己家門喔。所以那句『我家現在很亂』的藉口也加深她的疑心。」

「我只知道『她立刻離開了』，可不知道『她沒有踏進房間』喔。」
咖啡師以責怪的眼神看了我一會兒，然後為了讓自己專心思考，嘴裡開始念念有詞，不知道在說什麼。
「黑咖啡……一個人在家……我家現在很亂……」
喃喃自語的時候手會停下來，手轉動的時候則是嘴巴停下來。真有趣！
「青山先生。」她的臉突然湊到我面前。
「是、是。」我忍不住往後仰。
「梨花小姐那口流利的英語是在哪學的呢？」
「喔，她是歸國子女啦。直到今年春天在日本的大學就讀前，都一直待在美國。咦，這我也沒說過嗎？」
「這不是用『我沒說過嗎？』就可以帶過的事吧？為什麼這麼重要的事沒有先告訴我呢？」
咖啡師好恐怖。她的眼神好恐怖。我像是被人用短劍的劍尖抵著似的，只能乖乖地回答她接下來的質問。
「她的男友曾說過兩人目前只交往了一個月，對吧？」
「對、對，就是那樣。」
「也說他在那之後就聽女朋友的話，不再寫些會惹來麻煩的事了，對吧？」
「對、對，他說過。」
「然後梨花小姐在離開這裡時說的話則是『隨便把交往掛在嘴上的人最差勁了』，對吧？」

「對、對，她是這麼說的。」

「請不要說這種不負責任的話！您不是說自己沒聽懂她在說什麼嗎？」

真是的，到底想怎樣啦！再這樣下去我要抓狂囉！手都握成拳頭了！

連我的情緒也跟著變得焦躁不已。但相反的，咖啡師的態度卻瞬間冷靜下來，用比平常還低沉的聲調說道：

「上次我們曾聊過濃縮咖啡的話題，對吧？」

「是討論喝法那次嗎？妳說客人沒加砂糖就喝了。」

「無論在什麼領域都會遇到這種情況——也就是只要有點興趣就一定會知道的常識，但對毫無興趣的人來說卻完全不會考慮到的細節。濃縮咖啡的喝法就是很典型的例子。像我們這種專業人士或愛好者先入為主的觀念，反而很容易忽略看似不重要的真相。」

「這樣啊……所以妳的意思是？」

咖啡師拉開磨豆器的抽屜，聞了聞其中的香味。

「這個謎題磨得非常完美。」

雖然嘴上這麼說，但看起來卻一點也不滿意。

「我可以請問您一個問題嗎？」咖啡師難過地對愣在一旁的我問道。「青山先生覺得梨花小姐可愛嗎？」

「妳說可愛嗎？雖然應該不能說客觀，但其實我不覺得她是美女……」

「我不是這個意思，而是指站在親人的立場來看她。」

我知道啦。拜託妳笑一下吧，因為我在開玩笑。

「這個嘛，以親人來看的話，當然很可愛。」

聽到我的話後，咖啡師輕輕縮回下巴。

「我接下來要說的事，可能會讓青山先生聽了覺得很痛苦，但還是希望您能冷靜地聽我說。因為這個真相應該由您親口告訴梨花小姐。」

接下來，咖啡師緩緩道出的內容，對我來說果然是相當痛苦——不，是相當苦澀，就像某個人說他不會喝的那種黑咖啡一樣。

在黃昏時分的京都市區一隅。

一對男女正一步步爬上架設在兩層樓公寓外側的樓梯。

兩個人親密地交談著，完全沒有避人耳目。他們每踏出一步，鞋跟就會碰到鐵板製階梯，發出響亮的喀喀聲。雖然兩個人的腳步聲不同，但因為牽著手，所以步伐一致，同時響起的兩道足音聽來就像美麗的合音。

電線桿陰影處，有個女人正目不轉睛地盯著這兩個人，我自後方把手放在她顫抖的肩膀上。

「我在找妳呢！我想妳應該會跑來這附近。」

梨花一回頭，原本在下眼皮徘徊的眼淚便化成一滴淚珠流下。在路燈照耀下，並未看見臉頰上其他淚痕。可能是直到現在才終於忍不住淚水吧！

走完樓梯後，那兩個人在走廊正中央附近停下腳步。即使從這裡看不見兩人的表情，卻莫名覺得他們似乎很幸福。

「我以前曾在Roc'k On咖啡店看到他，他說自己就住在這附近。不過即使如此，我還是花了一點時間才找到。」

「我的男朋友竟然瞞著我劈腿，真是太可惡了。我現在就要去質問他這個現行犯！」

現行犯這種單字她會用不習慣是很正常的。我放在她肩上的手多了幾分力道。

「放棄這個念頭吧，妳還是不要去比較好。」

「為什麼！」

男生壓著開啟的門讓女生先走進房間，在這時，轉頭看了一下四周。但女生立刻拉著他進入房間，門也隨之闔上。直到最後都沒發現我們這裡的動靜。

「妳就算去了也只會更傷心而已。」

「哥哥，你為什麼說這種話？我真的很喜歡他啊！」

「因為他並不喜歡妳啊。」

梨花訝異地眨了眨眼睛。「……這是什麼意思？」

想毀滅一個女性的幻想，就跟深入虎穴欲得虎子一樣危險——在不得不告訴她殘酷的事實時，福爾摩斯引用波斯詩人的話便刺進我胸口深處。

「這全都只是妳的幻想而已。聽好了，梨花，妳根本不是那個男人的女友——應該說，現在待在他身旁的那位女性，才是他真正的女友啊。」

5

「……我這麼做應該是對的吧？」

將手肘靠在吧台上的我沒自信地這麼說後，美星咖啡師雖露出無力的笑容，仍明確地回答我。

「那當然。既然怎麼做都會讓她在事後感到難過，您一定已經將傷害減低到最少了。」

梨花所謂的和「男友」交往，其實只是她在好幾個誤會的作用下所看到的幻想罷了。當我在梨花即將採取行動前阻止她，對她解釋了這件事後，她的臉色變得如幽靈般蒼白，她用力推開我，朝著完全相反的方向跑走了。我原本還擔心她會不會做出想不開的事，但數十分鐘後她傳來的簡訊寫著自己已經回家；還有，若是看到條件不錯的男生，記得介紹給她。字裡行間充滿了不自然的開朗。從那天起過了數日，除了那封簡訊，她沒有再傳來任何訊息。

「美國好像沒有日本這種明確的『告白』文化呢！」

咖啡師邊陪我閒聊，邊在吧台內繼續工作。藻川老爺爺則厚臉皮地坐在店內的桌旁和年輕的女性客人談笑甚歡。

「一般而言，在美國並不是一跟對方說喜歡的當下就變成情侶，而是邀對方約會成功的話，才算是女朋友，然後在幾次單獨約會後逐漸發展成穩定交往的關係。不過，雖然無法一概而論……但像是『go out with』這樣的常用句，會讓人認為是不是象徵著美國的這種習慣。」

「日語中也有完全相同的用法呢！以『交往』為例，就同時具有『一起行動』和『以情侶身分來往』的意思。」

梨花曾說過，在兩人第一次約會以後，就沒有見過那個男生，但她卻知道男生住在哪，代表她是在約會那天得知的。既然這樣，就可以猜出男生對她說的「交往」其實是另一個意思。那不就代表他只是想拜託梨花陪他走回家嗎——那也正是他口中所說的，曾經一度自暴自棄的那件事吧？

很不幸的，梨花卻將這句話解釋成他向自己提出交往的要求。而男朋友這個稱呼可能也被他往對自己有利的方向解釋了吧。既然兩人從那之後還繼續保持聯絡，很難想像他沒有察覺到梨花對自己的情意；然而，他是故意不告訴梨花自己有了新的女朋友，還是只是不知該如何開口呢？如果是後者的話，Facebook上的「穩定交往中」也可看成是想向至少關注自己的「朋友」梨花報告一聲，不過這點在無法向本人求證的情況下，也無法確定。

梨花只有一次是帶著幸福的心情踏進他的房間。我不知道當時在那裡發生了什麼事，也不想知道，或許就是無法以梨花自己妄下定論來合理化的某件事——只有情侶之間才能做的事，同時也是讓梨花害羞得難以說出口的事吧。若要我對此發表個人的感想，其實我很怨恨他。既然是在兩人獨處的環境下，因為彼此渴求的事物一致而發生的行為，即便時間相當短暫，而身為第三者的我也覺得自己沒有權利譴責這件事。

又或者只是我在逃避吧！逃避去斷定他究竟是白還是黑。

「他看起來實在不像壞人啊，現在我仍是這麼覺得。」

我的雙手像情侶般十指交疊著說道，咖啡師便輕輕地歪了歪頭。

「我無法訂定善惡的基準。但他從一開始就沒有說謊。既然連女友的親人突然出現，還質問了自己一堆問題，他也願意一一回答，我認為他應該是個正直的人。」

那天咖啡師告訴我的關於黑咖啡的真相，實在蠢到讓我想抱住自己的頭。在日本，所謂的黑咖啡，大多指的是不加砂糖也不加牛奶的純咖啡。但包括美國在內的外國，則是指咖啡的顏色是黑色，也就是只表示牛奶的有無。

梨花只看了一眼馬克杯，就斷定杯裡的咖啡是黑咖啡。但光憑肉眼是無法看出咖啡裡有沒有加砂糖的。我在聽梨花敘述時忽略了這點，咖啡師卻對此感到疑惑。沒辦法喝純咖啡的他閒來無事，便在自己家裡一個人喝著加了砂糖的咖啡，並把這件事發表在Facebook上。

「當我想到他並未說謊的時候，所有觀點就都反過來了。如果他沒有劈腿，那也表示和他牽手的那位女性才是他真正的女友。至少在他心裡是這麼認為的。」

所謂的情侶，說穿了就只是基於雙方的共識才得以成立的脆弱關係。就連判定彼此是不是情侶的基準，也全憑個人解釋，無法明確定義。雖然我對梨花說這一切都是幻想，但在梨花心中，自己是他的女友這件事，卻是再明確不過的事實。

「真是難解啊，沒想到關於劈腿，他最後竟然不是黑也不是白。」

「不過您應該對黑咖啡感到厭煩了吧？」

突然「咚」的一聲，她把一個大玻璃杯放在我面前。裡面裝滿了咖啡和沉澱在底部的白色液體。

「這是什麼？」

「這是白咖啡。雖然此名稱在各地都可看到，但我今天做的是越南式的。」

越南是以咖啡豆生產量排名世界第二聞名[11]，僅次於巴西的國家。生產的咖啡豆多半是羅布斯塔種，直接飲用會太苦澀，所以添加煉乳之後甜甜地喝是當地流行的喝法。這種咖啡可以直接稱為越南咖啡，或是稱為白咖啡，用來和不加煉乳的咖啡區分。在沖煮時會使用金屬製的專用器具，是一種充滿異國風情的咖啡。

我想起咖啡師之前敷衍陌生男人的回答。

「妳上次說用的咖啡豆可能是阿拉比卡或羅布斯塔，看來也不全是隨口說說呢。」

「這平常可是不會拿出來給客人喝的，今天是特殊情況。」

咖啡師微笑了一下。她口中的特殊情況幾乎等於是為了安慰我的意思吧。

我含住吸管，讓白咖啡流過我的喉嚨。好甜。有夠甜。就算是讓梨花傷心的他，也肯定能高興地奔向這杯咖啡的懷抱。

「連咖啡的苦都無法忍受的男人，將這份苦澀施加在梨花身上，自己卻獲得甜美的戀情。一想到這裡，的確很不甘心呢！會讓人忍不住想給他點教訓。」

「那可不行。您已經做了您能做的所有事了。若青山先生在此時出面，梨花小姐的堅強不就化為泡沫了嗎？雖然由我這個局外人開口或許有些輕率，但我認為，梨花小姐一定沒問題的。隨著時光流逝，她的傷口總有一天會痊癒的。」

不知為何，我覺得咖啡師的口氣中隱含著確信。由於不確定她的信心是從何而來，我就算想抗議她的話太不負責，也說不出口。

「不過，我還是很擔心她的情況。如果能像她所說的，介紹個男人給她的話，至少還可以趁機關心她一下。可惜我現在腦中想不到半個人選。」

就在我如此感嘆的時候，伴隨著清脆的門鈴聲響起，一位客人飛奔了進來。

「呃。」咖啡師難得地發出了與形象不符的聲音。我也跟著「哇啊」地暗叫一聲。因為站在我們面前的就是先前那名陌生男子。

他連正眼也不看我，跨著大步走向咖啡師。咖啡師慌了起來。

「啊，那個……無論您約我多少次，我都……」

「那女生今天沒有來嗎？」

那女生？我和咖啡師面面相覷。

「就是前陣子打我一巴掌就跑了的女生啊！我在店裡看到她好幾次，還以為她是常客。」

喂喂。喂喂喂，真的假的？男人彷彿沉浸在自己的回憶中般地抬頭看著天花板，充滿憐愛地用手掌撫摸自己的臉頰。

「她斥責我時的嚴厲口氣，還有臉頰上強烈但近似快感的痛楚。從那之後，她的身影就在我腦海中揮之不去。我已經完全迷上她了。」

等、等、等一下。不不不，這怎麼可能？男人完全沒發現自己身旁就站著對方的親人，他

---

11 在二〇一二年已超越巴西成為世界第一大生產國。

深深地低下頭說：

「拜託了，能不能把她介紹給我呢？我這次是認真的，甚至可以說我現在對妳已經完全不感興趣了。」

咖啡師目瞪口呆了好一陣子，突然悄悄對我說：

「您好像有對象可以介紹了，真是太好了。」

她的笑容極盡捉弄之能事，像在說自己鬆了一口氣似的，我不禁憤怒地罵回去——妳也太不負責任了吧！

三　隱藏在乳白色中的心

1

事件的契機總會在我意想不到的時候前來叩門。

對我來說，和塔列蘭咖啡的相遇，也代表了與切間美星這名女性的邂逅。我認為將我的理想化為現實的她，是位在各方面都具備神祕魅力的女性，也讓我對她興起了超越一介咖啡店員的好奇心。另一方面，我被吸引的原因，其實就是她能沖煮出我理想的咖啡的咖啡師身分，不過也無法完全否認，當我一旦得知味道的祕密，就會對她失去興趣的惡劣心態。我雖然以重現理想咖啡為首要目的親近咖啡師，但真要深入探討真相時，心裡就會產生恐懼感。可以說已經快迷失自己的目的了。

表面上美星咖啡師對待客人也很和善，卻不會讓客人輕易親近她，有時候會覺得她好像一直在築一道肉眼看不見的牆，讓人覺得像在跟一個被過度管教的小孩說話，她臉上的微笑則有如一副藏起情感的面具。即便我已經造訪塔列蘭數次，也逐漸化解她的戒心，我還是配合其獨特的距離感，巧妙地謹守著客人的身分。雖然是有意識的行為，我卻一直努力不去注意。

我們的關係卻因為一個預料外的發展而出現了變化。

——美星咖啡師在靠窗的桌旁和我面對面坐著，看起來心情很好。

距離八月結束只剩下幾天，斜斜照進室內的陽光可隱約窺見幾許秋意。話雖如此，殘夏的氣候依舊相當炎熱，選擇喝熱咖啡還是難以擺脫逞強之嫌。我無所謂，因為這是我來光顧的主要目的嘛。那為何我現在即將脫口而出的卻盡是嘆息呢？

……難道是味道變差了？

我以僵硬的假笑回應咖啡師的微笑。我根本不敢在這種氣氛下老實說出感想。要是我現在說這杯咖啡「差強人意」的話，等於斷言美星咖啡師所煮的咖啡只有這種程度。再加上我從未在她臉上看過如此愉快的笑意，所以我死也不會說。

「妳平常使用的都是怎樣的咖啡豆呢？」

突然提起其他話題會顯得很奇怪，於是我只能藉由談論咖啡來逃避。

「如果我只說阿拉比卡或羅布斯塔的話，您應該無法滿足吧？但是很抱歉，這是我們的商業機密。」

咖啡師壓低聲音回答。當然，我從一開始就不指望她把祕密告訴我。

「你們的咖啡豆看起來不像自行烘焙，是怎麼挑選採購的？」

「在北大路有一間我們長期合作的烘焙業者。好像是上一任店長太太在創立我們店之前就認識他們了。對方雖然年紀很大了，但細膩的烘焙技術絕對一流。我們都是請對方準備咖啡豆，再少量進貨。」

「因為不論是生豆還是烘焙完成的咖啡豆，如果請對方留貨，風味很容易就流失了嘛。」

「不只如此，氣候或保存環境等條件也會影響咖啡豆的香味，使品質產生變化。為了讓影響縮減至最小，採購時我會檢查味道，然後再針對烘焙的程度等細節請烘焙業者進行細微的調整。」

除了咖啡豆的品種和綜合咖啡的調配比例，烘焙程度也會徹底改變咖啡味道；為了確保咖啡的香味不變，用人類的舌頭仔細監督修正是不可或缺的重要步驟。所以塔列蘭符合我理想的咖啡，可以說是咖啡師和烘焙業者合作下誕生的成果。

難怪她說話的態度神祕兮兮的，我頗為認同地點點頭，又喝了一口咖啡。接著我的懷疑成了肯定，咖啡的味道真的變差了。距離我上次來訪是兩週前，在這段期間究竟發生了什麼事呢？

「您上次來這裡應該是在送火之日那天，對吧？」

咖啡師的話就像準確地看穿了我的心思般，讓我心頭一驚。

所謂的送火，指的是和葵祭、祇園祭、時代祭並稱京都四大例行活動的五山送火。為了送走在中元節時迎來的祖先靈魂，會以篝火在俗稱大文字山的東山如意嶽排出「大」字，並在其他山上分別排出妙法、船形、左大文字、鳥居形的字樣，代表著京都夏季的活動。由於舉行日期在每年八月十六日，也有人稱它為「大文字燒」，不過卻因此激怒了當地居民。主要的理由據說是「這是把祖先靈魂送到另一個世界的宗教儀式，怎麼可以隨便加上『燒』呢」[1]？但其實在很久以前的時代好像也曾被稱為大文字燒，事情似乎沒有單純到能讓身為局外人的我以瞭若指掌的口氣談論。

總之，在京都定居邁入第三年的我，決定今年一定要看一眼映照在夜空的「大」字，所以特別空下十六日一償宿願，並順便造訪這間店。這段前因後果咖啡師已經聽我說過了。

「哦，嗯，是啊。當時一時興起就跑來了。」

我的一時興起確實促成了今天這意想不到的局面。我現在會坐在此處和美星咖啡師喝咖啡，是因為接受她的邀約。既然如此，我就算把她的用意解釋得稍微樂觀一點也無妨吧？之前一直避免去想的念頭劃過胸口，即便對兩人的關係懷有些許微弱但令人愉快的緊張感，好像也沒什麼奇怪的——如果和以往不同味道的這杯咖啡，沒有徹底破壞此時美好的氣氛就好了。

我把手肘靠在桌上，懶洋洋地看了一眼窗外。說時遲那時快，一個人影從我面前閃過，我不禁「啊」的輕呼一聲。

「那小孩怎麼了嗎？」咖啡師的耳朵真尖。

我看著男孩子逐漸走遠的背影，疑惑地歪了歪頭。

「只是在想他為什麼要背著書包。」

「如果他是幼稚園學生或國中生的話，我也會覺得很奇怪。」

「那個小孩是小學生喔。可是現在才八月，應該還在放暑假吧？」

咖啡師眨了眨眼。

「青山先生，您在京都定居多久了？」

「兩年多。之前住在大阪，更久之前則是老家。是離這裡很遠的城市。」

「那難怪您不知道了。不過，為什麼您看得出來那孩子是小學生呢？」

雖然不知道她究竟在說我不知道什麼，但我還是先回答她的問題。

「妳看到剛才那位少年的樣子嗎？雖然我不知道這種說法是否恰當，但只要見過他一面就很難忘記吧？」

「是啊，他的頭髮和眼珠的顏色都不像日本人。」

不只耳朵尖，連眼力也好得很。

「他用很快的速度跑過去了呢！總覺得好像還看到他在哭……」

「在哭？從我的位子幾乎只看得到背影……總之，是個很特別的孩子吧？也就是說，我並不是今天第一次看到他。」

此時我腦中出現一線光明。如果把少年至今的怪異舉動告訴咖啡師，一定能吸引她的注意力。然後我們交談的內容就會繞著少年打轉，避開與當前這杯咖啡的味道有關的話題。而且萬一她真的替我解開了少年的祕密，不只是一石二鳥，甚至可說是個一石三鳥。

「雖然不是什麼大不了的事，但我們難得碰面，就請妳再陪我一會兒吧——」

為了盡可能忠實重現自己和少年的對話，我開始仔細訴說，而伴奏音樂的爵士樂也像要吞

1 文字燒為一種日本鐵板燒小吃，大文字燒便是把活動戲稱為食物的說法。

聲屏氣般，突然轉變為沉穩的曲調。

2

最後一次見面應是在兩週前，最早則得從那時再往前追溯半個月左右。

那天才剛邁入八月沒多久，是個熱到讓人發暈的日子。跑去大學的圖書館吹了一會兒冷氣後，便在回家路上繞道前往超市買晚餐。

超市位在一間小學正後方，將腳踏車停在隨處可見的腳踏車停放處。當正要穿過停放處入口的自動門時，突然感覺有人拉住袖子，便轉過身一看。

「——大叔。」

站在面前的是一名長得像白種人的少年。

他看起來差不多有十歲吧！棕色頭髮又細又軟，長度約到肩膀；眼珠也是淡褐色的。他的右手拉住我的袖子，左臂抱著一顆足球。

京都是個外國人很多的城市，少年出現在此處並不覺得有什麼奇怪。但一牽涉到彼此能否溝通就另當別論了。更何況一切實在來得太突然了……

「I can't speak English, I am a Japanese student……」

總之，腦袋完全打結。

少年有些傻眼地從鼻子哼出一口氣。

「冷靜點，大叔。我會說日語。」

十分老成的口氣成功地讓人相當難堪。或許會覺得很不講理吧！但還是忍不住有些粗魯地扯回了自己的袖子。

「我怎麼看都不像是大叔嘛。害我完全以為你的國家把『大叔』當成問候語來用了耶。」

「少騙人了。你剛才明明說了English怎樣的。」

比剛才又老成幾分的口氣讓人嘴角不由自主地抽動起來。

「你的日語發音真標準啊。但你有個地方說錯了，讓我來教教你吧。你不應該叫我大叔，而是要叫哥哥……」

「大叔，你是不是搞錯啦？」別人在跟你說話，你應該好好聽才對啊。「別看我這樣，我是在日本出生長大的，是個道地的日本人。」

這下可糗了。目前是暑假，而他穿的T恤胸前的確別著小學的名牌，上面寫的姓名完全是日本人會用的漢字名字。

可能已經習慣了，還沒詢問，少年就自己回答：

「我爸爸是美國人，所以替我取了健斗（Kent）這個在美國也能用的名字。媽媽是日本人喔。」

他說話時翹起嘴唇的樣子有些落寞。

總覺得自己好像說了非常過分的話。為了掩飾失言，便努力擠出有點牽強的藉口。

「搞錯的人應該是你才對喔，健斗。所謂發音標準的日語，意思是你明明人在京都，日語卻說得像個東京人啦。」

「啊，是這個意思啊？」

無論再怎麼老成，終究是個孩子。一下子就被唬得一愣一愣的。

「我們直到最近都還住在橫濱，爸爸工作的關係，春天才搬來這裡。」

「原來是這樣啊。京都是個很棒的城市喔。你一定會喜歡上這裡的。」

明明自己也沒有住多久，卻忍不住用起前輩的口氣。

「是嗎？」健斗並未老實地點點頭。

「當然囉。不過你現在應該還忘不了以前住的地方和那裡的人吧——所以你為什麼要叫住哥哥我呢？」

在少年面前彎下腰來問道，他說了句「對喔」，露出認真的眼神。

「我有事想拜託大叔。」

「拜託我？哥哥雖然不知道自己能不能幫上忙，不過你還是說說看吧。」

「大叔你現在要在這間超市買東西，對吧？」

「對啊，哥哥現在要在這裡買東西喔。」

「你也會買牛奶嗎，大叔？」

「這麼說來，家裡好像沒牛奶了。嗯，哥哥應該會買牛奶吧。」

「那大叔可以把你買的牛奶……」

「——搞什麼啊！連一句哥哥都不肯叫是怎樣！」

真是的，你該慶幸跟你說話的對象是個心胸寬大的大人啊。

但健斗完全忽略這發自靈魂的叫喊，提出了有些厚臉皮的要求。

「如果你有買牛奶，希望你可以分一點給我。」

「為什麼要我分給你啊？好歹告訴我理由吧。」

在對他的要求表示疑惑後，少年便把足球湊了過來。

「看到這個還不懂嗎？我現在要去學校踢足球，所以很需要補充水分吧？你不知道什麼叫中暑嗎？」

實在讓人有夠火大……才怪，一點也不覺得火大喔。不能跟小孩子說的話計較嘛。

「你應該自己從家裡帶水來才對啊。」

「我忘了拿啦。不然我幹嘛拜託你。」

「那你回家拿不就好了。」

「我才不要，好麻煩。學校就在旁邊了耶。」

「開口拜託人更麻煩吧……不過如果要補充水分，喝運動飲料之類的不是更好？」

「沒關係，喝牛奶就行了。我想讓自己長得更高一點。」

再看了他的名牌一次，上面寫著：四年一班。剛才目測他大概十歲，看來猜對了。聽他這麼一說，或許真的有點矮。

「因為要去學校，才乖乖別上名牌啊？」

「喔，這個啊？其實我不想別的，可是媽媽很囉唆地叫我一定要別。踢足球的時候有夠礙事的，對吧？如果媽媽出門，我就不用這麼做了，可是媽媽又不是每天都有打工。」

雖然看起來像在耍性子，但一提起父母就滔滔不絕，肯定很喜歡自己的爸爸和媽媽吧！就這點來看，即便他的脾氣很彆扭，還是讓人感到欣慰。

而在覺得令人欣慰的時候，就已經算是大人輸了吧。

「哼，真拿你沒辦法。」

「你願意分一點給我嗎？謝謝你，大叔！」

於是笑了笑。「只要你不再叫我大叔。」

「……謝謝你，哥哥。」

接著雙手環胸，點了點頭。「很好。那你在這裡等我一下。」

只花了十分鐘就買完東西。當單手提著塑膠袋走出超市時，少年仍舊一臉正經地乖乖站在原本的地方，額頭兩側因為汗水而閃閃發光。

「到裡面等不是比較涼嗎？」

「是你叫我在這裡等的吧？」

「抱歉抱歉，來，給你。」把小紙盒裝的牛奶交給鼓起雙頰的健斗。「反正你應該連裝牛奶的容器也沒帶吧？整盒都給你。」

「咦……這樣好嗎？」

少年不安了起來。即便是小學生，在要求別人為自己的私欲掏錢時，好像還是會過意不去。雖然就結果來看都一樣，但他或許覺得買來再分裝的作法比較對得起自己的良心吧！

這不過是一百圓的舉手之勞罷了，在成為擁有良知的大人的過程中，他的內疚之心或許挺重要，但過多的感謝反而讓人不知該如何回應，於是故作不耐地揮揮手，要少年快點離開。

「沒關係啦。快點去學校盡情地踢你的球吧。下次我可不會那麼好心了。」

「哇！我真的可以收下吧！太好了，謝謝你！」

他的臉瞬間充滿神采，不過是一盒牛奶就樂成這樣，替他出錢的人也算達到目的了。雖然口氣囂張得很，但小孩子還是非常可愛。

健斗懷裡抱著足球和牛奶，飛快地跑走了。

「跑那麼快很危險，要小心車子啊！」

手放在嘴邊開口提醒他，他便轉過來用力地揮了揮手，說：

「謝謝你，大叔！」

一聽到這句話，當然是對著他漸行漸遠的背影放聲大喊——把牛奶還來！

3

窗戶另一側，三個背著黑色書包的小孩邊嬉戲邊往前走。

其中一人手裡提著可能用來裝打菜用具的白色束口袋，裡面塞了一件負責打菜的人會穿的白衣。小孩把束口袋當成網袋裡的足球般又甩又踢，當另外兩名小孩也跟著拍打時，三個人笑鬧的聲音就算隔著窗戶也聽得見。連看不出哪裡好玩的遊戲也能盡情樂在其中，或許就是小孩才能享受的特權。我在說到一半停下來喝口咖啡的時候，一直眺望著閒適的這一幕。

「外表看起來雖然像美國人，骨子裡卻是徹頭徹尾的日本人。如果把他的情況顛倒過來，我的親人中也有類似的人呢！我所說的特別，指的當然不是他的外表，而是他向路過的學生要牛奶的行為稍微引起了我的好奇。」

我個人也對咖啡的黑和牛奶的白之對比感到很有趣。

咖啡師聽到我的糾正後輕笑出聲。

「他一定是個心地很善良的孩子吧。」

哎呀，聽完我剛才說的故事後，她稱讚心地善良的對象不應該是那位少年才對啊。

「難不成妳心裡已經有些想法了？」

「目前為止，只能說我的臆測純粹是個人想像罷了。在運動後喝牛奶可以有效預防中暑的說法，我好像也聽過。」

「咦？」是這樣嗎？我倒是沒聽過。「牛奶嗎……就算知道對身體很好，我也不想嘗試呢！因為不管怎麼想，都不覺得牛奶能解渴。」

「您提到運動飲料的時候，健斗沒有否定您的建議，而是加上『因為想長高』的理由，對吧？我認為他不知道牛奶可以有效預防中暑。話說回來，如果這件事情只發生了一次，實在不像特別想和別人提起的趣聞呢。」

「沒錯，其實他在那之後也跟我要了好幾次……總之，在說完要牛奶這件事後，接下來就讓我直接切入重點吧！」

我再次推敲著適當的詞彙，謹慎追溯腦中的記憶。這時，我不自覺地朝窗外一瞥，小孩子所背的書包左右搖晃著，如同那天的少年般逐漸遠去。

之後只要經過先前那間超市，都會看見胸前老實地別上名牌的健斗，抱著足球，在「物色」心胸寬大的大人。

該說是他感覺像比自己小很多歲、口氣很囂張的弟弟嗎？不過，既然沒有真的對他生氣過，應該是比親生弟弟更有種想疼愛他的衝動吧！而從少年彆扭的態度中，也隱約感覺到他想親近，以及仰慕自己的心情，就算每次見面他都很沒禮貌地叫人大叔，最後還是會慷慨地買牛奶給少年。

「你每天都踢足球啊？將來想加入日本代表隊嗎？」

有一次把牛奶拿給他時，隨口聊起他手裡抱著的足球。

不過，他的反應很冷淡，只回了一聲「嗯」。或許是快接近不好意思大聲說出夢想的年紀了吧。

「你的同伴還在學校裡等你吧？快去努力練習吧！」

邊說邊摸了摸他的頭，即使手已經不再摸他，他還是不停搖頭。

「我一直都是一個人喔，沒有同伴。」

真讓人吃驚。小學的操場上有球門，最適合用來練習，不過既然特地出門來學校，讓人以為他一定事先和同伴約在學校，然後連著好幾天都以練習當藉口跟同伴一起玩耍。

回想起他曾提起自己轉學過來還沒多久，突然有些擔心。這孩子該不會還沒適應新學校的環境吧？還是因為太熱衷於踢足球，技巧已經熟練到朋友沒辦法陪他練習了呢？看來必須測試一下他的水準才行。

「那好，你挑球來看看吧。」

健斗的嘴又翹了起來。「才不要，我踢得不是很好。」

「你說踢得不是很好，最多可以踢幾次啊？」

「……大概五次吧。」

「五次？」不自覺地複述了他的回答。雖然不是踢得愈多次愈好，但只有五次的話也未免太慘了。是沒有人指導他的關係嗎？因為對一頭熱地練習足球，卻掌握不住訣竅的少年興起憐憫之心，於是開口說道：

「好，你的球借我一下。」

然後繞到腳踏車停放處，利用空地表演了簡單的挑球給他看。「嘿！嘿！喝！」

「哇！沒想到大叔你還挺厲害的嘛！」

看到他像一般的小孩那樣露出頗為佩服的反應，便輕輕地把球踢還給他。

「別看我這樣，我國高中時也是愛踢足球的小孩喔。不過啊，如果你想當職業選手，至少也要有我剛才的程度才行。要不要我陪你練習啊？」

「不，不用麻煩你了。」

回答得還真快。為什麼只有這時候講話如此恭敬呢？

「哎唷，你客氣什麼啊。聽好了，不只是踢球的方法，我還可以教你很多東西喔，像是如何把身體鍛鍊得比任何人都強壯。」

「真的嗎？」健斗的眼睛瞬間亮了起來。可能因為舉了實例來說明可以教他，讓他腦中浮現了充滿樂趣的想像吧。

「是啊，但今天我沒空，下次再說吧。」

「嗯，一定要教我喔！我們約好了！」

少年開心地點點頭，然後就往小學的方向跑走了。

——但這個約定還沒來得及實現，兩人的關係就出現了裂痕。

大概是在送火日那天晚上九點左右吧。我應該不需要再說明一次吧？那時我也坐在這裡喝著咖啡。店裡還有學生情侶以及許多客人，相當熱鬧……就在我的視線突然轉向窗外時，一名少年從店外跑過，在店內燈光照明下，我清楚地認出那張只要見過一次就忘不了的臉。

雖說當時的情景很類似剛才我們看到小學生跑過的情景，但狀況完全不同。即便考慮到當天是送火之夜，那也不是小學生會一個人在外頭遊蕩的時間。除了我之外，店裡也有好幾個人在意地緊盯著他的背影。

看到自己認識的小孩這麼晚還在外面，誰都會擔心吧！所以回過神時，早已打開店門飛奔而出，在草坪附近抓住健斗。少年極厭煩地轉過身，不過他的模樣不太對勁。

他的T恤皺巴巴的，短褲也沾滿泥土，膝蓋破皮紅腫，嘴角還有很新的瘀青。

「健斗……你怎麼了？」

由於太過震驚了，甚至覺得自己的聲音像是從遠處傳來般。少年露出泫然欲泣的表情，一看就很清楚那不是因為傷口疼痛造成的，因為寄宿在他雙眸中的是與脆弱形成強烈的對比、彷彿可以刺傷人的激烈情緒。

「你這個時間在這裡做什麼？怎麼會弄成這副模樣？」

雖然現在先該關心的應該是健斗的身體才對，不過由於覺得情況並不單純，還是忍不住追問下去。

少年難堪地低著頭，「我沒事啦，現在正要回家。」只回了這麼一句話。

還是無法放著他不管。不過，現在這個時代，要是隨便出手幫忙，可能只會讓對方的父母更擔心。於是思考片刻後，便拿出手機邊問健斗：

「你可以告訴我你家的電話嗎？你現在受傷了，一個人回去太危險了吧？還是打電話回家請家人來接你比較好。在他們來之前，哥哥會陪健斗一起等，現在你家裡應該有人吧？是媽媽？還是爸爸——」

就在這時候……

「我不是說我沒事嗎！」

少年的怒吼劃破了夜晚的寧靜。

他的反應太過突然，讓人完全不知道自己究竟哪裡惹了少年生氣。回應他的笑容在他眼裡應該也顯得很僵硬吧！

「你怎麼突然露出那麼恐怖的表情啊？」

「還不是我自己一個人可以回去，你卻把我當小孩的關係！」

「把你當小孩……健斗你本來就是小孩啊？」

「你不是要我叫你哥哥嗎？那就不要把我當小孩。那是大叔才會做的事，像爸爸這樣的大人才會這樣，不是嗎？」

他激昂的怒火絲毫沒有平息的跡象。

「就是因為你不是這樣，我才會拜託你，因為你有一半不像大人，我才以為可以跟你好好相處。不要在這種時候才擺出大人的架子好不好！我沒辦法跟像爸爸那樣把我當小孩的傢伙好好相處啦！」

「喂，健斗！」

健斗甩開制止的手飛奔而去，很快就跑得不見人影。

至今還是對他如箭矢般吼出的話的真正含義一知半解。唯一能確定的，便是自己明明不是他最喜歡的爸爸，卻以彷彿訓斥小孩般的態度跟他說話。個性好強的健斗就算認為自己被當小孩而感到排斥也不奇怪吧！

既然已經追不上他，只好兩手空空地折返咖啡店。失落地回到店裡後，瞪了在一直敞開的店門後方看熱鬧的幾名客人一眼，以表抗議。接下來的時間，我便懷著鬱悶的心情邊啜飲咖啡，邊靜靜聆聽其他客人交談。

4

——碰！

咖啡師急忙站起身子，兩眼渙散地喃喃自語。

「我覺得完全不是這樣。」

故事一說完後她就冒出這句話，我根本聽不懂她的意思。

「妳說不是……啊，是指這咖啡的味道嗎？說得也是，既然出現如此大的差異，唯一的可能就是咖啡豆根本不同……」

「我不是在說這個。」她和我四目相對。「青山先生，今天是星期幾？」

「妳怎麼沒頭沒腦地問起這個？今天當然是星期三啊。要不然妳怎麼有辦法來這種地方。」

此時我們，不對，是美星咖啡師的怪異舉動似乎終於引起他人的注意，一名女性從店內後方小心翼翼地靠過來。身穿格子花紋的圍裙，頭上綁著佩斯利漩渦花紋頭巾的大姊有些不安地問道：

「這位客人，本店的咖啡有什麼問題嗎？」

我暫且拋下心煩意亂的美星咖啡師，一個人無奈地聳了聳肩。

——這裡是位在京阪出町柳車站附近賀茂大橋西北側的一間小咖啡店。

露出白色磚頭的店內牆壁，讓人聯想到愛琴海的美景，是間明亮又氣氛絕佳的店家。隔著大片窗戶可以眺望沿著即將與高野川匯流的賀茂川搭建的遊覽步道。健斗之前就是在這裡由南往北跑走的。

為什麼我會和美星咖啡師一起來喝其他店的咖啡呢？這得從我在塔列蘭結束中元連休的第一天登門造訪時和咖啡師的對話內容談起。

「其實我發現有間咖啡店的咖啡和這裡很像喔。」

我為了確認是不是真的很像，硬是點了熱咖啡，邊喝邊說。

「因為我個人堅持，無論如何，都想看一次『大』文字。今年終於在賀茂川的堤防上看到了。當火焰熄滅，我正打算回家的時候，剛好在附近發現一間還沒打烊的咖啡店。於是我像飛蟲被亮光吸引般地走進去，在開著冷氣的店內點了杯熱咖啡來喝。結果那簡直就是味覺的既視感啊！」

「哎呀，那我可不能繼續悠閒地坐在這裡了。」咖啡師在吧台的另一端輕笑著說。「若您不介意的話，是否能帶我去那間咖啡店一探究竟呢？」

事件的契機總會在我意想不到的時候前來叩門。總而言之，我在相當突然的情況下答應了美星咖啡師提出的約會邀請。我知道她唯一有空的時間只有塔列蘭的固定休假日星期三，於是當場決定了約會日期。那正是今天，八月最後一週的星期三。

我盡可能以和緩的語調對店員大姊說話。

「沒有啦，只是覺得上次來這裡時喝的咖啡好像跟今天不太一樣。」

「您說上次是……」

「應該是八月十六日，送火日那天。」

我一回答，她的臉色就變了。

「真的非常抱歉！那天的咖啡味道很奇怪吧？」

經她這麼一問，我反而不好意思說是今天比較奇怪了。

「本店的咖啡豆都是跟附近的個人業者採購的。對方是擁有數十年經驗的老手，但最近似乎因為年紀大了，在工作上開始出現疏失……」

這次是聽覺產生既視感了。好像沒多久前才聽過類似的內容。

「雖然沒有仔細確認是我們的錯，但原因似乎是在進貨時，業者錯把要送給其他顧客的一小袋咖啡豆混進我們的豆子裡。再加上當天正好是送火日，前方的河岸地和鴨川三角洲都是絕佳的觀賞景點，從那裡順路光顧我們店的人很多，我們店員也忙得昏頭轉向……竟然在常客詢問後才發現我們一直給客人喝其他店的豆子沖煮的咖啡，真的非常不好意思。」

原來這種事有可能發生啊？「妳口中的個人業者，難道是在北大路上的那位？」

「為什麼您會知道呢？」

可憐的店員的臉都發青了。

我忍不住感到一陣無力。原來我那天所喝的咖啡，是以塔列蘭長期使用的咖啡豆沖煮而成的。北大路距離這間咖啡店很近，會湊巧跟同一位烘焙業者收購咖啡豆也沒什麼好大驚小怪的。即便當時塔列蘭還在連休期間，也有可能為了先準備假期結束時的咖啡豆，或是想自己沖煮來喝而向業者收購，這一點也沒有可疑之處。但從上述的情況所衍生的事件，則是累積了數個沒人想得到的錯誤而造成的結果。

雖然咖啡香味會根據豆子的保存、研磨和沖煮方式而產生變化，但既然原本就是同樣的豆子，煮出來的咖啡味道當然會很像。不過話又說回來，在確認咖啡味道是否和平常一樣時，這間店的店員難道沒有發現奇怪的地方嗎？當然每個人的喜好本來就不盡相同，但如果是我，一定會立刻去找烘焙業者追問咖啡豆的來歷。

「原來是這樣啊。唉，那也怪不得你們……」

正當我對店員露出模稜兩可的笑容時……

在我與店員交談的短短一、兩分鐘內，原本一直在旁邊呆站著，讓人不敢上前搭話的咖啡師，突然一個轉身，衝出咖啡店。

「等一下，妳要去哪啊，咖啡師！」

我嚇得急忙想追上她，但是……

「客人，您還沒結帳啊！」

店員大姊卻不肯放我走。

「請、請妳放開我！我馬上就會回來，東西也先借放在這裡！」

「你剛才說了咖啡師，對吧？難道你們是同行？」

啊，對喔，在這裡提到咖啡師好像不太妙啊。

「她的名字叫場里乃須多子[2]！好了，再這樣下去我會找不到她，妳快放手！」

2 此名字的日文發音balinosutako與咖啡師（balisuta）類似。

我以男人的力氣在驚嘆號交錯的爭論中取得勝利。雖然對店員大姊有點抱歉，但她目送我離去時大喊著「不行！不准跑啊！」或許會讓路人產生奇怪的誤會，讓我反而比較擔心自己的清白。

可能是步伐較小影響了咖啡師跑步的速度，我立刻追上奮力奔跑的她。她沿著遊覽步道，一路往北急奔，蘇格蘭長裙裙擺——這還是我第一次看到她私底下的穿著——也不停飄動著。

「剛才是我今年第二次被當成白吃白喝的嫌疑犯了喔。究竟怎麼啦？」

「對不起，但我實在很在意那孩子拿的東西。」

咖啡師的聲音像皮球一樣隨著身體的動作彈跳著。

「他拿的東西……是指書包嗎？那有什麼值得深究的……」

「不是的。暑假早就已經結束了。」

「咦……但八月不是還沒過完嗎？」

「因為和您沒什麼關係，您才會不知道吧！京都市的小學每年暑假都只放到八月二十四日左右喔。」

嗚哇！真是太震驚了。小學的暑假基本上都是放到八月最後一天——我一直對此深信不疑。沒想到我在京都住了超過兩年，竟然連這種事情都不知道。

「所以他們背著書包並不奇怪，因為那是平常放學都會看到的情景，對吧？但健斗當時手上還有拿其他東西嗎？」

「我現在在追的人不是健斗。」

「咦？」我忍不住凝視著咖啡師堅定地看向前方的側臉。

「我希望只是我想太多，如果是我想太多就好了。等到親眼看見真相後再笑自己想太多也不算遲吧！我怎麼都想不透，為什麼要在星期三把裝打菜服的袋子從學校帶回家呢？」

我頓時有種被擺了一道的感覺。聽她這麼一說，我才想起那是輪值打菜的人在一週結束後，也就是週末時才會拿回家的東西。不過就算這樣，也沒有硬性規定不可以在其他日子把它帶回家啊。小孩子連折斷的樹枝都會拿回家了，不過是把裝打菜服的袋子當成玩具而已，有必要如此在意嗎？

我們跑了一陣後，身體因為流出的汗水而變得溼淋淋的，彷彿掉進一旁流經的河水般。跑了這麼久還是沒看到小孩們，正當我不禁猜想他們可能已經離開河岸邊時……

「找到了，在那裡！」

她在一座橫跨遊覽步道的橋下發現了四名少年。

曾在咖啡店外看過的三人組像是在捉弄另一個人般，一下子高舉袋子，一下把它扔給自己的同伴。而邊發狂似地大叫，邊朝袋子伸長了手的人正是健斗。

我朝著他們跑去，但還看不出來究竟發生了什麼事。

「住手！」

美星咖啡師大喝一聲，看她體型如此嬌小，真不知道從哪來的力氣。

只要大人一現身，小孩多半會感到害怕。即使對方外表像個高中女生，似乎也挺有效的，那三個小孩完全忘記袋子的存在，不約而同地看了過來。就連健斗也跟著縮起身子，錯失奪回袋子的絕佳機會。

咖啡師像是挺身迎向夏末的太陽映照出的濃密影子般，一步步朝著橋下前進，然後站到體型比健斗還要壯碩的三人面前。她看出三人臉上的懼色，抓住袋子，大膽一扯。有個人輕輕地「啊」了一聲，之後我只聽得見河水嘩啦啦地緩緩流過的聲音。

咖啡師轉身背對孩子們，然後緩慢地在原地蹲了下來。她一打開袋子，就驚訝地倒抽一口氣。接著她呼吸了兩次，兩次都微微顫抖著。

片刻後，我因為眼前的景象而啞口無言。

她伸出手臂，自乳白色袋中抱起了一個東西——是隻癱軟無力的幼貓。

5

當我雙手抱著留在咖啡店的東西衝進動物醫院時，美星咖啡師和健斗早已並排坐在候診室的沙發上了。咖啡師的眉毛垂成八字形，健斗則露出隨時都會落淚的表情，緊抿著雙唇。

「情況怎麼樣？」

我上氣不接下氣地問。咖啡師緩慢地搖搖頭。

看到她的反應，我眼前頓時一黑。「所以牠已經——」

「醫生說已經不用擔心了。」

她無力地露出微笑。

太容易讓人會錯意了。在醫院做這個動作實在太容易讓人會錯意了。我剛才真的很生氣，手差點要握成拳頭了。

「真是太好了……就目前來說。」

我突然感到一陣倦意襲來，一屁股地在沙發上坐下，形成一幅兩個大人中間夾著一個小孩的情景。

「還是免不了有些小傷，但骨頭和內臟似乎都沒有異狀。醫生反而比較擔心牠營養失調。」

「這麼說來，牠的毛色看起來也不太健康呢！」

「好像因為沒有餵牠足夠的食物。保險起見，得在這裡觀察兩、三天。只要補充足夠的營養，應該很快就可以恢復健康了吧。」

「都是我不好，我沒有好好照顧牠。」

沉浸在太過早熟的自責情緒中的健斗這麼說，咖啡師便摸了摸他的頭。

「你在說什麼呀。如果沒有你的照顧，牠說不定根本沒辦法活到現在喔。醫生也已經跟你保證牠會恢復健康了，不是嗎？所以你不需要這麼傷心。」

她突然表現出充滿母性的態度，讓我意外地感到心動。

「看那隻貓的樣子，應該是暹羅貓吧？」我回想著擁有黑白毛色、讓人聯想到工作中的美星咖啡師的小貓模樣，試探性地問道。

「好像只能確定牠的血統很接近那種貓。聽說牠出生後到現在應該還沒滿兩個月。」

「我撿到牠的時候好像才剛出生沒多久喔。」

健斗伸手揉著自己的眼皮。

「這孩子看到牠被拋棄在河床邊，才把牠撿回來，藏在小學校園內的某個鮮少有人經過的地方，偷偷照顧牠。」

「我們家是公寓，不能養寵物。我知道爸媽一定會叫我拿去丟掉，所以沒辦法告訴他們，但是如果放著牠不管，又擔心牠會死掉……剛好之前放暑假，就想到學校可能不會有什麼人。」

「哇，真虧你想得出這個方法。」

咖啡師笑了笑，接著從我手上接過自己的包包，從錢包裡抽出一張千圓鈔票。

「來，你剛才跑了那麼久，應該很口渴吧？能請你去對面的便利商店幫姊姊、哥哥和你自己買飲料嗎？你應該可以幫我們這個忙吧？來，這是買飲料的錢。」

少年雙眼圓睜。「買什麼都可以嗎？」

「嗯，什麼都可以喔。」

「反正你又會買牛奶吧？」

他板起臉來。「才不是呢！我一喝牛奶，肚子就會咕嚕咕嚕叫。」

少年離開動物醫院，穿過馬路走進便利商店。我和咖啡師之間只放著他背的黑色書包。

「真是個冷靜沉著的孩子呢！」我嘆著氣說。

「還擁有一顆兼具勇敢的真正溫柔的心。」咖啡師便點了點頭。「不只是那孩子，青山先生您也一樣。」

「我？我沒做什麼值得稱讚的事吧？」

「在幫助小貓的時候，您冷靜地給了我明確的指示。」

我覺得很難為情。那不過小事一樁。當三人組的惡行曝光時，他們立刻拔腿就跑，我卻沒有制止他們，而是拍了拍咖啡師的肩膀，說：

「請妳穿過這座橋後，沿著道路一直往前走，會在右手邊看到一間動物醫院。離這裡沒有很遠，快一點！」

「但是……」她緊盯著逐漸跑遠的少年們。

「現在趕緊讓小貓接受治療比較重要。放心，妳不用煩惱找不到路。我會先回咖啡店拿我們的東西，之後再去醫院找妳。」

「大姊姊，跟我來！」

我一說完，少年拉起還蹲在地上的咖啡師的袖子，自告奮勇地替她帶路。他看起來很常在附近走動，可能對這一帶的環境很熟悉吧！淡褐色的眼中充滿了想幫助小貓的強烈意志，彷彿要咖啡師放心地跟著他走，沒有表現出一絲一毫的不安。

接下來我急忙趕回咖啡店，對著差點就要報警的店員低頭賠罪，並付了咖啡錢，然後才拿著自己和咖啡師的隨身物品來到醫院。

從醫院的窗戶可以看見對面的便利商店，少年偏棕色的頭髮在雜誌架前停了下來。看樣子是站著看起漫畫雜誌了。當我再次體會到他有多麼冷靜沉著的時候，咖啡師在我身旁輕聲說道：

「您若有什麼事情想知道的話，就趁現在問清楚吧！」

原來是為了這才叫他跑腿的啊。

「妳在什麼時候知道有小貓的？」

「我在他跟人要牛奶補充水分那一段察覺到的，而每天練習卻成效不彰這點則證實了我的直覺。也就是健斗在暑假期間藉著踢足球來掩飾真正的目的，並基於某個原因必須每天帶牛奶去學校。」

「最後推測出他在飼養動物嗎？」

「沒有什麼人的小學還挺適合偷養動物的，不是嗎？他連跟人要牛奶的原因都用足球掩飾，或許不只是為了瞞過父母和老師，而是要讓所有大人都不會起疑。那孩子大概很擔心一旦被大人發現，小貓就會被扔掉吧！」

「但就算真是如此，每天跟不認識的大人討牛奶也未免太異想天開了吧？」

「不，他並非每天都跟人要牛奶，所以我想應該還好喔。」

我揚起單邊眉毛。「什麼意思？」

「健斗的胸前一直都別著名牌吧？他還說：『如果媽媽出門，我就不用這麼做了。』也就是媽媽打工而外出的時候，他就可以正大光明地從家裡拿牛奶去學校。」

原來如此。就算媽媽沒有打工，只要能在瞬間逃過媽媽的眼睛就行了，但考慮到公寓的房間格局等因素，還是會遇到無法如意的日子。

現在除了我們之外，候診室沒有其他人。只有從醫院深處偶爾會傳來像是睡昏頭的狗兒所發出的輕吠聲。我在心裡慶幸沒有新的動物因傷病而送來這裡，同時覺得所謂的醫院簡直就像一道謎題。誰也不想前往該處，卻又希望它近在咫尺。

「關於小貓的疑惑我弄懂了。那放打菜服的袋子又該如何解釋？」

她咬了咬下唇。「基本上只是一個不好的預感罷了。就算結果是我完全猜錯，我應該也不會埋怨自己妄下定論吧！」

「但妳一開始看到那三人的時候，態度還很冷靜呢！是我之後所說的某一段內容，讓妳腦中不由自主地浮現不好的預感吧？」

「……即使健斗沒有說出口，也能察覺到他這麼辛苦準備食物給小貓，甚至必須跟陌生人要牛奶，是因為沒有同伴能幫他。青山先生的敘述中也曾提及他轉學到京都後，沒有很快地和周遭的人打成一片。理由真的只是因為他才剛轉學過來沒多久嗎？一學期都已經過完了喔？是不是應該思考得更深入一點呢？」

我雖然沒有說出口，但腦中浮現了一個單詞：霸凌。

「健斗看起來沒有很喜歡京都，而且……他也不想正面承認自己被欺負了。」咖啡師的表情變得苦澀。「他的外表無論走到哪，都很顯眼吧？雖然很無奈，但您不覺得像他這樣的孩子轉學過來，很有可能會給班級和學校帶來某種壓力嗎？」

我望向便利商店。少年仍舊專注地看著漫畫。

「所以那頑強的態度其實可能是在逞強呢！」

「不，我覺得他的確是個堅強的孩子喔。但他的堅強偶爾也會使他陷入凡事都想爭辯的惡性循環中。其實也不能說他一點錯都沒有。追根究柢，孩子們的日常生活是我們大人難以想像的。若只看結果，健斗是被那群看他不順眼的男孩們盯上，在學校被孤立了。或許就是這種寂寞的心情，讓他把注意力轉移到照顧小貓。」

我猛然想起少年在聽到有人願意陪他練習時的回答。他所展現的積極態度其實是針對「把身體鍛鍊得比任何人都強壯」這句話吧？考慮到他的目的後，便會自然而然地聯想到送火日發生的事情。

「即便健斗在送火日的夜晚一個人站在河床邊，卻由於那天是特殊節日，會覺得奇怪的大人應該也不多吧？他原本獨自出門去看送火，卻不巧在現場撞見討厭的人，最後雙方演變成輕微的暴力衝突，他在狼狽地走回家時，應該會忍不住想，只不過是外表和大家不太一樣，為什麼就非得遭受這種對待不可呢？」

我的胸口沉重得快喘不過氣來。「那妳說我完全弄錯了又是什麼意思？」

「您曾說了『最喜歡的爸爸』這句話，對吧？其實在當下，別說最喜歡了，健斗甚至痛恨爸爸，不是嗎？他痛恨身為美國人的親生父親，所以才不想讓父親知道這件事，更無法容忍自己以為是同伴的人，竟像父親那樣把自己當成小孩來對待吧？」

我仰天長嘆。這是多麼痛苦的心情啊！他不是因為個性堅強才不對任何人哭訴，而是無法向任何人哭訴，就算對方是自己的父母。

「健斗雖然持續照顧著小貓，但小貓還是無法攝取足夠的營養，或許其中一個原因便是失去了能輕易要到牛奶的對象吧！直到暑假結束，新學期開始後，他無法再繼續隱瞞小貓的存在，被那三人組知道了。我認為在送火日打健斗的人，很有可能是那三人之中的其中一個，又或者全都動手了。那三個人為了讓當時不肯乖乖挨打的健斗嘗到更多苦頭，便將小貓裝進袋子裡帶走了。」

健斗發現小貓不見後哭著趕往可能找得到小貓的地方，搶在那三個始作俑者前跑過河岸邊，而我們正好在咖啡店目擊了這一幕。

當事件的來龍去脈都解釋清楚後，健斗像是看準了時機似地回來了。

「抱歉，因為不知道該買哪種飲料，挑了很久。」

他邊伸手在塑膠袋裡掏啊掏，邊若無其事地說。

少年替自己和咖啡師買了氣泡飲料和柳橙汁，然後不知為何卻挑了牛奶給我，咖啡師溫柔地詢問他：

「那隻小貓叫什麼名字呢？」

「我還沒取。」一看見少年想打開寶特瓶，我便急忙把他趕到醫院外，並付清診療費。雖然預期外的花費讓人心痛，但若能換回一條生命，可說是再划算不過了。

「等小貓出院之後該怎麼辦呢？已經不能養在學校裡了吧？」

連咖啡師也站在我身旁開起柳橙汁了。但牛奶實在不太方便在這裡喝。

「是啊，該怎麼辦才好……大姊姊有什麼好辦法嗎？」

「有喔。」咖啡師對他露出微笑。「你願不願意把那隻小貓交給大姊姊來照顧呢？我知道有個地方可以讓你隨時都來看小貓喔。」

「真的嗎？」

少年的臉頓時浮現連頭頂灑下的陽光也為之黯淡的燦爛笑容。

「那我就把小貓送給大姊姊囉！妳要好好照顧牠，別讓牠再營養不良了。」

「嗯，我答應你。」

咖啡師伸出小指頭，少年毫不猶豫地以自己的小指頭勾住它。輕快地吟誦著「說謊的人是小豬」的聲音，連路過的行人也忍不住嘴角上揚。我看著他們上下揮動手指的樣子，心裡頓時羨慕起少年，臉頰並為自己的想法而發燙。

在確認過一些好方便未來再碰面的事情後，健斗便說要回家了。他晃著背上的書包跑了幾步後，像是忘了什麼東西似的，在差不多十公尺遠的地方停下來轉頭看向我們。

他高舉著手用力地揮了揮。「謝謝你們，大姊姊，大叔！」

咖啡師竊笑了起來，我忍不住脫口而出。

「聽好了，健斗，大姊姊的年紀可是比大叔還老喔！」

一說完我就暗叫不妙。不是因為生氣的咖啡師對我射來如雷射光束般的眼神，而是健斗看看自己的胸前後，疑惑地歪了歪頭。

「我今天啊，被老師罵了。因為我忘記別名牌去學校。」

喂，少年，別說得這麼白啊。但我的願望並未傳進健斗耳中，最後他以連站在我身旁的咖啡師也能聽得一清二楚的聲音問道：

「但大叔為什麼知道我的名字呢？我和大叔你們是第一次見面耶，你們究竟是誰啊？」

6

過了大約十天後，我接到一通塔列蘭咖啡店打來的電話。

「我們店裡多了新成員喔。」

即便是我，也不至於遲鈍到聽不出她的話中之意。當我親自到店裡一探究竟時……

「歡迎光臨。」

「喵——」

和美星咖啡師一起歡迎我的是一隻小暹羅貓。

「牠比之前健康多了！連毛色也變得這麼漂亮。」我抱起了小貓。

「牠叫查爾斯。要好好跟牠相處，喵——」

咖啡師故意用比平常還尖細的聲音說道，害我有點不知道該如何回應才好。

「因為是暹羅貓才叫查爾斯[3]？」

「不，是取自塔列蘭的第一個名字。」

原來是這樣啊！看來她似乎想一直把牠養在店裡。

「不過，要注意衛生問題應該很麻煩吧？」

3「查爾斯」的日文發音（syaruru）與暹羅貓（syamu）相近。

「關於這點倒不用擔心。現在也有飼養店貓的咖啡店，或是允許攜帶寵物犬光顧的狗咖啡等營業型態。這類店家基本上還是跟一般餐廳相同，不需要特別申請營業資格。」

我恍然大悟地點點頭。正如咖啡師所言，法律並未禁止動物進入餐廳內，就制度上來說，是可以在店內飼養寵物的。不過調理區當然不能讓動物進去，這點店家必須自行注意。順便一提，所謂的「貓咖啡」不僅是飼養在店內，還有「展示」動物的目的，因此除了餐廳的開業許可外，還必須取得「寵物業營業許可」資格。

「我已經請專家確認過，下了不少工夫以防止查爾斯闖進調理區。到目前為止還沒有什麼問題，大部分的客人也都可以接受。」

我環顧店內，發現家具的位置有些微變化，還多了之前沒有的網子和隔間。由於店外的庭院空間很寬敞，就算要向外擴張也沒問題吧！

「固定休假日時是由誰來照顧呢？」

「叔叔住在咖啡店正後方的公寓裡當房東，我也住在距離這裡走路不到十分鐘路程的地方，隨時都可以來店裡。」

她口中的那位大叔正坐在角落的專屬位子上，嘴巴彷彿在啣接漏雨的水滴般，張開地對著天花板。又在睡午覺？比小貓還懶惰呢！

「也就是說把這孩子養在店裡，暫時不會造成什麼麻煩，對吧？不過考慮到晚上店裡沒有人，還請你們務必要好好照顧查爾斯喔。」

「包在我身上，喵——」

以查爾斯的口氣說這句話感覺有點奇怪吧？

我在窗邊的座位坐下，把小貓放在膝蓋上。當我伸手輕撫牠的背時，牠雖然一度抬起頭來張望一下，卻又立刻縮成一團，可能想睡覺吧！不過真的很黏人。

「果然被妳看穿了嗎……」

我一喃喃自語，咖啡師便微笑著說了聲「是啊」。

「我之前就已經推測出那個故事並非青山先生的親身經歷，而是聽別人轉述的了。」

——我和大叔你們是第一次見面耶，你們究竟是誰啊？

聽到那時健斗脫口而出他和我們是第一次見面的真相時，咖啡師的臉上毫無訝異之色。相反的，她還把手掌貼在嘴邊，對健斗答道：

「我們只是一般的大人喔。也有普通的大人會想要保護小貓的。」

少年露出滿足的表情，這次終於乖乖回家了。

咖啡師目送他離開後，便轉過頭對著我說：

「我們也回去吧！」

我原本以為她一定會追問個不停。她的反應卻出乎我預料，讓我腦袋頓時一片空白，雖然記得自己似乎在出町柳車站和她道別，但其實這段時間的記憶很模糊。於是意想不到的契機就在沒有豐收的情況下結束了。

「妳怎麼猜出那不是我的親身經歷？」

沒有什麼比被人拆穿後還打死不認帳更可笑的了。她站在吧台內磨著咖啡豆，睨視了我一眼。

「首先……青山先生看起來實在不像擅長踢足球。」

「這是歪理，完全不合邏輯！」

我不滿地抗議。雖然她說中了。

「我開玩笑的。青山先生之前曾說過自己是獨生子，對吧？但您在故事中卻拿健斗和『親生弟弟』比較，難道不會覺得有點奇怪嗎？」

真敏銳。我的確在上個月跟咖啡師說過我是獨生子。所以比親生弟弟還值得疼愛的心情，我其實不太能感同身受。

「還有，青山先生在敘述故事前半段時，並沒有使用『我』這個第一人稱，而是一直維持帶有異樣感的欠缺主語的敘事口吻。等到故事的場景轉移至咖啡店，『我』才再度出現，這時也已不是以登場人物的主觀敘述，改由您的觀察和感想讓故事繼續推進。從這一點便能看出，青山先生說到自己不在場的段落，會重述自別人口中聽到的內容，實際目擊的部分則以親身經歷的口吻敘述。」

我相當驚愕。先不論咖啡師的說明有多麼正確，她的話讓我明白，自己耍的無用小聰明似乎已經被她看穿了。我雖然盡可能地把聽到的對話當成自己的親身經歷，仔細重現，但為了以防萬一，我並未堅持這是我的親身經歷。

「說這些話的人應該是當時在咖啡店裡的學生情侶的男生吧！我之所以明白對方是學生的理由和之前一樣，因為青山先生一直在偷聽他們談話的內容。另外，既然您可以把陌生人的經歷敘述得有如自己的事情一樣，就代表聆聽的人和說話的人關係應該十分親密，所以無論對方解釋得多麼鉅細靡遺，都不會對此感到厭煩。換句話說，那天晚上沒攔下健斗的男生一回到咖啡店，就開始對自己的同伴說明情況。而一直待在旁邊把整件事的來龍去脈都聽得一清二楚的人，就是青山先生。」

唔。是我的錯覺嗎？總覺得咖啡師的眼神和口氣有些冷淡。

「為了不讓健斗被兩名陌生大人嚇著，我才會刻意不在他面前呼喚他的名字。但是您卻讓我的苦心前功盡棄，所以請您告訴我，為什麼要說這種謊話騙我呢？」

「說、說我騙妳實在太難聽了！」

我忍不住看向趴在我大腿上的查爾斯。

「我先聲明，我原本要在故事最後加上『上述內容是我在這間咖啡店聽到的故事。』這句話，但妳卻冷不防地衝了出去，我才會錯失說出真相的機會啊！」

幸好我事先準備好藉口。如果被她知道我真正的意圖——藉由買牛奶給小孩這件事讓她得知我也有溫柔的一面——豈不是太丟臉了嗎？

無法直視咖啡師的我，有好一陣子耳邊只聽得見喀啦喀啦喀啦的磨豆聲。當聲音消失時，咖啡師像健斗以前曾做過的……不，是讓我覺得健斗應該這麼做過似地從鼻子哼了一口氣，說道：

「算了，就當作是這樣吧！看在多虧了青山先生說的故事，讓我能察覺健斗和小貓的危機的份上——而且……」

「而且？」我不禁好奇地抬起頭。

「我也徹底明白青山先生的溫柔之處了。」

因為咖啡師輕輕地對我微笑，讓我的心跳漏了一拍。她的話究竟是帶有強烈的諷刺，還是代表這意想不到的契機竟然讓我們的關係產生了變化呢？

她完全沒看出我內心的激動，聞著磨好的豆子說：

「這次也磨得非常完美。」

其實就算妳不磨豆子，也已經漂亮地解開謎題了。我摸了摸查爾斯的頭。

「健斗之後來過這裡嗎？」

「嗯，已經來過好幾次了。」她的口氣聽起來很高興。「昨天也是一放學就來這裡玩了喔，而且還帶了三個朋友。」

「三個？難道是……」

我不由自主地探出身子，但她的笑容染上了些許落寞。

「青山先生，這世上不是所有事情都能盡如人意的。」

「唉，說得也是。」我對自己的猜測感到難為情，抬起幾釐米的臀部又坐了回去。

「不過，他在搬來這個城市後經過五個月，終於找到和自己意氣相投的朋友，不也是值得高興的一件事嗎？」

「是啊。健斗遇到的各種困難，可能還要好一段時間才能解決。不過有沒有同伴在身旁，感受應該截然不同吧！如果要和所有人和平相處很困難的話，就算只有那三人，也希望他們能維持良好的友誼。」

「不，似乎不是只有三人而已——最起碼還要再多一人。」

咖啡師隔著我的頭望向窗戶，十分幸福地說道。我也跟著轉頭往後看。

眼前的情景讓我笑了出來。

健斗正穿過房屋之間的小徑，朝著塔列蘭走來，而且還牽著曾在那間咖啡店和我有過一面之緣的男生的手。

四　棋盤上的狩獵

1

「找到你了！」

一陣寒意竄過我全身。

平常的話，塔列蘭咖啡店內的氣氛總能給客人時間緩慢流動般的安逸感，但對現在的我來說，這裡卻正露齒嘲笑我，是京都最讓人毛骨悚然的地方。

我放在身後的手緊抓住背後的吧台邊緣。彷彿對折磨膽小的獵物般，她樂在其中，臉上浮現欣喜的笑容，緩慢地步步逼近我。店內沒有其他客人，我完全成了甕中鱉。

我很明白。她不惜如此也要見我一面的理由，我已經大致猜出來了。但我不再是那個只會言聽計從、任人擺布的我。只要擺出強硬的態度，堅定拒絕她就行了。換句話說，我會感到戰慄另有原因。

她在距離我一步之遙的地方停下來。我習慣性地繃緊身子，但她似乎無意對我施暴。不過，當她的雙唇在我眼裡如慢速播放般開啟，正打算對我說什麼話時，今日發生的事情像跑馬燈在腦內復甦，我將帶來戰慄的疑問化成慘叫，試圖掩蓋她所說的話。

——為什麼她知道我在這裡呢？

2

沉浸在假日的悠閒氣氛中，睡到很晚才醒來，起床時拉開房間的窗簾，就看到一片晴朗無雲的秋日天空，象徵著今天的開始。

俗話說：「熱不過秋分，冷不過春分。」到了九月底，即便是惡名昭彰的京都炎夏，勢力也逐漸衰退。當我開始懷念一個月前到處肆虐的太陽時，就想起在已逝夏天的河灘上奔馳的回憶。最近我的生活到處都染上了某咖啡店的氣息，也讓我覺得有點不太自在。

和那時相比，現在應該是很適合懶洋洋地曬太陽的季節吧！於是我心血來潮，決定去一趟久違的鴨川河岸走走。

我從位於北白川的家出發，任憑腳踏車沿著今出川通的斜坡往下衝，左手邊的吉田山吹來帶有草香的風，灌進了我的胸口。一口氣通過平常徒步要花上十分鐘的道路，跨越已經走過幾百次的十字路口，忍受著擦身而過的公車排出的廢氣，一路往西前進。我利用下坡時的慣性，滑過漸趨平緩的道路，看見進入位於地下的出町柳車站的階梯。

我隨便找個腳踏車車位，暫別了愛車。只要越過川端通，就能在賀茂大橋上一覽高野川和賀茂川的交會處，也就是俗稱鴨川三角洲的風景，從路旁的階梯往下走，便是鴨川沿岸的遊覽步道。

河灘上的學生們彷彿想緬懷逐漸逝去的暑假般，在形狀有如烏龜的踏腳石上跳來跳去，玩著像是捉迷藏的遊戲。春天時沿路的櫻花盛開，滿天花瓣飛舞，初夏時則看得見螢火蟲，這一帶聚集了許多帶狗散步或慢跑的人，是市民休憩的場所。

我爬下階梯，來到遊覽步道。從上游吹來的風令人心曠神怡。往北一望，我突然想起會在這裡看送火，也是因為距離鴨川三角洲很近的關係。從鴨川三角洲能夠看到包括「大」字的好幾個送火活動，是市內首屈一指的觀賞景點，活動當天甚至擠滿了水洩不通的人群，但現在只看得見在各處走動的年輕人或年長者們。

在西邊應該看得見大文字山才對。我轉頭仰望西方天空，找到了大文字山，當我伸長脖子，心想「啊，就是那裡、就是那裡」時……

突然感覺有人輕拍了我的肩膀。

我還沒來得及細想是誰，身體就反射性地轉頭一看。

「好久不見了。」

我的喉嚨發出了「呃啊」的怪聲。

「我覺得只要出現的次數多到讓人心生佩服，就不能再稱為偶然了，跟高野川和賀茂川匯流後會變成鴨川一樣喔。那不叫偶然的話，你覺得該叫什麼才對？」

乍看之下又圓又可愛的雙眼其實隱藏著強韌的意志。白色硬草帽下留著綁成公主頭的及肩茶髮。雖然個子不高，但緊實的身材曲線優美，從淡粉色的連身皺摺裙下可窺見如羚羊般纖細的雙腿。

「……真實……」我並不是忘了接mu、me、mo[1]。

「答案是『命運』！」

站在我眼前露出笑容的是已經在六月時分手的前女友虎谷真實。

我腦中響起咖啡師曾說過的可笑台詞。那時戶部奈美子當然只是在稱呼自己好友的名字，但我當時沒有糾正咖啡師，因為如果是會錯意，這句話就顯得很愚蠢；如果只是在開玩笑，又會讓我不太高興。

——她剛才說了「我會跟媽咪告狀的」！

我究竟是在何時拔腿就跑的？一回過神來，我已經往南跑到一公里外的丸太町橋下了。

我的確逃跑了，但不是覺得她很討厭或很可恨。只是從她那句令人發寒的話中透露出的意圖，讓我產生了些許不愉快的感受。

這哪算什麼命運啊？由於距離每天上學的大學最近的車站就在附近，她平常一定也會經過這裡。不過是兩人在一條走過好幾次的路上偶然撞見罷了，完全沒有能讓我覺得這是命運的要素，然而她卻將這場邂逅說得如此美好，我只想得出一個原因。

我確實也擔心自己又得回到任她擺布的日子，不過比這更讓我難以忍受的是——也不知是否該用彷彿看見父母磕頭謝罪的感覺來形容——我實在不想看到總是比我強勢的她向人請求復合的樣子。

我彎腰抓住自己的膝蓋，肩膀上下起伏地喘著氣。悠閒地流過我眼前的鴨川河水，讓人心生嫉妒。我凝視著從腳邊延伸至河裡的橋影片刻，突然發現它晃動了一下，使我陷入以為橋變形的錯覺。

就在我的心裡閃過一絲疑惑的瞬間。

「剛才嚇到你了，對不起喔。」

我往後轉的脖子發出的聲音有如忘記上油的鉸鍊。

「真實……」

她站在我正後方，對我伸出手。

「連續遇見兩次，代表這果然是命運，對吧？明白了就聽我說……」

我逃跑了。

我三步併兩步地爬上旁邊的樓梯，沿著川端通往南跑，並努力讓亂成一團的腦袋冷靜下來。從賀茂大橋到丸太町橋的距離大約是一公里多，以前曾在這條路散步，所以很清楚。我花費五分鐘以上全力衝刺了這麼遠，跑得上氣不接下氣，為什麼沒過多久就追上來的她卻是一派輕鬆呢？

1「真實」的日文羅馬拼音為mami，是日文五十音ma行的頭兩個字母。

我不需要請教咖啡師也知道答案。虎谷真實料到我會沿著這條遊覽步道一直往前跑，便轉而改搭京阪電車。從出町柳車站搭到丸太町橋的神宮丸太町車站，只需兩分鐘。如果剛好碰上電車進站，要在那個時間點叫住我並不困難。

在釐清思緒的期間，我又跑了大約五分鐘，抵達三条通。眼前便是京阪線的三条車站。我打了個寒噤。總覺得再次搭上電車的她隨時會現身在車站的出口。

我決定以其人之道還治其人之身。於是我在三条通左轉，走下通往三条京阪車站的階梯。外地人應該會覺得非常容易混淆，因為三条京阪車站雖然名字裡有京阪兩字，卻不屬於京阪電鐵，而是京都市營地下鐵車站。雖然它就在京阪電鐵的三条車站旁，以地下道相連，但如果她又搭京阪電車來追我，在到達三条車站時應該會先往地面走才對。所以我才會決定從地下道逃到市營地下鐵。

我急急忙忙趕到月台，剛好有一班電車要離開。我衝上電車後才安心沒多久，就因為聽到車內廣播而愣住。已經開動的電車片刻之後便滑進終點站——京都市政府前車站，然後停了下來。從上車到抵達河原町御池的十字路口正下方只花了一分鐘。

該等下一班電車來嗎？當我在車站內猶豫不決時，放在牛仔褲口袋裡的手機震動起來。真是的，也太會挑時間了吧！因為焦慮而降低的思考能力讓我失去警戒，下意識地接起電話。

「你現在在哪裡？」

呃啊。總覺得之前好像也發生過同樣的事情？

「真實……」我不僅想痛罵不小心開口的自己，也想稱讚沒把手機丟掉的自己。

「啊，你在三条京阪車站，對吧？我聽到市營地下鐵的鈴聲了。那個，我說……」

我掛斷了電話。

她甚至想確定我人在哪裡的執著也令人寒毛直豎。但不幸中的大幸是她搞錯了。她似乎沒有想到我已經搭上電車又下車了。既然如此，與其等下一班電車，不如直接離開車站還比較安全。

京都以棋盤式街道聞名，可以將整條街道盡收眼底。既然她的視力好得可以在大學裡看到旁邊的咖啡店內的情況，考慮到她有可能追著我跑到川端御池附近，我便從北側出口走到河原町通，這樣她應該就看不見我了。接下來我繼續往北走，在第一個路口左轉，繞過莊嚴的京都市政府後方往西走，隨便在某個地方往右轉，逐漸遠離三条京阪車站。這時，我突然發現周遭的景物很眼熟。眼角餘光捕捉到一個十分熟悉的物體。

塔列蘭咖啡店　由此進☞

缺乏緊張感的手指圖案反而讓人惱火，我的心裡卻浮現一個疑問。究竟該進去？還是不要進去？

其實我現在並不是非常想踏進那間店。就算不用照鏡子，我也知道自己現在應該由於汗水等因素而非常狼狽。但如果要改去其他地方，又太耗費我的體力。我已經累到覺得肺部縮小十分之一，緊繃的小腿肚也快抽筋了，而且我離開家門後到現在還沒喝上半口水。

猶豫到最後，我還是聽從了身體的抗議。反正包括我家在內，我會去的地方她大概都猜得到。既然這樣，在附近找個她沒去過的店家避風頭還比較安全不是嗎？

靠你了，塔列蘭。我一面祈禱一面穿過隧道，搖響入口的門鈴。店裡開著冷氣，我感覺自己渴求的安寧透過肌膚傳來，籠罩我全身。

——但這股安寧卻只維持了僅僅五分鐘。

3

當著眾人的面被異性以投技攻擊，也無法在對方主動提議的約會中拉近彼此的距離，但如此笨拙的我，其實還是交過女朋友。

那是在我定居京都還不到三個月時發生的事。我從百萬遍[2]十字路口往南走，來到名字很有文藝復興風格的學生合作社餐廳，品嘗了人生第一次的京都特產鯡魚蕎麥麵。在春天時，學生餐廳每到中午就會大爆滿，連座位都很難搶，但到了現在，不乖乖去上課的學生似乎開始增加，餐廳的空位也多了起來，連我也可以自在地坐下來用餐。

我挑了位於長桌角落的座位，唏哩呼嚕地吃著就特產來說有點樸素的蕎麥麵。雖然人潮擁擠的程度已經緩和，但中午時的學生仍舊很多，即便對面的位子有名女性坐了下來，我也完全不以為意。

「你已經決定好要參加哪個社團了嗎？」

如果不是她跟我說話，我或許連對面有人坐下來也沒發現。

「……咦？我嗎？」

當我停下筷子回答她時，已經過了整整三十秒。

「不然還有其他人嗎？你還沒決定要參加什麼社團吧？」

「嗯，與其說是還沒決定，應該說現在的確沒有參加任何社團才對。」

「我想也是，看你的臉色那麼差就知道。」

女性指著我哈哈哈地笑道。她笑的時候眼睛還是睜得大大的，五官給人一種相當活潑的印象。

「不過沒關係，只要你加入我們社團，這種問題很快就能治好了。」

「治好……又不是什麼毛病。」

「你知道這是什麼嗎？」

來到餐廳卻毫無用餐意願的她把一疊厚厚的傳單豪邁地放在桌上。

「難道是所謂的迎新？」

「沒錯，正確來說是歡迎新生的活動。總之，我的身分是歡迎新生的人，而不是新生。至於你呢，則是今年四月才搬到京都生活的人。我說錯了嗎？」

她沒得說錯，我點了點頭。

---

2 為京都知恩寺的通稱，也泛指其周遭的路口和地區。

「看你畏畏縮縮的樣子，怎麼看都像新生。你憑什麼用平輩的口氣跟我這個學姊說話呢？你今年幾歲啊？」

我當時的臉色應該很難看吧！不是因為察覺到自己講話有失禮貌，而是她糾正我的樣子不僅沒有生氣，看起來還樂在其中。我自乾渴的喉嚨擠出聲音。「我今年二十歲。」

令我驚訝的是她聽到回答後立刻露出覺得無趣的表情。

「原來是重考生啊！也就是說你和我其實同年囉。」

接著她把一張傳單扔給我。

「只要參加我們社團，你那頹喪的臉也會變得愈來愈有自信喔。」

我拿起傳單看了一眼。

男女綜合柔道社「剛道（GOH-DOH）」

是取「綜合」[3]這個字的諧音來命名啊。不過，現在不是對社團名字感到莫名佩服的時候。

「可能是我從小就開始學柔道了吧！一直找同性練習總是挺沒勁的。」她碎念了一句後又說：「底下是我的聯絡方式。」

只見「負責人　二年級　虎谷」這行字後面寫了一串電話號碼。

「是虎谷學姊嗎？」

「叫我真實就行了啦。明明是女生卻叫虎，感覺也不太可愛。」

不知道為什麼，我倒是覺得很適合，但我當然沒說出口。

「如果有興趣的話就打電話給我。應該說就算沒興趣也打來吧！我們約好囉，敢違約就把你摔出去。啊，不過就算守約，我大概還是會把你摔出去。」

我搞不懂這兩個「摔出去」究竟有何差別，疑惑地歪著頭，她離去時對我眨眨眼，拋下了一句話。

「我很期待你來喔。因為我很看好你。」

她的表情的確是一副樂在其中的樣子，我思考後的結論是至少第一個「摔出去」應該帶有暴力之意。

我對未曾體會過的疼痛感到恐懼，之後聽話地聯絡了她。雖然沒有真的加入社團，但一回過神來，卻發現我早就被她當成男朋友對待了。我身上似乎有某種特質，刺激了她就算練柔道也無法紓解的過動傾向。比起吃醋，她好像更樂於懲罰我，總因芝麻小事便懷疑我劈腿，或是故意刁難，把我耍得團團轉，但在個性有點消極的我眼中，她能夠不在意他人目光，恣意妄為，充滿自信的態度和自由奔放的個性，看起來是多麼迷人啊。

如果只是行為粗暴的話，是不可能跟她交往長達兩年的。我到現在還是發自內心地感謝她帶給我一段相當快樂的時光，在我只有黑咖啡的人生中加入了牛奶、砂糖和許多調味料。

只有這點是毋庸置疑的事實。

3 日文的「綜合」（goudou）與GOH-DOH同音。

但這和現在的情況不能混為一談。我心想，身子在吧台前盡可能地往後仰。

「找到你了！」

如果這是偶然，也未免太湊巧了。既然如此，該怎麼稱呼它呢？

「竟然能在這裡再遇到你，果然是命運，對吧？」

真是讓人傻眼的一句話。明明之前交往時老把分手掛在嘴上。

她站在距離我只有一步的地方，臉上露出熟悉的欣喜笑容。既然她無論如何都想把這當成命運，那接下來能說的就只有一句話——「復合」了。當她再次開口時我便無計可施，而現在還以慢速播放的形式逐漸化為現實。

一切都完了。當我腦中閃過此一念頭的瞬間，伴隨著清脆的鈴聲，一道刻意拉長的嗓音打破了僵局。

「我回來了——」

就是現在！

我在情急之下繞到提著白色塑膠袋返回店內的美星咖啡師背後——儘管取笑我吧！現在已經不是顧慮面子的時候了——然後兩手按著她的肩膀，把她推到虎谷真實面前，說：

「我、我來介紹一下。這個人是我的新女友。」

現場的空氣瞬間凝結。後方的門關上時發出的鈴聲聽來格外響亮。

不妙、很不妙、非常不妙。但繼續沉默下去只會更加不妙。我帶著豁出去的表情，心懷必死覺悟地催促道：「喂，美星，妳這傢伙也說點什麼啦。」

「咦？呃、那個……」拜託了，咖啡師。我以眼神懇求回頭看著我的她。「啊……是啊。」呃，美星小姐，現在不是害羞臉紅的時候啊！

雖然對咖啡師感到萬分歉疚，但我也不是想都沒想就採取這種衝動行為的。虎谷真實既然知道塔列蘭，就代表戶部奈美子很有可能如之前所說的，把在店裡發生的事情告訴了她。當然，也包括我和咖啡師關係密切一事。我才想到可以反過來將計就計。

「事情就是這樣，對不起，我已經沒辦法再和妳交往了。」

聽起來果然很奇怪吧？明明是對方主動向我提出分手的，為什麼非得道歉不可呢？不過現在我只希望能讓眼前的局面和平落幕就好。

她走上前來，以稍微無視個人空間觀念的距離，上下打量美星咖啡師一番，然後說了一句話：

「原來你喜歡這種類型的女生啊。」

接著她的視線越過感到害怕的咖啡師，刻意和我四目相對後說：

「我無法接受這種結局，你不要以為我會就此罷休！」

我驚訝得愣住了。她雙眼溼潤，看起來像在強忍淚水。我從來沒看過她露出這種表情。虎谷真實曾把淚水當成武器，卻不是會壓抑自己情緒的女性。既然如此，她現在的反應究竟是出自何種心情呢？

她從我們身旁擦身而過，離開了塔列蘭。被粗暴打開的店門沒有自動關上，即使數分後呆站在原地的我回過神來，轉頭往後一看，門還是空蕩蕩地敞開著，好像還不知道發生了什麼事。

「真是搞不懂啊。」

虎谷真實離去後，店裡只剩下我和咖啡師。硬要說的話，還有一隻，查爾斯彷彿想討好坐在吧台座位上的我，在我的腳邊蜷縮成一團，在剛才那陣騷動中，似乎機靈地躲到哪避難了。

咖啡師替我送上我沒點的冰咖啡後，便鑽進吧台後方，忙於工作的手毫不間斷地移動著。塔列蘭的冰咖啡名為冰滴咖啡，是使用一種叫冰滴咖啡壺——上半部放水、中間放咖啡粉、下方再加裝咖啡壺的長型玻璃器具——花費數小時一滴滴萃取而成。據說是為了讓苦味較重的豆子也能變成美味咖啡而發明的沖煮方法，萃取時不需加熱，可以壓抑苦味並引出咖啡的餘韻，讓萃取出的咖啡不易酸化，利於保存。要加熱之後喝也行，但多半是直接喝冰的。

想必我假裝自言自語地攀談聽起來十分生厭吧！咖啡師看也不看我一眼，輕聲反問。「搞不懂什麼？」

她的口氣一反常態，相當冷淡。

「呃，咖啡師，妳該不會是在生氣吧？」

我這麼一說，她才終於轉頭看我，帶著滿面笑容答道。

「那還用說嗎？」

……也是。我沮喪地垂下頭。

「無論是誰都會生氣吧！不分青紅皂白地被捲進別人的麻煩事、身體被當成擋箭牌，甚至還被對方說是自己的女友。」

咖啡師收起臉上的笑容。

「青山先生。」

「是。」我不由自主地挺起背脊。

「我認識青山先生的時間並不長。但經過三個月的相處，我以自己的方式，透過各種事情，確認了您究竟是否值得我信賴。現在我知道，不，應該說我相信青山先生擁有一顆溫柔的心。」

我感到坐立難安，含住冰咖啡的吸管。

「今天所發生的事情，也是因為您想在不傷害前女友的前提下讓她知難而退，才不得不採取的行動吧。我其實很樂意助您一臂之力，即便為此而遭人誤解也不會困擾。」

嗯？我好像愈來愈猜不透她接下來想說什麼了。

「但是呢，青山先生。只有一點我無論如何都無法容忍——您方才稱呼我為『這傢伙』，對吧？」

嗯嗯？

「那句話讓我非常生氣。我氣得簡直要怒髮衝冠了。」

嗯嗯嗯？

別再「嗯嗯嗯」了。我搖搖頭。無論基於何種理由，我的言行的確讓她感到不快。即便身為男女朋友，還是有人討厭對方直呼自己「這傢伙」。我雖然為了表現出親密的樣子而故意這麼喊她，但我們兩人從一開始就不是男女朋友。咖啡師之所以如此氣憤難平，不是因為我和她對這件事的觀感不同。我到底在「嗯嗯嗯」什麼啊？

「真的很不好意思。」我誠懇地低頭致歉。「我不會只是說句道歉就敷衍了事，以後一定會以其他方式來彌補我的失言。」

原本閉目擦拭著玻璃杯的她，聽到我的話後睜開了一隻眼睛。

「用什麼方式彌補呢？」

「這個嘛，呃……像是禮物之類的。」

我覺得自己的回答聽起來就像笨蛋，咖啡師卻輕笑了一下。

「我會好好期待的。」

我愈深思愈覺得頭皮發麻。「呃，妳的態度是不是轉換得有點快？」

「您已經向我道歉了，不是嗎？這次就算是扯平了吧？如果我還一直耿耿於懷，感覺好像換成我多欠了您人情一樣。在青山先生答應要彌補我的時候，這件事就已經解決了。」

如果能如此乾脆地收場，大家都輕鬆多了。我帶著傻眼大於佩服的心情把玻璃杯還給她，示意她再替我倒一杯。

「那麼，您究竟搞不懂什麼呢？」

咖啡師一面從冰箱拿出咖啡壺，一面問道。

「我想不透她為什麼能料中我會逃到這裡來。」

「您說的料中是……」

對喔，咖啡師還不知道她撞見我們之前究竟發生了什麼事。於是我簡單扼要地向她說明我從北白川的住家出門後行經的道路和花費的時間。

「妳想想，我衝進店裡後到被她發現，這之間頂多只經過五分鐘左右。那她要花多少時間才能從丸太町橋抵達這間店呢？」

「我想最短的路線是沿著丸太町通往西走，然後在富小路通轉彎。距離約一公里，一般來說大概要走十五分鐘吧？」

「她看起來不像用跑的呢！如果用跑的，應該會很喘，服裝也沒那麼整齊才對。」

「我記得她穿著細跟涼鞋，別說正常跑步了，連腳踏車也沒辦法騎吧？」

不愧是女性，注意的細節跟我不同。

「也就是說，如果把離開丸太町橋後我漫無目的地逃跑的十五分鐘算進去，她的確有可能只慢了我五分鐘就抵達這間店，也代表她幾乎沒有多餘的時間在街上尋找逃跑的我。換言之，她所採取的行動很明顯地已經預測出我會逃往何處了。」

「那就當作是您所推測的這樣吧！」

哎呀，如此乾脆的答案真不符合咖啡師的作風。

「那麼，妳認為她是湊巧猜中的囉？」

「雖然她是第一次光顧，卻可以很自然地聯想到她是從朋友口中得知本店的吧？她看到青山先生以自己的雙腿逃跑，心想再怎麼跑也跑不遠，於是先從這附近你有可能躲藏的地方一個個找起，我覺得這沒什麼好奇怪的呀。」

「我覺得不是……啊，我覺得完全不是這樣！」我早就想學她說一次看看了。「我剛才沒說明到一件事，她曾經在我逃跑的途中打了電話給我。那時我正在京都市政府前車站，她在電話另一頭說『我聽到市營地下鐵的鈴聲了』。但是，她把我的所在地誤認為三条京阪車站。一般來說，她應該會以為我要搭電車逃跑才對吧？根本不可能猜到我只搭一站就下車，然後前往咖啡店嘛。」

語畢，我還對送上第二杯咖啡的咖啡師問：「妳懂嗎？」

「我想破頭也不明白，為什麼她能夠正確預測出我會逃向哪裡，而且就算在途中接到電話也毫不改變她的判斷。如果無法得知其中巧妙，我以後可能也沒辦法安心來塔列蘭了。因為會一直提心吊膽，不知道她什麼時候又追過來。」

「原來如此……這的確是搞不懂呢。」

咖啡師嘟起下唇，陷入思考，接著拿出手搖式磨豆機，將豆子倒進儲豆槽。

4

今天也一如往常地開始喀啦喀啦喀啦了。

我放下喝到一半的冰咖啡，跟數十分鐘前一樣轉身背對吧台。從我走進這間店之後，到現在還是沒有其他客人，店內安靜無聲。虎谷真實也不算客人，這間店究竟何時才會生意興隆呢？

如果今天出現在這裡的人是戶部奈美子的話，事情就簡單多了。是她把我在店內的消息說出去的，這便是原因。就算不是戶部奈美子本人也沒關係，反正這裡根本沒有半個人能在我一踏進店裡時就向虎谷真實通風報信。我搖搖頭，將共犯的可能性從腦中甩去。

「我想還是得從她的行動來尋找解開謎題的線索啊。」

我再次假裝自言自語地向咖啡師攀談，但回答我的盡是喀啦喀啦喀啦。咖啡師應該也正專注於釐清思緒中吧。

我心不在焉地想像了一下。既然我在鴨川的遊覽步道逃走後，她曾經換搭過京阪電車追上我，當我在丸太町橋下又逃跑的時候，她應該會想到再去搭一次京阪電車，不是嗎？從丸太町橋到三条車站的乘車時間是兩分鐘，整趟路程最快應該約五分鐘，完全能夠趕上她打電話給我的時間。她在電話裡聽到車站的鈴聲，便立刻前往緊鄰三条車站的市營地下鐵三条京阪車站，比我晚了幾步在後方追趕——

不，不對。我接到她的電話時已經在京都市政府前車站了。她連我搭車的方向都不知道，怎麼可能想到我會在下一站下車呢？假設她在打完電話之後看到我跳上電車，立刻調查時間最近的車次，其終點站也不太可能是京都市政府前車站。因為這個時間不會連續來兩班終點站是京都市政府前車站的電車。

看來還是應該以正常的情況來考慮，從她追著我沿川端通南下的假設開始推論才對嗎？

「從丸太町到二条，接下來是御池……然後是三条嗎……嗯？」

等一下，原來是這樣啊。我看向咖啡師。

「哈哈，我明白了咖啡師——」

「我覺得完全不是這樣！」

咖啡師臉上帶著微笑，似乎早就準備好要反駁我了。

「我根本什麼都還沒說耶。」

「您認為追在後方的她在經過川端二条時，在遠方看見了您正要橫越二条富小路的身影吧？」

不只是舉一反三，而是舉一反十的感覺。

「考慮到從川端通到富小路通至少有五百公尺，要在五分多鐘內走完的確有困難。不過，只要她在找到我之後改為快走，就勉強符合。更何況丸太町通和御池通之間的橫向道路——也就是東西向的道路中，和川端通交會的只有二条通。所以她能夠看到我的地點僅限於川端二条的路口。」

實際說出口後，我對自己的推測愈來愈有把握了，然而咖啡師卻立刻否定我。

「青山先生，您的推測中有個非常基本的錯誤。從川端通經由二条通來我們店裡……」

「不，客人幾乎都會從法院那邊過來吧。如果往南走到二条通的話，就會繞遠路——」

我恍然大悟。京都的道路是呈棋盤狀的，為什麼要繞遠路呢？那句話的意思當然也不是只有強調塔列蘭位於二条富小路的北側。

「就算一個人視力再好，也絕對沒辦法直接從川端二条看到二条富小路的街道。二条通在與寺町通交會時，道路稍微往南北向偏移了。」

她說得沒錯。正確來說，二条通在寺町通以西的路段往北偏移了數十公尺。

「對、對，反正我就是完全弄錯了。哼。」

為了掩飾內心的羞愧，我以相當羞愧的方式鬧起彆扭，但咖啡師卻說：

「請您不要這麼沮喪。剛才青山先生的推論，或許能夠回收再利用喔。」

這句話究竟是想安慰我，還是想解開謎題，又或者是想磨豆子呢？

「回收再利用是什麼意思啊？」

「依照剛才我說的話，她如果沿著川端通往南走，是不可能看見青山先生的。但相反的，若她並未沿著川端通南下，或許有可能看到青山先生。」

「換句話說，她從一開始就不打算追上我囉？」

「對方連續兩次都看到您就跑，若是您的話，還會再繼續追嗎？」這種說法有語病吧……哇，眼神好冷淡。「現在我想請問您，有沒有哪裡她可能去，可讓她在川端丸太町放棄追趕青山先生，直接沿著丸太町通往西前進的地方呢？」

啊，我發出了短促的驚呼。「她住的地方就在烏丸丸太町附近！」

咖啡師似乎很滿意地點了點頭。

「覺得很傷心的真實小姐，恐怕在回家途中剛好看到沿著富小路通北上的青山先生吧！從丸太町富小路走到這裡只要五分鐘，和青山先生到達店裡後所經過的時間一致。」

「真想請妳收回剛才那句『完全不是這樣』。」

咖啡師對不過是推論被回收再利用就得意忘形的我視而不見，打開磨豆機的抽屜，微笑著說：

「那我們來實驗一下吧！」

首先，我獨自離開塔列蘭。

「不好意思，店裡不能長時間沒有人……總之，請青山先生往丸太町富小路前進。待收到您抵達的通知後，我會走到我們店的電子招牌前，再請您確認您所在的位置是否能看見我。」

「雖然時間不長，但還是會讓店裡空著嘛。」

「就算走到街上，有客人的話還是看得到的，請您不用擔心。」

這麼說來的確是如此。現在店內只有我一名客人，咖啡師只要緊盯著兩棟住宅間的窄巷即可。不過話說回來，在實驗時，如果客人正好出現，很可能會導致我完全白跑一趟。

「呃，既然要離開店，我們就只能用手機聯絡了。」

「是啊。如果您看不見我的話，我可能得試著移動位置或做點動作，所以請您適時給我指示。」

「知道了。不過呢，咖啡師，我不知道妳的聯絡方式耶。」

「啊！」她先將手掌放在自己嘴上，接著笑了出來。「不好意思，我知道您的聯絡方式。」

「反正我就是個搭訕男嘛。」

她把手機遞給氣呼呼的我。

「我只要把我的聯絡方式給您就可以了吧？」

喔喔，這樣我以後就能和咖啡師互傳簡訊了——噓，不能讓露出單純笑容的她發現我正暗自竊喜。

「咦？怎麼了嗎，咖啡師？」

她的舉止突然變得僵硬。糟糕，她看出我內心的興奮了嗎？令人緊張的一瞬間。

「……啊，沒什麼，只是在想一些事情而已。」

緊接著下一秒，我便成功取得她的聯絡方式。萬歲！活著真好！

我的腳步當然輕盈許多。我踩著小跳步，穿過隧道，結果頭頂狠狠地撞上屋簷，最後只好淚眼婆娑地走向丸太町富小路，但是……

「搞什麼啊？」

我往北一看，頓時覺得相當絕望。在遙遠的前方道路的右邊停著小廂型車，左邊則是搬家卡車，這兩台大型車輛擋住我的去路，害我根本看不到丸太町通。

由於兩台車並非並排，路人和其他車輛還是可以通行。但如此一來，除非她超乎常人的視力跟千里眼沒兩樣，否則不可能看見我跑向富小路通。我打了通電話告訴咖啡師目前的情況，順便確認我拿到的聯絡方式是否正確。

「喂。」

「您動作真快，已經到了嗎？那我也得增快速度了。」

「請等一下。」我決定假裝沒聽到她的笑話。「現在富小路通上停了兩台車，視線都被遮住了，根本沒辦法一眼看到盡頭。」

咖啡師的態度卻非常冷靜，完全看不出她上一刻才說了冷笑話。

「富小路通上應該有禁止停車的警語才對，不太可能讓車子一停就是幾小時。能麻煩您查看那兩台車下的柏油路嗎？如果停車時間沒有很久，路面應該還是熱的。」

原來如此。「咖啡師剛才回塔列蘭的時候有看到那兩台車嗎？」

「不好意思，我沒有注意到。我從二条通北邊的夷川通走回店裡。」

也就是說，她在經過富小路通時，一直都是面向南方。我掛掉電話，照著她的指示行動。

首先，我走到小廂型車旁，蹲下來將右手探向車底。手裡傳來冰涼的觸感。從今天的日照強度判斷，這輛車停在這裡應該不只五或十分鐘。

接著我走向搬家卡車。卡車車斗敞開，裡面堆滿貨物，應該正準備卸貨吧。當我帶著一絲期望伸手摸向柏油路時……

「喂，你在那裡幹什麼？」

我全身肌肉都驚跳了起來，連忙往後一看。一名穿著搬家公司制服的壯碩男性就站在我面前。

「呃，那個，我突然覺得有點頭暈。」我一手扶著額頭，「你們現在要開始搬家嗎？不介意的話，我可以幫你一把喔。」

「頭暈？中暑嗎？拜託這樣的人來幫忙反而礙手礙腳吧？」

也是。自己的發言實在太蠢，簡直讓我真的頭暈起來。

「我知道你是一片好意啦，但還是心領了。畢竟我們的工作也已經告一段落了。」

咦？不是現在才要把東西搬下來嗎？

「你剛才在做什麼工作啊？」

「你看到車斗吧？我剛才把貨物搬進去，現在要去送貨了。」

我也未免太愛妄下定論了，都忘記搬家還包括裝貨和送貨。

「順便問一下，你們總共花了多少時間？」

對方狠狠瞪了我一眼。對不起、對不起。

「一直占用道路真是抱歉。客人明明知道今天要搬家，卻完全沒打包。不過這算是常有的事，只是今天情況特別嚴重。最後整整花了一小時哪。」

一小時。我看了看手錶。我是在四、五十分之前踏進塔列蘭，也就是說，當時這輛卡車早就停在這裡了。

「不好意思，打擾你工作了。」

我正打算及早離開……

「小心別中暑啦。聽說喝牛奶會舒服一點。」

男人告訴我總覺得相當耳熟的小知識後，就關上車斗，鑽進卡車裡，瀟灑離去。男人沒有起疑讓我鬆了口氣，但調查進度回到原點卻使我喪氣。總之，還是再打通電話給咖啡師吧！

「咖啡師嗎？很可惜，兩台車都——」

「對不起！」

「沒、沒什麼啦。」突然向人道歉對心臟很不好啊。

她以聽起來相當有氣無力的聲音說：「首先，讓您白跑一趟了，真的很抱歉。然後——其實謎題已經磨好了。」

這是什麼詭異的說法啊？

5

「你怎麼可以做那種事啊！」

當我一打開塔列蘭的門，從裡頭飛出的並非鈴聲，而是一道怒吼。

我如烏龜般縮著脖子望向店內，只見咖啡師雙手扠腰，站得挺直。即使體型嬌小，卻擁有驚人的壓迫感，神情簡直就像一尊活生生的門神。不過要是我這麼說，可能道歉的次數又會增加，所以還是閉嘴吧。

不用想也知道，咖啡師生氣的對象並不是我。應該說我正好被那名對象擋住，咖啡師才會沒發現我。所以，這對象究竟是誰呢？

「因為她說只要我答應她的要求，以後就願意跟我約會嘛。」

全身上下都像在說自己天不怕地不怕的人，正是藻川老爺爺。應該是趁我在街道上的十幾分鐘內從外頭回來的吧。

「就算是這樣，你把客人在我們店裡的消息告訴其他人，也未免太不像話了！根本是最糟糕的服務態度，應該說連身為人的基本道德都沒有……啊！青山先生！」

由於感到會打擾他們，我正打算躡手躡腳地離去，但還是被發現了。

「總之就是這麼一回事。真的、真的非常對不起。」

咖啡師以好像會演變成下跪磕頭的態度，深深地對我低頭。

「嗯，呃，妳還沒告訴我這究竟是怎麼一回事……」

「答案非常簡單。若她不是憑自己的力量得知青山先生來到店裡的話，那一定就是在場的某個人告訴她。」

「換句話說，某個人就是藻川先生囉？」

「青山先生來我們店裡時，叔叔應該在這裡吧？」

「那是當然的，否則身為外人的我怎麼可能進來呢？我聽藻川先生說咖啡師妳外出了，所以請他讓我在店內等。」

我忍不住長嘆一聲。告密者這個真相實在太無趣了。感覺就像以為是密室凶殺案，結果其實有個祕密地道般。

「不過，我之前也曾想過，會不會是在店裡的人把我上門光顧的消息說出去喔。實際上，當時店裡只有藻川先生一個人，咖啡師看到她後，也說她是第一次來這間店，對吧？換言之，她並不認識藻川先生，因此他們根本不可能直接和對方聯絡，我才剔除這個推測。」

「即使無法直接聯絡，只要有共同友人，要告知對方訊息還是易如反掌。」

咖啡師語帶苦澀地說，老爺爺一步步遠離她，轉身面向後方。

「戶部奈美子幾天前打電話給我，說什麼『那個男人要是來店裡就跟她說一聲』，我開玩笑說，跟我約會來當謝禮吧！那女生也答應了。看到這麼大的禮物從天而降，我怎麼能拒絕呀！」

咖啡師用力踏了一下地板。好可怕。接著她摘下老爺爺的帽子，抓住他後腦勺所剩無幾的頭髮，用力壓低他的頭。

「這一切都是我督導不周造成的。才稍微一不注意，他竟然跟客人要了聯絡方式。」

我想起小須田梨花的事。在身為同伴的我都沒察覺的情況下，藻川老爺爺就向她問出聯絡方式，讓我事後感到十分驚愕。如果是曾經和他談得很熱絡的戶部奈美子，那就更不用說了，我一點也不訝異他們事先就有對方的聯絡方式。倘若剛才能早一點想到他們的關係，真相可說觸手可及。

「妳告訴我聯絡方式時就想到了，對吧？」

「結果還是太遲了。明明叔叔看起來就像會做這種事的人。我當時還認為叔叔不至於這麼做才對，最後卻讓您白跑一趟。」

「那、那個，咖啡師，妳可以放開他的頭了。」

一直保持沉默的老爺爺聽到這句話後總算有點反應，他低頭向著地板哭訴道：

「是啊，乾脆把我這叔叔炒魷魚算了。」

哪有員工把店長炒魷魚的啊。

「請妳原諒他吧。我想藻川先生應該也沒猜到自己告訴對方的事情會傳進我前女友耳裡吧。」

我覺得再這樣下去，咖啡師可能會變成罪犯，便開口緩頰。

「對啊，我一直以為奈美子很欣賞小伙子，才想幫她一把。哪知道他們的關係這麼複雜啊！」

老爺爺似乎見機不可失，開始滔滔不絕地替自己辯駁。仔細想想，我在七月時被甩了一巴掌，他的確不在現場。他真的搞不清楚情況。不過話又說回來，他竟然以為戶部奈美子喜歡我，不愧是親戚，誤會的方式還真像。

「好吧，既然青山先生都這麼說了。」

咖啡師心不甘情不願地鬆手。老爺爺像膽小的貓般一躍而起，不停摸著自己的脖子說：

「不好意思啊，還麻煩你幫我說話。就像咖啡師之前說的，你真的是好人。」

我並不想被他當成同伴，便毫不留情地糾正他。

「我不記得自己幫你說話。我願意原諒你犯的錯，但你一發現闖下大禍便腳底抹油，可沒這麼簡單就算了。」

沒錯，當時我繞到剛從外面回來的咖啡師身後，正好背對著店門口。老人假裝沒看到店裡的騷動，從我後方逃了出去，再把店門關上。塔列蘭的店門很厚實，平常無法自動關上。我之所以覺得鈴聲聽起來很吵，一定是因為有人慌慌張張地把門關上。

我說完後，老爺爺的氣勢變得比蜷縮在一旁的小貓還弱。但我不會再對他有任何憐憫之心了。這種人還是要讓他徹底吃過一次苦頭才會悔改。

「雖然叔叔是我的親戚，但其實幾乎跟外人差不多。」咖啡師再次跟自己的親人撇清關係後，「看來我們也得好好想想，該怎麼彌補這件事對您造成的困擾。」

我回想起之前叫咖啡師「這傢伙」的事了。

「沒關係啦，我自己也做了必須向妳賠罪的事啊。這樣算是扯平了。」

但咖啡師卻突然瞪大雙眼，抬起下巴說：

「這兩件事不能混為一談。」

我應該把她的反應也用觀感不同來解釋嗎？

總而言之，事情似乎已經告一段落。只要老爺爺今後安分點，我就可以繼續光明正大地來塔列蘭了。當我安心地在吧台座位坐下後，咖啡師沉默了一會兒，彷彿下定決心般問道：

「為什麼您要這麼拚命地逃跑呢？」

我心想，這真是棘手的問題啊，只因這涉及我非常不想被知道的事。

「這是只有當事人才能體會的事情喔。不過，我的想法是如果她希望跟我復合，那我只要設法讓她放棄就行了。」

「正如同我剛才所說的，我認為她本來已經放棄了喔。」

咖啡師略顯低沉的嗓音，讓我有種彷彿冰冷的手指突然撫過臉頰的感覺。

「她只花費五分鐘就來到這間店，對吧？別說是川端二条了，即便從丸太町富小路過來，慢慢走的話，時間不夠。叔叔和奈美子小姐也需要一些時間聯絡。所以唯一的可能，就是她收到消息時，人不是在川端通，而是在丸太町通，還是和富小路通交會的路口附近。」

「她當時的確正在回家路上囉？」

我想起在車站接到的電話。她當時說了「那個，我說……」之後，究竟想告訴我什麼呢？

「她原本應該已經放棄了，但她在離去時所說的話卻完全相反。您真的打算對她隱藏在話中的真心視而不見嗎？」

——我無法接受這種結局，你不要以為我會就此罷休！

「……她說了好幾次『這是命運』。可能在她已經放棄的時候，又突然冒出意想不到的機會，才讓她認為這已經超越了偶然吧！」

例如故鄉、興趣、喜歡的歌手，這種程度的共同點，無論對方是誰，隨便找都能找出好幾個，但人們卻輕易地把這視為命運，深信不已。我也一樣。只重複了幾次離別和相逢，就把它稱為命運。

「我不清楚兩位之前曾遇過什麼事情，但我還是有某種不太好的預感。」

咖啡師以相當堅定的口氣說道。

「請您不要再逃避她了。盡量以雙方都能接受的方式來解決這件事，而非一味無視她的意見。我說這話不只是在替她著想，也是在為您著想。」

這時我還不太明白咖啡師那懇切的態度究竟從何而來。我無法明確回答好或不好，便移開視線。

「都分手三個月了，她現在來找我又有什麼意義呢？如果她不惜把朋友和不相關的人都牽扯進來，也想挽回這段感情，那一開始就別放手啊！」

我並不期待自己的牢騷會得到回應。咖啡師還是對我說：

「在這三個月中，我一直在用自己的方式來了解您是怎樣的人。她或許也在失去您的這段時間內，重新體會到您過去對她的影響吧。」

「……………」

「在你們剛分手的時候，她或許也向好友說了一堆您的壞話，藉此排解心中的不滿。但等到激動的情緒隨時間撫平，她轉而懷念起過往美好回憶，甚至開始希望挽回，我認為都是很正常的想法。對她來說，和您共度的時光應該十分愉快自在吧？總覺得我可以體會她的心情呢！」

我一抬起頭，咖啡師便對我露出了毫無根據的微笑。

她究竟基於何種考量才說出剛才那些話？我應該對她所說的話感到樂不可支才對，但我現在卻完全提不起勁。我忍不住反問自己，和什麼也不是的我共度的世界是什麼樣子？我曾和虎谷真實共度的世界又是怎樣？

或許是我的表情轉變了吧，咖啡師雖然與我共處一室，卻沒有再出聲打擾我。當無數的回憶片段如劣質的Crema——漂浮在濃縮咖啡表面上的細緻泡沫一般地在我眼前一一浮現時，我這三個月來第一次對自己無法與她順利繼續交往而感到非常悲傷。在所有人都沉默不語，充滿靜謐的咖啡店外，微微傾斜的九月陽光正誠實又殘酷地宣告了夏季終結。

五 past, present, f*****？

——我找到了！

相隔四個月後，我在今年第二次發自內心地想這麼大叫。

若第一次以「一口鍾情」而非一見鍾情來形容，現在的第二次就完全是一見鍾情了。當視覺捕捉到目標的瞬間，彷彿有支箭正中我的心臟……呃，這可不是在比喻邱比特所射的箭喔。其實，射箭命中我的心的對象，正是那支箭本身。

在某個星期三的黃昏，我難得有段空閒時間，卻碰上塔列蘭的公休日而無處排遣無聊，只好漫無目的地跑去鬧區閒晃。從三条走到寺町、新京極和拱頂商店街，即便平日也是人來人往，而且大多是年輕人。比起商店街的小店鋪，我想找的是一個人也能自在地走進去的商店。最後我來到位於新京極和河原町通之間的京都心暖商店。

京都心暖商店是間整棟五層大樓都是賣場的大型雜貨店。從家具、文具、化妝品到舞會道具，任何東西似乎都能在這裡找到。雖然有些囉唆，不過據說「心暖商店」這個名字是因為他們希望能成為一間「讓客人心頭一暖」的雜貨店。我覺得取這個名字的用意很好，但我老是忍不住把它跟「心軟」[1]聯想。

我一踏進店內，便環視了地下樓層一圈。店內放眼望去全是橘色，似乎想利用再過幾天就會下架的萬聖節商品來營造一個完美的結束。雖是眾所皆知的節日，卻不太清楚該做什麼活動才好。我邊想邊走過特別展示區。

接下來我走到玩具區，在一面掛有飛鏢靶的牆壁前停下。可能因為它讓我想起有間販賣咖啡豆和器具的大型批發商正是使用類似飛鏢靶的商標，才會自然而然地吸引我的目光吧！我沒有什麼值得一提的興趣——咖啡已經不能稱為興趣了——雖然陪人玩過幾次飛鏢，但本來應該沒有特別喜歡才對。

當我又往前走了一步後，原本不感興趣的想法卻徹底顛覆。

我一回過神，便驚覺垂掛在眼前的飛鏢已經射穿我內心的靶心了。飛鏢的鏢尾印著戰艦圖案，纖細的鎢合金鏢桿稍微偏長，六角形的鏢身也獨具特色。

好想要。我心癢難耐地吞了吞口水。我突然發自本能、衝動的想得到那支飛鏢。

但是轉念一想，我直到上一刻都還對飛鏢絲毫不感興趣，根本無法理解為何會想要這支飛鏢，若真有理由，我甚至想請那位聰明的小姐替我找出來呢！怎麼能老實地被這種天外飛來一筆的欲望牽著鼻子走。

除此之外，我的目光還轉移到陳列在架上的飛鏢價格標籤。金額雖然在四位數內，不過每一個數字都充分擴大勢力，已經逼近五位數。對外行人而言，一看就知道品質有保證，但相反的，也會讓外行人不敢隨意購買。而且飛鏢沒有標靶便不能玩。我可以只買飛鏢，然後說不要標靶嗎？這對錢包所造成的影響可就大得讓我無法忽視了。

我那被眼前垂掛的飛鏢射中的心搖擺不定，像是猶豫著要選愛情還是麵包一樣。當我正煩惱著不知該如何是好時，突然有個人出聲呼喚我。

「您要不要試著投投看呢？」

投投看？射我嗎？因為柔道高手前女友所造成的後遺症讓我急忙轉身。

只見眼前站著一位穿西裝的男性，年紀看起來好像跟我差不多，但膠框眼鏡和剪得很清爽的髮型卻給人相當俐落高尚的氣質。

「呃，你所謂的投投看，應該不是指我吧？」

當我因為突如其來的狀況而驚慌失措時，男性露出充滿親切感的笑容。

「當然要由您來投啊！那邊掛有試射用的標靶，買之前試玩一下比較好喔。」

從他推銷的態度來看，感覺是雜貨店相關人士，但他未穿著兼職店員的黃色制服，或許是公司職員吧。我心想，年紀輕輕就把灰色西裝穿得有模有樣，還在充滿時尚感的雜貨店工作，總覺得有點不自在。

1 原文店名為「ココロフト」，是取「心がふっと温かくなる」（心頭一熱）的部分發音組合成的店名，而主角其實是將「ココロフト」聯想成「心軟」（日文原文為：心太，類似洋菜條的食物，其日文發音為：ところてん，而另一日文發音便是「ココロフト」）。

聽到男性的提醒，我才知道剛才看到的飛鏢是樣品，在後方架上還整齊地吊著三支裝成一盒的飛鏢，於是我伸手拿起樣品。

「請瞄準那裡投擲。」

他口中所指的標靶感覺有點舊，顯然不是商品。我腳下的地板貼著膠帶，應該是要人站在這裡投吧？由於我太在意別人的目光，緊張得身體僵硬，不過還是在對方的鼓勵下試了一次。但投出去的飛鏢卻完全偏離目標，撞到標靶下方的牆壁，發出相當丟臉的「喀啷」一聲。

「不好意思，我所說的那裡，指的是那個標靶喔。」

我知道啦！男性的表情確實如他所言，感覺很不好意思，他的話反而激怒我。當我拿回飛鏢，走回貼著膠帶的位置時，就看到旁邊穿著黃色制服的女性店員把手機靠在一邊耳朵上，傻眼地看著我。我立刻感到臉頰發熱，在心裡暗罵：「真正該感到羞恥的是她公然在工作時講手機的服務態度吧？」

我向右轉身，擲出第二支飛鏢。這次總算勉強射中標靶，卻大幅度偏離我原本瞄準的靶心，停在兩分外側的兩倍區交界上。雖然不可能一開始就投得很準，但總覺得愈來愈不好意思說自己想要這飛鏢，所以我決定投第三次以結束一局。

算了，就豁出去吧！我乾脆閉上眼睛，隨手扔出最後一支飛鏢。

「喔喔！」

男性突然激動地高聲大叫，害我頓時喪失面對現實的勇氣。不過就算逃避，結果也不會改變，我小心翼翼地半睜開眼睛。

奇蹟發生了。我丟出的飛鏢精準地射在正中央的靶心（Bullseye）上。但我的眼睛（Eye）卻連睜也沒睜開。

「——我要買這個！」

「您、您能下定決心真是太好了。」

可能因為我冷不防地大聲說話，男性笑得有些僵硬。我往右邊邁出一步，再次前往陳列架。但是……

「咦，不見了。」

剛才我確定還吊在這裡的盒裝飛鏢不見了。是我在試射的時候被其他客人買走了嗎？我只在瞬間瞥見有盒子，連架上究竟吊了幾組、是不是只剩下最後一組都沒機會確認。

「哎呀，真是可惜，只好請您下次再來買了。」

男性立刻親切地改口，我內心的打擊並未因此消除。難得我都下定決心要買了。明知是自己拖拖拉拉造成的，不過一知道沒辦法買，想要的欲望就愈來愈小。

「不好意思，耽誤你們的時間了……」

我垂頭喪氣地踩著沉重的步伐離開心暖商店。其實我原本想去逛其他樓層，但現在根本沒心情。我穿過靠近蛸藥師通的出口，有些不捨地回頭望向大樓，發現那名工作態度有問題的女性店員還是一直盯著我看。乾脆對她吐舌頭好了，正當我這麼想時……

「青山先生。」

從背後傳來的呼喚聲讓我垂頭喪氣的心情又重現光明。

「嗨，這不是——咖啡師嗎？」

我一轉身，就看到美星咖啡師害羞地微笑著。

「您在外面也這麼叫我，讓我覺得有點不好意思。」

我也跟著笑了。「好巧喔，沒想到會在這裡遇到妳。」

「是啊。您去心暖商店尋找跟咖啡有關的器具或餐具嗎？」

「沒有啦，只是去打發時間而已。」我抓了抓頭，「那妳為什麼會來這裡呢？我記得今天是公休日吧？」

「是的，我偶爾想出來逛街，就在這附近閒晃，結果經過那邊轉角時正好看見青山先生您離開心暖商店。您看，十分鐘前我也在店裡喔。」

她把心暖商店的黃色小紙袋舉到自己臉旁，她說話時，肩膀也跟著微微晃動，繡有蕾絲的連身上衣衣襬輕盈地飄呀飄。她似乎心情很愉快，我也不由得覺得她穿這樣挺可愛的。

是發自本能的衝動情感從背後推了我一把嗎？還是已經從我手中溜走的願望勾起我對其他願望的貪欲呢？

我接著竟相當自然地說出這句話。

「話說回來，再過不久天就黑了，妳接下來有空嗎？」

她立刻露出相當正經的表情，我的腦中變得一片空白，心裡暗叫糟糕。

然後我空白的腦中清晰響起她的回答。

「有啊。今晚我正好閒得發慌呢！」

她溫柔的嗓音讓我內心深處傳來一陣悸動。這次一開口，我就結巴了。

「呃、如果妳不介意的話，要不要一起去吃、吃個飯呢？」

「我很榮幸您願意邀請我。」她溫柔地微笑道：「請務必讓我同行。」

我的耳內響起一道輕盈的電子音效，就像射中靶心時飛鏢機會發出的聲音。

「跟我走吧，我知道木屋町有間不錯的餐廳。」

我神采飛揚地邁向已接近日落時分的街道，突然對兩人不需再借助咖啡牽線的關係感到有些不可思議。在等待紅綠燈的時候，我反思起自己一開始前往塔列蘭的理由，但看到身旁的咖啡師一臉開心地望著我，便說服自己別想那麼多了。

2

京都有一種料理叫作「家常菜」。

所謂的家常菜，就是用來搭配主食的配菜，但會使用高湯稍微調味，味道清淡樸素，讓人覺得很養生，和一般配菜不太一樣，可以感受到歷史古城京都特有的風情。家常菜原本是一般家庭料理，卻意外地適合當下酒菜，和以日本三大名酒產地著稱的伏見日本酒更是絕配。自從我在京都首屈一指的酒店街木屋町發現了家常菜非常好吃的小酒館後，就一直夢想著能帶女性來此小酌一杯，於是我便把握這次的良機，帶著美星咖啡師前往這間店。

抵達矗立在街道轉角的大樓後，再搭乘電梯來到四樓。但是不知道為什麼，掛著門簾的格子拉門另一頭似乎在忙著什麼，沒有半個人出來招呼我們。

「咦？今天沒營業嗎？」

「裡面有人，我想應該有營業吧……我們會不會太早來了呢？」

我確認了營業時間，是晚上六點開始，然後再看向時鐘，下午五點四十五分。

「妳說對了，這下可糗了。」

我發出乾笑以掩飾尷尬，拉門卻在這時被拉開，一位看似店員的女性走了出來。

「不好意思，在開店之前能請兩位稍候片刻嗎？」

當然沒問題，畢竟我們來得太早了嘛。

「我們可以替兩位保留座位，方便留下大名嗎？」

「啊，呃，青色的山，寫成『青山』。」

我往身旁瞥了一眼。咖啡師早已輕輕坐在等候帶位的長椅上，拿起手機打發時間了。

看來勉強解決危機了。我鬆了口氣，在咖啡師身旁坐下來。她收起手機，一派悠閒地問：

「是賣家常菜的小酒館嗎？原來您喜歡這種店啊？」

「是啊。雖然沒有足以感動人心的豪華菜色，味道卻具有怎麼吃都不會膩的深度喔。」

「在我心目中，家常菜就等於是過世的太太親手做的料理。」

我揉了揉眉頭。她口中的太太亦即藻川夫人，據說是京都女子。咖啡師雖然不是京都人，但和只住了兩年半的我不同，應該有很多機會能接觸到京都的飲食文化。

「不好意思，我真的不懂得說話。」

「您在說什麼呢，我的意思是它讓我懷念起太太，我覺得很高興。」

希望真是如此。因為怕多說多錯，我只摸了摸鼻子代替回答。

「讓兩位久等了，請往這邊走。」

剛才的店員帶著我們在一個小桌子旁坐下。在室內裝潢和小酒館這稱呼不太搭的昏暗店內，仿照路燈裝設的暖色燈光相當柔和。我請咖啡師坐在較高級的沙發上，自己則選了張藤椅。

一下子就喝日本酒灌醉自己未免太可惜了，於是我先點了京都當地生產的啤酒。咖啡師則挑了梅酒蘇打水，這難以判斷她的酒量。接著我們還點了炸麵筋、自製蔬菜豆腐丸和煮芋頭等下酒菜。

片刻後，手邊多了圓錐形啤酒杯和寬口的大香檳杯，穿透杯中的光線將桌面染成了琥珀色。我們各自拿起玻璃杯，先向彼此乾杯。

「……乾杯的理由是什麼呢？」

咖啡師露出淺淺的微笑。

「那就以數字8為理由來乾杯吧？」

我還沒有發問，她就自動說明了起來。

「十月這個字呢，英文是October。今天我們碰巧遇到的地點是蛸藥師通，蛸（章魚）這個字的英文是octopus，剛好都有『octo』。」

「我記得『octo』好像是拉丁語的8的意思。」

「據說October是取自古羅馬曆中的第八個月分。在日本，『八』像扇子，有逐漸繁榮的意思，所以被視為是很吉利的數字。如何？這樣的解釋能否讓我們今晚的相遇感覺更美好呢？」

她的話讓我嚇了一跳。但更讓我驚訝的是她的笑容中透露出某種我猜不到的算計。

「總而言之，因為是數字8，我們就『欸嘿』一聲，高興地乾杯吧！」

「因為是eight，所以要喊『欸嘿』嗎？我覺得妳別說剛才那句話比較好。」

相互輕碰的玻璃杯微微振動，感覺連心也跟著顫動起來。

徹底混合了日式與西式的店內氣氛，讓香檳杯和家常菜的組合顯得自然許多。她將蔬菜豆腐丸送進嘴裡後，便笑著說：「果然和一般家裡做的不一樣呢。」似乎很合她的胃口。我們愉快地聊著沒什麼內容的對話，也不需要借助醉意來找話題，沉浸在幸福中的我咋了咋嘴，對這桌樸實的佳肴感到滿足。

我叫來一壺吟釀酒，咖啡師主動替我斟了一杯。

「我真的太感動了，沒想到竟能讓美星小姐替我倒酒。」

我舉起清酒杯這麼說。雖然很難為情，但我還是照她之前的要求，試著以名字稱呼她。

「您太誇張了。如果是飲料的話，平常不是一直在替您準備嗎？」

「不不不，我是真的很感動喔。我雖然不想強調兩者之間的差別，但能夠和如此美好的女性單獨喝酒，還讓對方拿酒壺替我倒酒，都不知道該怎麼形容我內心的喜悅。」

雖然不太明顯，但我確實出現了幾分醉意。就連平常難以傾訴的話，也輕鬆地突破以嘴唇築起的防線，大膽說出口。不過，無論我說了什麼，她的態度始終很冷靜。

「但您應該不是第一次遇到今天這種機會吧？」

哎呀，竟然在此時提起那件事。她說得不算直接，但很明顯地暗指我的前女友。我感到很意外地說：

「真難得妳問得如此深入。即使妳以前曾經開玩笑地推測過跟我個人隱私有關的事，卻很少如此直接地詢問我，還以為妳對這些事沒什麼興趣呢！」

我只想以輕鬆的口氣敷衍，但咖啡師的反應卻有些奇怪。

「若您感到不快的話，我在此向您致歉。剛才心情很好，一不小心就得意忘形了。真的很對不起。」

她說完之後向我深深地低下頭。

「哎呀，我沒有生妳的氣啦。我不會介意回答這個問題。」

我急忙揮了揮手，她的表情卻依舊沮喪，於是我趁勢滔滔不絕地說了起來。

「呃，我的確不是第一次遇到今天這種事情。現在回想起來，我覺得那個人對待我的態度，簡直像是幼兒想讓寵物狗服從自己一樣，只要一不順她的意，就會勃然大怒。與其說她替我倒酒也在她的算計之內，讓我心情類似寵物狗硬被穿上不需要的衣服般。當時大概認為無所謂，但跟今晚的情況可說是截然不同。」

我原本是為了表示自己毫不介意才向她坦白，但說出口後反而覺得自己多嘴了。咖啡師的樣子還是跟剛才一樣，手指緊握著酒杯，讓我感到有點恐怖。

還是別再繼續說我的事了。我一口飲盡酒杯裡的酒，隨意把話題拋回她身上。

「妳明明就活得比我還久，不是嗎？」

「也不過多一年罷了。」她的表情稍微放鬆了些。

「妳一定也曾經遇過『這種機會』吧？如果妳對剛才問我的問題感到抱歉的話，那也讓我問妳吧。」

我一直和咖啡師保持店員和客人的距離，沒有問過太私人的問題。雖然我從她身上看不出那種跡象，但說得極端一點，就算她現在告訴我「我有男朋友」，也沒什麼好奇怪的。

該說是幸運嗎？她並未這麼回答，而是低頭用筷子夾起芋頭。

「假設是字面上『替人倒酒的機會』，倒也不是完全沒有……但如果包括言外之意，我只會對自己貧乏的經歷感到羞愧不已罷了，只因我沒有任何能當成趣事談論的回憶。其實就連這種機會也少到讓我已經分不清究竟是睽違幾年了呢！」

喔？我想起我之前在她身上發現的幾個奇怪之處。在梅雨季，我從她的態度感受到詭異的寂寞感。在夏天，當她知道從認識到相遇的過程很短時，反應相當驚訝，但到了秋天，卻說是為了我好，態度懇切地勸我好好處理和前女友的關係。

我直接說出心中的猜測，卻又再次在開口後感到後悔。

「妳是不是對男性或男女關係不太擅長啊？以前曾經發生過什麼事嗎？」

「——青山先生。」

她的聲音既冰冷又尖銳。

「正如您所說的，我比您多活了一年，也遇過各式各樣的事，包括許多痛苦與悲傷。在經歷這些事情後，我認識了您，並一起共度時光。」

我連要輕輕地點個頭都辦不到。盤裡的芋頭上插著筷子。

「雖然是我擅自這麼希望，不過我有種預感，自己和青山先生或許總有一天會演變成能夠深入彼此內心的交情。只是，現在我還無法鼓起勇氣。能請您再體諒我一段時間嗎？等時機成熟了，我會主動告訴您的。」

她的話十分抽象，我也沒辦法肯定自己是否完全明白。我知道她雖然隱藏內心深處所背負的真相，卻還是想告訴我這件事的存在。我原本就不想強硬地侵犯她的隱私。若問我有沒有能接受她祕密的覺悟，我也無法回答。我能夠做的，頂多就是在她需要的時候靜靜地走進她的內心。

「對不起，妳只要說妳想說的話就行了。」

「沒什麼，您不需要道歉。」她的聲音總算恢復溫度了。「我才要跟您道歉，我剛才的表情應該很難看吧？我打從心裡感謝您溫柔地體諒我。」

「我做的事情沒有那麼高尚啦。我自己也覺得不該說那麼輕浮的話。如果妳覺得難過或想找人傾訴，我都很樂意當妳的聽眾。」

「謝謝您。是啊，偶爾也會有點辛苦，但我沒問題的。」

當她露出以往的笑容時，我的心裡鬆了一口氣，卻也感覺今晚看似縮短的距離好像又回歸原點了。

「有個人會負責保護我，現在也是我很重視的好友。」

太好了！沒有我出面的餘地肯定比較好。

我什麼話都說不出口，也不知該採取什麼態度才對。我低垂的視線看到了空酒杯，但此時請她替我倒酒好像也不對。

「……我去一下廁所。」

最後我選擇中途離席這種極平凡的逃避方式。不過，我事後才知道，至少對咖啡師來說，我那可笑的行動其實是正確答案。

該打起精神重新挑戰，還是當作什麼都沒發生呢？

我猶豫不決地回到座位後，發現咖啡師在我離席時又多點了酒。看來她的酒量不錯。既然決定重新挑戰，那這次一定要請她替我倒酒。

到了晚上九點，昏暗的燈光突然變得更微弱了。

背景音樂變成一首耳熟能詳卻改編成Bossa Nova風格的曲子。服務生單手拿著小巧玲瓏的蛋糕從店後方走向我們，蛋糕上的火光還不停跳動著。

應該不可能吧？服務生動作非常自然地將蛋糕放在我面前。

「生日快樂，青山先生。」

照理說應該看不太到，我卻很清楚明白她臉上掛著笑容。

「妳還記得我的生日啊。」

在當事人開口前，她就已經猜出我的生日了。那是神無月（十月）的最後一天，以西方的習俗來說即是萬聖節。雖然不是生日當天，但我和咖啡師的偶遇讓今天成了最適合慶祝的日子。不過她在乾杯時隻字未提，我原本也不抱任何期待。

「這個『賠罪』安排得真巧妙呢。」

「賠罪？」她的聲音聽來有些訝異。

「妳替我慶生，也是為了順便履行上個月說好的賠罪吧？」

「這兩件事不能混為一談。替人慶生還需要理由嗎？」

她誠摯的好意真是燦爛奪目啊。想到自己竟惡劣地以為她替我慶祝是別有用心，讓我相當羞愧，表情變得很難看，咖啡師也誤會了我的意思。

「啊，您還是很介意吧？上次真的很抱歉，但請您放心，我已經狠狠罵過叔叔，也叫他把聯絡方式刪除了。」

「這我倒是沒有放在心上。不過藻川先生他會反省嗎？」

我話一說出口，對方的表情也變得很難看。「完全沒有。他跟以前一樣死性不改，老在營業時打瞌睡。乾脆在那個角落的椅子上放個大玩偶之類的東西好了，要是不把他平常坐的地方擋住，他一定又會偷懶。」

只要把椅子拿走不就得了？但我還是別這麼說。

片刻後，店內的燈光又恢復成原樣。我望著正在切蛋糕的她說：

「所以妳才多點了酒吧？妳能夠拜託店家準備蛋糕的機會只有一次，就是我暫時離開時。因為還要等蛋糕送來，妳才又點酒來拖延時間。」

「完全正確。來，請用。」

小巧的南瓜蛋糕看起來並非用來慶生，但以臨時準備的來說，已經超乎水準了。即使不如藻川先生做的蘋果派，味道也沒什麼好挑剔的。

當我正對她準備得如此周全而無比佩服時，她接下來的舉動又讓我再次得知自己小看她。

「說到生日，還有一個東西是不可或缺的。」

咖啡師說完後，便拿出心暖商店的小紙袋。

「這是禮物，請您收下吧。」

「咦？這不是……」

「您不用客氣，這原本就是為了送您才買的，價格也不貴。」

我邊向她道謝，心裡邊感到疑惑。我在心暖商店前遇到她的時候，她手上好像已提著這個紙袋了。就算不是今天，她也早就打算送我生日禮物了嗎？

咖啡師露出彷彿是自己收到禮物般的燦爛笑容，滿心期待我會當場拆開禮物。

「我覺得您一定會喜歡這個禮物的。」

「妳還真有自信。是跟咖啡有關的東西嗎？」當我正想撕開封住紙袋的膠帶時，手指突然停了下來。

「不是的。我給您一點提示吧！今天我們乾杯時的理由是數字8，如果要從諧音聯想，該讀哪個發音呢？或者改讀成蜜蜂[2]這種昆蟲，從牠們擅長的動作來聯想，也未嘗不可。」

我腦中立刻閃過某樣東西——但可能性太低了。

不會吧？當我這麼想時，便再也按捺不住了。我撕開膠帶，從紙袋中取出一個大小如文庫本的箱子。我連小心拆開的耐心都沒有，快手撕開上頭印有心暖商店標誌的包裝紙。

然後我啞口無言了。

「如何？您還喜歡嗎？」

我凝視她彷彿寫著「成功了」的臉。為什麼這東西會在這裡？

這根本不是喜不喜歡的問題。設想周到的咖啡師所準備的禮物，正是數小時前我含淚放棄的飛鏢[3]。

3

「啊，哼哼，我知道了，美星小姐！」

眼前竟發生了不合常理的事情。即便美星咖啡師再怎麼聰明過人，也不可能事先預測到我會和飛鏢扯上關係，因此透過邏輯所推論出的結論只有一個。

「妳在心暖商店同一樓層偷看到我正在試丟飛鏢，然後趁我離去時趕快買下它，再繞到我背後向我打招呼，對吧？」

「我覺得完全不是這樣。」

2「蜜蜂」的日文發音與8相同，都讀成hachi。

3 飛鏢（矢）的日文發音與8的另一個發音（ya）相同。

咖啡師毫不遲疑地否定我的推測。這種情況不該說「我覺得」吧？

「如同我之前說的，我親眼看到青山先生從心暖商店走出來。雖然您回頭望著大樓的表情簡直能以依依不捨來形容，但也只停留了頂多數十秒吧？如果我要在這段時間買下飛鏢並拜託店員包裝，再從別的出口繞到您背後，其實有點趕呢！而且……」

「而且？」

「刻意挑選本人決定不買的東西當禮物也挺奇怪的吧？」

「呃，我不是不想買，而是買不到——」

沒錯！我想起自己不得不放棄它的理由。

「我明白了。話說回來，我記得在試投時，架上還擺著飛鏢，但當我試射完後，架上就連一盒也不剩了。唯一的解釋就是有人在我專心試投時，把飛鏢買走了，而那個人就是妳。」

「您的意思是，我沒有考慮到青山先生您可能在試投後決定不買嗎？」

我「唔」地低吟了一聲。仔細想想，我會下定決心買飛鏢，全是因為那奇蹟似的第三次試投。若只看我第二次投擲前的悽慘成績，反而我不會買的可能性比較高吧？

「……不不不，既然我願意試投，就可以確定我對飛鏢有興趣了，在那時先拿走商品也沒關係，可以等到我試投結束再去結帳。」

「如果是這樣，就和您提出的第一個推論一樣，時間會太趕。」

她果決地駁回我的想法，看了看手機。

「時候也不早了，我們差不多該離開了。」

理所當然的，當我們結完帳並搭電梯從大樓走到木屋町通時，夜幕早已低垂。讓她獨自走夜路返家不太好，我正猶豫著是否該送她回去，在路上問出真相時……

「那我就先走了。」

咖啡師作勢想逃跑。

「先走？妳打算一個人回去嗎？」

「您不必擔心，有人在這附近等我。」

「是來接妳的嗎？該不會是藻川先生？」

「不，真要說的話，叔叔比較像是等人來接的人。」

她以充滿強烈黑色幽默的玩笑含糊帶過。站在高瀨川河畔的她，臉上的笑容不同於以往，感覺有些心神不寧。

看到她的態度，我突然明白了。或許有個男人正在附近等她。

若非如此，便難以解釋她為何不想讓等她的人和我見面。從她說「替人倒酒的機會倒也不是完全沒有」這點來看，可以推測出她有交情好到能一起吃飯的異性朋友。先不論咖啡師比較重視我或是那個人，不想讓兩位異性友人見面的理由，隨手一撈都能找到一大堆。

「只要妳能夠平安回家，我無所謂啦。」我覺得自己笨拙的假笑被夜色掩蓋了。「但好歹先告訴我妳是用了什麼機關嘛。」

我提起紙袋左右搖晃，她便微笑著嘆了口氣。

「那就把它當成習題吧。這是我設計的 trick and treat。若您想到什麼頭緒了，請務必前來塔列蘭一趟。」

——惡作劇和禮物嗎……

我望著她向我行禮致意後便離去的身影，對不忘改編萬聖節固定台詞的細膩心思露出苦笑。當我百思不解的習題阻擋了通往塔列蘭的道路時，腦中瞬間閃過一個念頭，認為她或許打算藉此暫時勸退想繼續深入的我。不過，當她即將消失在轉角時，又對我揮了好幾次手；她的動作實在太俏皮了，讓我的胡思亂想也隨之煙消雲散，踏上回家的路途。

在那之後過了不到十天，狀況出現了變化。

沒解出習題就不敢去學校的自己真可悲。對方特地送我的禮物根本不像我的東西，到現在都還沒投半次。我好想喝咖啡，卻又完全想不出答案，不好意思光顧塔列蘭。百般無奈下，我只好坐在常去的 Roc'k On 咖啡店，茫然地拼湊著派不上用場的思緒。

突然間，一道自行烘焙咖啡豆的芳香飄過我鼻尖，我才察覺到店裡似乎有什麼動靜，便看向店門口的玻璃門。

「——咦？」

兩個人異口同聲地冒出這句話。

我對這套灰色的西裝有印象。因為隔著一段距離，我發現他體型修長，膠框眼鏡緊貼在挺直的鼻梁上。

「嗨，前幾天真是辛苦了。」

我嚇了一跳。眼前這名對我露出親切笑容的人，就是在心暖商店鼓吹我試投飛鏢的男性。

「上次多謝你了。」

「沒什麼好謝的，我不過是問你要不要投投看罷了。」

男性有些困擾地笑了笑，並未認真回應我的道謝。或許是在全年無休的雜貨店工作的關係，沒有所謂的週末假期，他連星期天也穿著西裝。接著他轉過身朝站在吧台內的店老闆喚道：

「我可以和他併桌嗎？」

「沒問題。不過併桌這說法原本應該是用在不認識的客人身上呢。」

輕笑著回答的老闆嗓音沙啞，配上濃密的八字鬍，看起來充滿威嚴。他選在這個學生很多的地點開業，短短數年就讓來客數維持一定的水準，還親自前往大阪某間開設咖啡師培育班的廚師學校授課，在培育未來人才方面不遺餘力。

如果老闆剛才那句話是多餘的，那男人和善地回答「受教了」也同樣多餘。更何況我和這名青年根本沒什麼話好談。為什麼會演變成這種情況呢？雖然我感到疑惑，卻也不能拿他怎麼樣，只好在隔壁的桌子和他面對面坐下來。

男性點了兩杯咖啡，其中一杯是給我的。我不好意思地接過杯子，正煩惱著該如何化解尷尬的氣氛時，接下來的幾句話卻一口氣讓我的困惑拋到九霄雲外。

「對了，我還沒報上自己的名字。我叫胡內波和，請多指教。」

「喔，我是……」

「我知道你是誰喔。哎呀，沒想到美星竟然也有能單獨和對方去小酒館的異性友人啊。」

我差點把含在嘴裡的咖啡噴出來。

「你認識美星小姐嗎？」

「是啊。我看到離開心暖商店的你和美星說話，她那輕鬆的笑臉讓我嚇了一大跳。沒想到她竟能像以前一樣，輕易地卸下心防和異性交談。」

他的確可以從店裡清楚看到她和背對著心暖商店的我交談的表情。不知不覺間，我覺得有點不是滋味，因為只有我說話時依舊保持有禮的態度，但名為胡內的男性卻可直接稱呼她名字，至少可以推測出他應該比我年長。

我只針對他話中讓我在意得不得了的地方提出疑問。

「請等一下。你說像以前一樣是什麼意思呢？」

他拿起杯子的手停在半空中。像是在說「糟了」。

「難道她什麼也沒跟妳說嗎？」

「是關於異性和男女關係的事嗎？雖然她說過讓人懷疑曾經發生什麼事的話，但除此之外，我就不知情了。」

一聽到我的回答，他彷彿在煩惱什麼似地低頭陷入沉思。我一時不知該如何反應，只好聽著頭頂上的喇叭傳出的搖滾老歌。一首歌播完，換成另一首歌。店裡的客人離去，又有別的客人進來。我喝了一口咖啡。最後，當曲子又換了一首時，胡內才像是下定決心般開口說道：

「你真的想知道美星以前曾發生過什麼事情嗎？」

「咦？」

「就算你知道了，也沒辦法改變過去的事實。即便如此，你還是下定決心要接受她所背負的事物嗎？」

他的問題我早就想過了，但到目前為止，我還沒找出答案。

「……我想知道，不是因為好奇或單純地感興趣。她覺得或許有一天能和我演變成能夠深入彼此內心的交情，只是現在還沒辦法鼓起勇氣。所以我想等到那時候再問她，否則感覺就像我背叛了她的信賴。」

我並不擅長那些冠冕堂皇的大道理，卻仍努力地想傳達自己的想法。因為我也感覺到對方認真的眼神似乎想從我心裡引導出某個答案。

「你和她都承認，我對她來說，是有點特別的人。看來我在她心目中的地位無法只用我自作多情來解釋。我自己也不知道為什麼會變成那樣。但是，如果我的目標是其他人，就不能在這裡失敗，我想尊重她的意願。」

不過，胡內卻在此時說出我意想不到的話。

「即使那有可能讓你或美星遭遇危險？」

我聽不懂他的意思，皺起了眉頭。「危險？」

「若非如此，我也不想輕易地說出這件事。正因為那實在不是什麼愉快的往事，美星才不想坦白吧！但如果因為這樣就隱瞞，說不定又會再次重演。為了避免這種情況，我才考慮告訴你。當然，你可不能告訴美星喔。」

胡內彷彿在等待我的回應般，僵硬地喝起咖啡。

我陷入極大的困惑裡。由於還不知道究竟是什麼事，我也沒辦法猜測出我們兩人可能遭遇的危險。假設他說的是真的呢？如果自己早已一腳踏進恐怕會重演的往事裡呢？

從喇叭流洩而出的曲子逐漸淡出，換成了下一首曲子。

「……我明白了。」我嘆氣地說，「請你告訴我關於美星小姐的事情吧。」

什麼都不知道的話就沒辦法應對，如果知道了，或許就能想出預先避免某種令人討厭的情況的方法。就算只是為了判斷我有沒有必要知道，還是聽聽他怎麼說比較好。至少他的話裡已經可以聽出足以讓數分鐘前的我改變心意的不快感。

「我就知道你會這麼說。不過我有個條件。我接下來要告訴你的話……不，我現在在這裡和你說話的事情，絕對不可以讓美星知道。沒問題吧？」

我點了點頭。我不可能自己把背叛她信賴的事情向她坦白的。

他像是在喝提神用的白蘭地似的，仰頭飲進杯中的咖啡，然後緩緩開口。

「這個嘛，希望你可以當成在聽一個寓言故事。——她是在四年前的春天來到京都的。那時她剛從故鄉的高中畢業，要來京都就讀短期大學。」

咖啡師曾說過自己今年二十三歲，時間上和他口中的四年前吻合。

「她好奇心旺盛，毫不介意對方的性別、年紀、容貌或身分，很積極地想跟每個人交流。一進大學便拜託親戚介紹，開始在咖啡店打工，無論對待哪個客人，態度都很親切開朗。我曾聽她說過，她是懷抱著讓來咖啡店的客人都能打起精神回去的想法在工作的。」

他所說的和我對她的印象有些許差異。她的確很有求知欲，甚至可以說因為這樣我才跟她認識。但是她對其他客人的態度卻不是如此，反倒不會打擾享受靜謐時光的客人。他所謂的和以前一樣，就是這個意思嗎？根據在同一間店工作的親戚的言行，胡內所敘述的她，感覺雖然有點出乎意料之外，卻也不是絕無可能。

「她只要一看到神情沮喪或心情鬱悶的客人，就會主動關心對方，想辦法讓他們打起精神。她的志向或許挺令人佩服，我覺得應該也有不少客人接受她的幫助。但是用一視同仁的態度對待每個人，不能說一定就是最好的，只是她並不知道這點。某天，咖啡店來了一位男客人。老實說，他的外表不會讓人對他產生好感。不是因為身體上的特徵，而是類似穿著打扮和看起來乾不乾淨。男性似乎也很清楚自己被他人疏遠的事實與原因，所以早已習慣獨自一人。一個人走進咖啡店喝咖啡本來就很常見，但她卻主動對那名男性開口了——為什麼你的表情看起來如此寂寞呢？」

「這不是件值得讚賞的美談嗎？不會因為外表歧視他人。」

「你真的這麼認為嗎？」

我愣住了。因為青年以帶著強烈譴責的眼神看向我。

「一個人的外表是由很多條件構成的。有很多是無法靠自己的意願改變的，例如叫被他人調侃長得矮的人想辦法長高，就是一件很過分的要求。但也有些條件並非如此。當知道自己不被他人認同的時候，其實已明白能改善的條件大致有多少。像穿著打扮之類的，是最容易改善的，無論當事人有沒有意識到，大家多多少少都會注意別人是否認同自己。逼迫他人放棄去注意或努力改善這些條件，認同最原始的自己，你不覺得很蠻橫嗎？」

雖然我聽得一頭霧水，但還是搖搖頭表示肯定。

「我這麼說不是要大家從外表去評斷別人。我也覺得因為無法改變的條件而去疏遠一個人不太好，但這和同時存在能改變的條件並沒有衝突，甚至可以反過來說，有些人根本不在意外表。重點就在於價值觀的差異吧！我是在糾正你輕易地說出『美談』兩個字。不懂裝懂的人都會說『不要以外表評論他人！』『不實際交談過是不準的！』但一個人活著的時間有限，沒有餘力和每個見面的人深交、確定他的內在後再判斷他的好壞。想找一個外表和內在都讓自己有好感的人沒什麼不對。為什麼一定要被當成是有違道義呢？只要不出手危害自己討厭的人，想接近怎樣的人，或是憑外表疏遠誰，都沒什麼好批評的才對。」

「……我的確不該輕率地說這是美談。不過外表不討人喜歡的人，或許在外表下隱藏著非常出色的魅力。所以我沒辦法否定她想尋找對方優點的行為。」

「當然！不過，我還想再補充一點。只是接納一個有缺點的人就罷了，但如果鼓勵他維持現狀的話，很可能演變成太縱容當事人，想改變他的態度卻反而害了他。別忘了，當一個人的缺點有改善的餘地時，要不要想辦法讓他人認同自己，或是放棄讓別人認同自己，都取決於當事人的意願。容許這種像小孩子耍任性般的行為，真的是為了那個人好嗎？我覺得這值得我們深思。」

接著他清了清嗓子，對自己太過激動的口氣表示歉意。

胡內所說的話確實有他的道理。但是看似生來就擁有一副吃香的外表的他，應該無法理解有些人無法奢望自己變得更完美的心情。去強求深知自己沒有資質的事物，是非常難堪又痛苦的。就算下定決心放棄，但內心深處一定還是希望有人能認同自己。

或許胡內身上那種容易親近的氣質，其實是他刻意努力營造出來的吧！他無法理性認同不注重這方面的人，或是不滿美星咖啡師竟能接納這種人，也是情有可原……不，不對。我修正想法。他已經知道這個故事的後續發展。若故事中的「男人」是在美星咖啡師的過去留下污點的罪魁禍首，熟知她原本個性的青年自然會憎恨那名男人。他應該把自己的怨恨掩飾成一般論點，或是把它正當化。

「我們回歸正題吧！她毫不猶豫地接近這名已經放棄獲得他人認同的男人的心，很有耐心地利用時間緩慢打開那扇已經封死的心門。就連那名只是心血來潮踏進咖啡店的男子，也逐漸對她敞開心房，而且不知不覺地冒出一種想法──這個人一直想深入我從來沒有人願意窺探的內心，肯定把自己當成很特別的存在。」

沒想到男人的想法似乎和我剛才自述與美星咖啡師的關係正好相反。若是如此，和我把自己定位於「特殊的人」相反，男人覺得咖啡師是「特別的存在」。不過男人把對象搞混了。

「最後，男人把這種自己不太熟悉的情感當成對她的愛慕，向她提出交往。想當然，她鄭重地拒絕他。男人卻無法接受。如果打從一開始就不願意和他交往，為什麼要試圖卸下他的心防呢──原本不打算敞開的心門因為相信她而打開了，自己的情感究竟該何去何從呢？」

我雖然覺得男人很不理性，卻又對他的某些想法感同身受。當別人對自己的態度不友善時，當然比任何人都更珍惜別人對自己的好，但別人對自己愈友善，就會覺得只是被動接受還不夠，轉而開始主動要求對方。雖然心態很醜陋，但就像人們確實會在瞬間閃過「如果沒嘗過高檔料理的好，就連垃圾食物也能吃得津津有味」的想法。

「之後，發生了一件事。在某天夜裡，男子走路經過塔列蘭附近，偶然撞見她和一位年紀相仿的異性從夾在兩棟房屋間的那條隧道並肩走出來。對方是咖啡店的常客。」

故事即將進入高潮，我漸漸感到呼吸變得急促。

「男人知道她在拒絕自己的告白後態度依舊，即便對方是異性，也毫不躊躇地親近他，於是領悟到就連自己心中的煩悶痛苦，也沒有對她造成任何影響，最後竟惱羞成怒。男人覺得應該給她一點教訓。當她在十字路口和客人告別，走進行人較少的小巷時，男人便從背後襲向她——」

沉默。所有聲音都自兩人周遭的空間抽離了。雖然青年只不過暫時停止說話，我卻有一瞬間以為自己喪失了聽覺。

不久後，彷彿一塊沉重的岩石開始滾動般，胡內繼續說。

「幸好剛才跟她道別的男客馬上折返回來。當他趕到她身旁時，早已不見男人的蹤影，她算是勉強逃過一劫。不過，那名男人離去時，卻對她說了一句話。」

「那句話是？」

「男人在她耳邊低聲說道：『妳這個玩弄別人感情的女人！』」

一開始，我只覺得那是一句在這種情況下很常見的台詞，沒什麼特殊含意。但在耳朵深處反芻二、三次後，就像露水緩慢凝結般，我開始能夠想像這句話帶給她多大的打擊。

「那是一句和她一直信奉的觀念完全相反的評語。聰明如她，不消片刻就領悟到自己為何使男人發狂，並且感到恐懼。沒有考慮前因後果就鼓勵對方和自己交心，其實非常不負責任。她在經過一段時間的休養後，又回到咖啡店工作，但態度卻和以前截然不同，開始和客人保持一定的距離。不，不只是對待客人。她關起心門，阻隔一切可能讓自己重蹈覆轍的人。正確來說，應該是讓對方主動關起門來。」

——現在我還沒辦法鼓起勇氣。

我回想她在小酒館所說的話。原以為那是指讓他人與自己深交的勇氣，以為是指敞開自己心胸、向人傾訴痛苦的勇氣。

但我誤會了。她所說的是深入對方內心的勇氣。

「以上是四年前發生的事。在那之後，應該沒有男人能像你一樣，和她走得這麼近。最起碼就我所知是如此。」

「那你呢？話又說回來了，為什麼你會這麼清楚美星小姐的過去啊？」

我向他提出剛才來不及問的問題後，青年便「呵呵」地微笑了一下。不知道為什麼，我覺得他的表情看起來帶有幾分自嘲。

「因為我不擅長說謊，就老實告訴你吧！剛才的故事裡我也有登場喔。」

我恍然大悟。青年所說的故事裡登場的男性，除了他厭惡的「男人」外，就只剩下一個人。

「你也和這件事情有關係啊。所以才會知道事情的前因後果。」

「……那天晚上我一直有種不太好的預感。」

算是所謂的直覺嗎？他遵循自己的預感，沿著原路折返，解救了美星咖啡師。明明是英雄救美，他的笑容卻還是帶著自嘲。

「發生了那種事情，我也不能再直接和她來往了，不過我還是一直待在隔了一段距離的地方，用自己的方式守護她。雖不敢說有多大的功勞，我還是想相信自己能稍微成為她的助力，畢竟有些事情我也不得不放棄。」

我總算理解胡內為何會露出那種表情了。他一心想幫助無法再與異性深交的她，於是放棄自己的愛慕之情。雖然是非常值得敬佩的崇高精神，但其中肯定參雜了苦澀的心情。

她曾說過，有個人在保護她，那個人現在也是她很重視的好友。當我知道她所指的是誰，正要感謝讓她打起精神的人時，卻突然想到這麼做還太早。

「你剛才說了遭遇危險吧？但是，這一切都已經過去了不是嗎？如果今後還是一直有男人在她身邊打轉也就罷了，但我覺得正因為事實並非如此，她才能振作起來。總不可能一輩子都在擔心同樣的危險吧？」

「你說得沒錯，這畢竟是四年前的事了。」胡內露出苦笑。「要不要把這當成是一件早已過去的往事，是你或美星的自由。我也只能事先提出警告，勸你好好思考該怎麼做才能幫助自己所愛的人。」

「這、這才不是什麼愛不愛！」

他沒來由地冒出這句話，害我頓時變得結巴。

「我非常喜歡她沖煮的咖啡。其實我比較想知道味道的祕密，才會接近她。我希望那咖啡的味道永遠維持下去，只要是我能幫忙的事，我都願意去做。我認為味覺很纖細敏感，一定要在安穩的精神狀態下才能保持水準。」

「哦，咖啡啊。」

他喃喃自語，飲盡杯中的液體。我也學他把剩下的咖啡喝完。明明已經冷掉了，我卻覺得臉熱得像一團火球，究竟是為什麼呢？

「我差不多該離開了，咖啡錢我出吧？」

他看了一眼手錶，從椅子上站起來。

「不用了，為了感謝你告訴我這麼重要的事情，今天就讓我請客吧！」

「這樣啊，抱歉喔。再提醒你一次，我們今天在這裡見面的事，你絕對不能告訴她。還有，這個給你。」

他從懷裡取出手冊，撕下白色內頁一角，在上面快速地書寫。紙上寫了十一個數字，我對這種情景似曾相識。

「這是我的電話。你和美星來往時遇到什麼問題就打給我。」

「我可以把這視為是你贊成我和她的關係嗎？」

「別說什麼贊成不贊成，所謂的關係是由當事人自己定義的吧？我能夠幫的頂多只是給你忠告，你要不要放在心上隨你。不過呢，或許可以說與其野放，不如採取放牧的方式吧。」

胡內之後又在店裡吹起一陣輕風，匆忙穿越今出川通，走得不見人影。我隔著玻璃門目送他離去後，便看著握在手裡的那串號碼，心想：這下子總算能造訪塔列蘭了。

我不是立刻想違背和青年的約定。那究竟為什麼呢？

當然是因為我已經解開習題了。

4

「……所以說，為什麼反而是要聽我解謎的妳在磨豆子呢？」

我坐在靠窗的位子上，開口說道，美星咖啡師便拿著手搖式磨豆機，微笑了一下。

「這是為了能聽清楚青山先生說話喔。」

簡直就像小紅帽裡的大野狼會說的台詞。總而言之，她似乎是想讓頭腦更清晰，以仔細確認我是否真的完成了習題。

扮演和往常相反的角色讓我渾身不對勁。咖啡師一看到我走進店裡，就在窗邊準備了我們兩人的位子，可能是想營造出兩個人面對面決一高下的感覺吧。無論如何，今天店裡也是空蕩蕩的，她就算不老實當個店員也沒關係。

「禮物玩得還開心嗎？」她邊轉動手把邊問。

「這個嘛，其實我沒有標靶，目前完全只能擺擺架式或在腦中模擬練習而已。」

「那去店裡投不就好了嗎？」

她輕描淡寫地提議。如果我跟她說在掌握基礎技巧前不想在公共場合投射，她能體會我的心情嗎？

「先不提禮物的感想，我已經想到習題的解答了。用妳的話來說，就是磨得非常完美。」

「那我就洗耳恭聽囉。」

在笑得毫無畏懼的咖啡師面前，我先以摩卡潤了潤喉。我想起之前曾聽過吃巧克力能讓思路清晰，所以才試著點它。

摩卡是以濃縮咖啡為基底的花式咖啡。在日本，比起直接飲用濃縮咖啡，更多人選擇花式咖啡。雖然每間店家的配方都不盡相同，不過舉例來說，拿鐵是在濃縮咖啡裡加上熱牛奶；卡布其諾是濃縮咖啡再加上奶泡，而瑪奇朵則是在濃縮咖啡中像上色般地倒入少量奶泡。除此之外，還可以再加其他調味料，所以摩卡指的便是濃縮咖啡加上熱牛奶和巧克力醬混合成的咖啡。

與其期盼微量的糖漿能幫助腦袋思考，或許轉一轉手搖式磨豆機還比較有用。我開始發表習題的答案。

「依照時間順序來思考，我們在蛸藥師通相遇的時候，妳早就提著心暖商店的紙袋了。如果妳等到我試投結束，會來不及準備禮物，這點已經證明過了。假設妳是在我決定買飛鏢之前，就買下禮物，邏輯上也說不通。既然如此，唯一的可能性就是我們相遇時妳還沒買禮物，紙袋裡的東西根本不是飛鏢。」

喀啦喀啦喀啦。她臉上的笑容毫無變化。

「因為之後妳一直和我一起行動，妳當然沒有機會跑去買禮物。不過，妳在送我禮物時，隨口說出了『也沒有花多少錢』吧？我先前已經確認過飛鏢的價格，是四位數接近五位數，怎麼看都不像是能讓朋友毫不客氣收下的便宜價格。也就是說，那句話的真正意思是這樣的：『因為我所花的錢比你以為的還少。』」

我照著事先統整過的內容繼續說下去。

「為什麼妳能夠以比我知道還更便宜的價格買下它呢？由於包裝紙也是心暖商店的，所以不可能是在其他店家購買——一想到這裡，我腦中才終於浮現『員工價』這辭彙，推測出妳有幫手。」

坦白說，這個思考流程是假的。其實比較類似跳過前面的順序，只知道答案而已。不過，那並非我所希望的結果，也沒辦法改變這個事實，所以算了。

「妳有個朋友在心暖商店工作。妳聯絡那個人，請他幫忙準備適合送給我的東西，然後請他送到小酒館。」

——沒想到美星竟然也有能單獨和對方去小酒館的異性友人啊！

胡內是這麼說的。即使他明明人在心暖商店，卻還能知道我認識咖啡師，但不可能連我們兩人前往小酒館都知道。與其推測他是事後才聽咖啡師說的，把這看成是她策畫的詭計所導致的結果還比較合理。

「之後妳只需要趁我去廁所的時間，從可能事先寄放在店員那裡取得禮物，再和自己紙袋裡的東西交換就大功告成了。理論上只有這個方法可行，我認為這就等於是解開習題了——不過，接下來我要說的就有點棘手了。」

因為待會要說很多話，我又喝了一口摩卡。咖啡師似乎很樂在其中地聆聽著，隔壁桌下的查爾斯則感覺十分無趣地直打呵欠。

「我一開始認為妳是正好遇到我，然後才聯絡朋友的。畢竟妳在我離開的前一刻，似乎都待在心暖商店，也早就知道朋友在那裡了吧。如此一來，妳能夠和朋友聯絡的機會就相當有限。妳在我面前使用手機的次數，就只有等待小酒館開店時的那一刻而已。」

當然，還扣除我去廁所的那幾分鐘，我的目光始終沒有離開她身上。照理說去趟廁所不會花太多時間，所以我暫時離席的時候，禮物應該早就送到了。

「既然你們只聯絡一次，就代表妳只能傳一封『幫我把那個誰之前想要的東西送到小酒館』的簡訊給朋友。但就算以放手一搏的心態這麼做，成功機率也未免太低了。假如妳朋友沒有看到我，整個計畫都不用玩了。妳不可能只傳一次訊息就放心，應該會用手機確認過好幾次才對。」

「我只有在青山先生與小酒館店員交談的片刻使用過手機。因為必須跟朋友詳細說明我的要求，一定得寫一封很長的簡訊，在那麼短的時間內絕對辦不到。」

她說得也沒錯。到目前為止，似乎都和我的推測吻合。

「換句話說，在我們碰面後，妳就沒有機會能和朋友仔細聯絡了。既然如此，唯一的可能性就是在碰面前。仔細想想，妳會折回才剛離開的心暖商店，本來就是件很奇怪的事。」

若借用我前陣子聽過的某句話：我們那天的邂逅是巧妙累積了許多偶然的結果，甚至讓人想以「命運」來稱呼，那也未免太盡如人意了！

「妳和我並非完全偶然相遇。妳朋友透過某種方式事先知道我是誰，並在心暖商店發現我，就把還沒走遠的妳叫回來。妳則拜託他調查我想要的東西，順便拖住我。」

所以那個時候飛鏢才會突然賣光了。那人好不容易發現我感興趣的東西，卻眼睜睜地看我買下它，這樣送禮的意義也沒了，所以就趁我在試投時閉上眼睛的瞬間，先把飛鏢藏起來，等到最後我決定要買了，才確定要送我什麼禮物。

「不過，如果我只和對方說了這些，還是不太周全呢。」

「是啊。即便妳連我們會去吃飯的事情都料想到了，決定店家的人卻是我。所以妳至少得告訴朋友我們在小酒館。那就是我們在等待開店時妳用手機傳的簡訊內容。」

若連跟禮物有關的訊息都在事前就知道的話，當時她只需要傳訊息告訴朋友小酒館的店名，並請他送過來即可。只要有數十秒的時間，就能輕易完成這件事。話又說回來了，雖然是朋友，但請工作人員幫忙送貨，還讓人在外面等自己用餐完，甚至陪自己回家，美星咖啡師妳還真會使喚人。以胡內的立場來看，算是所謂的「先喜歡上的人就輸了」吧。

這麼一來，她的trick and treat就真相大白了。咖啡師彷彿在答案紙上畫圓圈似地緩緩轉動手把後，手放開磨豆機並鼓掌，說：

「真是太精采了，青山先生。」

看到她充滿興奮的笑容，我也跟著笑了。「看來妳不覺得『完全弄錯』了。」

「我太小看您了。老實說，我沒預料到您竟如此完美地看出我的計畫。特別是您敏銳地從『沒花多少錢』聯想到員工價這點，真是太讓人佩服了。就算無視那段話，這個計策還是能成立，只是幫我買的並非店員，而是一般的客人罷了。」

我捏了一把冷汗。對我來說，這是建立在早就知道幫手是心暖商店店員的前提所得出的推論。就算實際上不是用這種方式推論，我還是很慶幸自己事先想好說服她的理由。

「對不起。」咖啡師低頭致歉。「其實我把青山先生的事情告訴朋友了。我告訴對方，自己最近跟您交談甚歡，連您的名字和身分都說了。」

我並不怪她。一想到她的過去，也能理解她會想跟朋友諮詢，究竟該信任還是該小心最近和自己走得愈來愈近的異性。於是我說「這也是無可奈何」，揮揮手要她收回道歉的話。

「不過，妳所謂的朋友是怎樣的人呢？」

我真是明知故問。但會對知道自己的人感興趣才是正常的吧。

「這個嘛，我待會——」

「她好像到了喔。」

直到剛才都坐在吧台解悶似地玩著手機的藻川老爺爺突然說，並朝窗戶揚了揚下巴。我往外一看，發現在滴滴答答的小雨中有道人影正走向店門口。

咖啡師露出輕柔的微笑，雀躍地走向門口，接著清脆的鈴聲響起。或許打擾到查爾斯安眠，牠輕輕地喵了一聲。

訪客收起撐開的傘。看到自陰影中現身的人，我驚訝得眼珠子都快掉出來。

「我來介紹一下，青山先生。」咖啡師把掌心朝向天花板，以併攏的四指對著客人。「這位就是我的好友，也是在這次的計畫中幫忙我的人——水山晶子小姐。」

長度超過肩膀的直褐髮，體型整整比咖啡師大了兩圈，直視著我的冷漠表情一點也不友善。從含有水、晶、山這三個字的名字，便可以聯想到古巴產的咖啡豆之中最高級的水晶山咖啡。

我和她並非初次見面。她正是那天我在心暖商店見到、服務態度有問題的女性店員。

「怎麼了，美星？為什麼突然要叔叔叫我過來？」

「我想讓這個計畫的受惠者知道小晶有多活躍嘛。又不會怎麼樣，反正妳這麼快就趕來，代表妳又蹺課了吧？」

「吵死了，不要說出真相啦！」

「不行喔，偶爾也要認真讀書才行，不然又會被留級了。」

「等、等、等一下。」

雖然我腦袋亂成一團，還是勉強打斷了她們的交談。

「呃，這究竟是怎麼一回事？」

咖啡師愣了一下。

「啊，小晶跟我是大學同學，但和兩年就畢業的我不同，她是四年制的學生。只是她老是在打工，遲遲無法畢業……」

我要問的不是這個。我用力地搖了搖頭。

「妳所謂的朋友是女性嗎？」

她們兩人面面相覷。咖啡師很訝異地回答：

「我應該說過吧？我連和異性單獨喝酒的機會，都少到分不清究竟是睽違幾年了。青山先生不也已經猜到我不擅長和男性相處了嗎？」

「呃，可是妳當時表現出不想讓等妳的人和我碰面的態度啊。」

「那不是很正常的反應嗎？讓您看到小晶就等於提示您習題的答案了。」

「你那天不是和我對看了好幾眼嗎？難道不覺得哪裡不對勁？」

水山小姐也傻眼地說。我知道，那時候她以手機聯絡的對象應該就是美星咖啡師吧！雖然我的頭腦明白這點，但是……

為什麼登場角色會多一個人呢？

「……我覺得有點奇怪。」

我嚥了嚥口水。咖啡師突然自言自語地說，嘴唇變得毫無血色。

「青山先生您曾說過，我拜託小晶幫忙拖住您的腳步。您之所以說這句話，是因為有被人攔下來吧？但是我並沒有拜託她這麼做。因為小晶告訴我，她看到您和一位陌生男人開始試投飛鏢後，覺得您應該還會在店裡停留一陣子。」

「陌生男人？他不是心暖商店的店員嗎？」

「我們店裡哪有穿著灰色西裝接待客人的男店員啊！」

水山小姐的回答更加深了我的混亂。我很想乾脆一股腦地把自己知道的事情全說出來，好找出事情的真相，但與他的約定卻阻擋在我前方。

「剛才我向您道歉時，您說『這也是無可奈何』。到底是什麼事情無可奈何呢？您聽到我向好友透露來往密切的異性的個人資訊後，究竟想起了什麼，讓您覺得我不得不這麼做呢？」

咖啡師的態度變得愈來愈恐怖。就算能以閃爍其詞來掩飾的失言，也絕對逃不過她敏銳的頭腦。

「美星，妳究竟想說什麼？」

水山小姐察覺情況不對勁，抓住了咖啡師的手臂。連在遠處旁觀的藻川老人和小貓查爾斯也目不轉睛地看著她們。咖啡師身上散發出的危險氣息不僅沒有趨於平靜，反而變得更濃厚，將我逼入絕境。塔列蘭現在瀰漫著一股不祥的氣氛，有如觸手般蠢蠢欲動。

我陷入沉思，拚命回想自己曾聽過的話：絕不能讓美星知道。男人會這麼覺得、這麼思考，是因為他輕易透露她的過去？但真的只是如此？而且為什麼這麼清楚對方的想法？男人說偶然撞見她，但為什麼能斷言是偶然？那天晚上一直有不太好的預感。是會發生什麼事的預感？會遇到什麼阻礙的預感？不能再直接和她來往。如果不是因為她封閉了自己的心呢？不擅長說謊。剛才的故事裡我也有登場。除了「男人」之外？誰說一定要把他除外？即使那有可能讓你或美星遭遇危險。他的警告究竟是出於好心，還是所謂的——宣戰聲明？

我是不是根本搞錯一件非常不得了的事情了？

「請您告訴我，青山先生——」

咖啡師以顫抖的聲音說道。因為她的這一句話，有如挪威海怪[4]般，讓狂暴的氣氛頓時化為一道巨大的箭矢，將我的心釘在未知的恐懼感上。

「您究竟是從誰那裡聽到什麼？」

4 Kraken，是北歐神話中的海怪，常見於小說作品中，被形容成體型龐大的章魚。

六 Animals in the closed room

1

「美星小姐，妳知道世界三大咖啡嗎？」

在某個下著雨的非假日午後，塔列蘭裡仍舊生意冷清。

隨著時序進入十二月，氣候變得更適合喝熱咖啡了。在這個會有人冠上「思念」二字的季節，我還是一如往常，一找到空檔就前往塔列蘭，美星咖啡師也同樣帶著微笑接待我，但兩人的關係卻毫無進展。不過，一想到現在的情況，我反而對兩人的關係沒有變化感到安心。

即使在關係上沒有特別變化，我還是能感覺到眼前的咖啡味道出現細微的改變。是因為季節的關係嗎？還是味道難得地變差了？該不會是我自己的心理因素吧？無論如何，至少咖啡師在聽到隔著吧台的我突然提出的問題後，還是親切地回答我，完全看不到像是在暗示味道不穩定的浮躁情緒。

「知道，是藍山、吉力馬札羅、可那吧？」

啊，這些咖啡豆的確被稱為世界三大咖啡。藍山是牙買加的藍山山脈高地栽種的高級品種，在日本特別受歡迎。用不著我再次說明，咖啡師從我的電子信箱聯想到的便是這個品牌。吉力馬札羅這個品牌，原本是指坦尚尼亞的吉力馬札羅山區生產的咖啡豆，現在則泛指坦尚尼亞產的咖啡豆。美星咖啡師的姓是切間，吉力馬扎羅也有人簡稱成吉力馬[1]。最後，可那是夏威夷島產的咖啡豆，也是高級品。而從夏威夷可那這個名稱，也可以聯想到某位人物……不過自那天以來，就成了不能在她面前提起的名字。

——從那天之後，早已過了一個月。

「美、美星小姐！」

在我不得不違反約定，開口說出胡內波和這個名字的瞬間，美星咖啡師便如同斷線的人偶般，當場昏倒了。

之後的情況真是一片混亂。水山小姐摟著咖啡師的肩膀，邊叫她邊輕拍她臉頰。藻川先生則飛奔進吧台後方的準備室，將一個有可愛花紋的小包包丟向水山小姐，但她卻說「哪吞得下啊」而沒有接住。從打開的小包包裡掉出好幾種藥，全散落在地上。於是藻川先生又再度折回準備室，拿了小玻璃杯和威士忌酒瓶過來。水山小姐餵咖啡師喝下酒後，她才緩緩睜開眼睛。她逞強地說自己沒事，但水山小姐還是扶著她，和藻川先生走進準備室。直到咖啡師在房內休息，剩下兩個人回到店裡前，我只能沒出息地站在原地，一動也不動。

水山小姐代替咖啡師在我面前坐下來後，便告訴我她已經讓咖啡師在準備室的床上休息了。雖然我沒看到準備室裡的情況，但既然有床，代表裡面空間應該比我想得還寬廣。

「把所有事情毫無隱瞞地說出來吧！美星想知道的答案，我全部都會代替她聽。」

於是我一五一十地把我和胡內談話內容還記得的部分告訴她。當我說完後，水山小姐搖了搖頭，讓我看她的手機螢幕。

「這是……？」

螢幕上的照片似乎是在晴朗的円山公園的櫻花樹下拍的。照片中有三個人，站在中間的是美星咖啡師，頭髮比現在還長，穿著碎花圖樣的針織上衣和吊帶褲，可愛中帶點孩子氣。在她左邊就是水山小姐，右邊則是一位臉上帶著淺淺笑容的男性，看來很年輕，卻給人一種呆板土氣的印象。

「雖然聽起來像在找藉口，」她深深地嘆了一口氣。「但我會沒發現也是理所當然。那個人就是四年前的胡內波和。」

我感到驚駭不已。我在他身上根本找不到那名青年擁有的俐落氣質，乍看之下還以為是完全不同的兩個人。如果只把臉和我腦中的印象對照，勉強可以接受他們是同一個人。

「當時我跟美星交情也不深，但美星說要帶認識沒多久的客人去公園時，我實在不放心，而且一直覺得她缺乏警覺心，所以我就跟去了。當天其實也沒有發生什麼事……沒想到後來會變成那樣。後來想想，當時有很多事我都應該更認真地制止她才對。」

1「吉力馬」發音（kilimah）與「切間」的日文發音（kilima）相似。

「晶子小姐也認識胡內囉？」

「雖然我不知道有幾成是偶然，但胡內恐怕是跟蹤美星到心暖商店，然後在那裡發現我。接著他偷聽到我和美星的電話內容，便試著和你接觸。方法可能是假扮成店員，也有可能只是問你要不要試投而已。」

「為什麼他要和我接觸呢？」

「應該是想知道你和美星究竟是什麼關係吧！他連你們去了小酒館都知道。」他一直跟蹤我們嗎？一想到當時的情景，我就寒毛直豎。

「如果就你所言，胡內掌握了美星這四年來的交友情況的話，不可能只把你當成一般常客。所以胡內才會調查你的底細，假裝偶然遇見你吧。那個男人很有可能做這種事。」

她的話讓我嚇了一跳。雖然很想追問出他的真正意圖，不過現在不適合提起。

「……為了以防萬一，我一直留著這張照片，不過現在看來根本沒意義了。」

水山小姐的視線望向放在桌上的手機。雖然很失禮，不過真要說的話，她是名態度冷淡的女性。即使外表冷淡，卻可以看出她對好友情意之深非比尋常。這就是所謂的愈不會輕易展現友善的一面，內心就愈可能隱藏著溫柔吧。還是就像她先前的發言中也能窺見的那樣，其實是因為對咖啡師的痛苦抱有某種責任感呢？如果可以，我希望她們之間的友情沒有那麼悲哀。

「所以晶子小姐完全不知道胡內在這四年中發生了什麼事吧？因為妳連他的外表變了那麼多都沒察覺到。」

「是啊，不過，也有可能是因為他背對著我吧！如果想責備我太粗心的話，你也跟我犯了同樣的錯喔。你們的談話中可以找到好幾個不對勁的地方。」

「呃，我沒有那個意思……我想，胡內能掩飾話中的不對勁，大概是因為他用輕視的態度敘述『男人』的行為吧。」

胡內毫不留情地批評像「男人」一樣不努力讓他人接納自己的人。但既然我現在已經知道「男人」是胡內本人，他所說的話簡直就是在狠狠地批判過去的自己。

「主動跟我攀談的胡內看起來比一般人還在意自己的外表和態度，和『男人』感覺像是完全相反。當然，所謂的成長，很多都是建立在否定過去的自己上，所以我不覺得有什麼奇怪。但是，為了讓自己變成現在這樣，胡內應該徹底反省了自己的過去才對吧。只是為什麼他到現在還是一直無法放棄美星小姐呢？」

「你把事情說得很複雜呢。」她移動抵在太陽穴上的食指，將長髮塞在耳後。「以窗戶沒上鎖被小偷闖空門的情況來看，不只會埋怨自己沒好好檢查，也一定會怨恨闖空門的小偷吧？但這兩個怨恨是獨立的，不管以後再怎麼仔細檢查門窗，對小偷的怨恨還是不會消失。」

「所以美星小姐是闖空門的小偷囉？」

「我覺得她其實是聖誕老人，只是胡內把她當成小偷了。」

真是難以理解的譬喻。我明白她想表示比起不感謝讓自己成長，對此燃起憎惡之情的心境反而十分常見。即便已經過了四年，胡內還是無法允許她像以前對待他那樣，以同樣的態度和別人來往。

「外表是徹底改頭換面了，但最棘手的地方還是沒變啊。」

「因為他不只坦蕩蕩地表明身分，連聯絡方式都告訴你。他應該想暗中干涉你的行動，幸運的話，說不定能破壞你和美星的關係，這怎麼想都不是正常人會做的事。除此之外，我想不到他有什麼理由想和你見面。」

水山小姐以帶有請求之意的眼神看著我。

「拜託你，以後絕對不要再做這種事了。」

有個人在保護著她。我再次體認到她說的這句話一點也不誇張或虛假。

「你只聽胡內敘述大概無法想像，其實那時候美星受到的打擊非常大。就算身體沒有受到什麼傷害，但精神上的打擊卻連旁觀者都看得出來。原本個性天真活潑的女生，竟然變得悶悶不樂，連話也不太說了……你也看到剛才的那些藥了吧？最近應該沒那麼嚴重了，但當時甚至不靠那些藥就無法入眠。」

曾幾何時，藻川先生已經把散落在地上的藥收拾乾淨了。不知道為什麼，我總覺得自己不該去碰那些藥，而且我也沒辦法一眼就認出那是何種藥，但從她的敘述來看，可能是安眠藥或鎮定劑之類的東西。雖然不是什麼大驚小怪的事情，胸口卻還是泛起一絲苦澀。

「我之前聽她談起你時，其實很高興。在經過漫長的時間療傷後，她終於振作到能和異性深交了。只是沒想到現在那傢伙又來礙事。」

「又還不能一口咬定一定會出事……胡內也沒有再像以前那樣突然攻擊她了。」

「你還有辦法這麼悠哉啊？他都直接跑來告訴你『有可能遭遇危險』了耶。這不是威脅是什麼？你如果再和美星繼續往來，上次是剛好有人阻止，這次可就不保證能得救了。要是再發生那種事情——讓美星覺得是自己跟異性交心，才會導致他做出更進一步的惡行，就不知道她能不能再振作起來了。」

「所以意思是叫我別再和她見面囉。」

我移開視線。水山小姐只輕吐出混有嘆息的一聲「嗯」。

「考慮到這層關係，再次思考胡內所說的話，我不覺得他只是想告訴我『別和切間美星走得太近』。所謂的不要重蹈覆轍，換句話說，就是我連要來喝她的咖啡都不行吧？」

「這……不對，我覺得不是這樣。」

「那妳到底要我怎麼做？雖然晶子小姐妳說我悠哉，但我不願對胡內言聽計從，也不想再也喝不到美星小姐煮的咖啡，我只是在想，有沒有其他辦法可以避免這種局面。就算叫我不要重蹈覆轍，但我不知道當時的情況，也對胡內的為人幾乎一無所知啊。如果有其他方法的話——」

「那你就想啊！」

她突然大聲地吼道，嚇得小貓一溜煙地躲進收銀櫃台內。坐在店內一角的藻川先生也朝我瞪了一眼，但仍舊保持沉默。

「如果美星覺得自己說不定終於找到能交心的對象，那你疏遠她絕對不是最好的作法。不希望事情演變成那樣的話，你也來想辦法啊。你應該也很清楚吧？繼續維持現狀不過是在逃避而已。想想辦法吧！我也會一起想的。」

方法。不重蹈覆轍的方法。能夠拯救切間美星擺脫胡內惡行的方法。

「……我今天還是先回去吧。美星小姐就拜託妳了。」

我從椅子上站了起來，也沒有心情注意準備室裡的情況。當我伸手推開門，鈴聲隨之響起時，突然想到一件事情，便轉頭說：

「我可以問一個問題嗎？」

「什麼？」水山小姐的態度相當瞧不起人。

「為什麼美星小姐會選擇我當這麼重要的對象呢？我不覺得我像以前的她一樣積極地想讓人敞開心胸。還是相反的，我和以前的胡內一樣，看起來都不太願意敞開心胸跟人來往，所以才讓她產生同情心？」

「這我哪知道。」她甚是不耐地轉頭望向窗戶，接著說：「但是，她曾經說過一句話。說你『好像很享受地喝著咖啡』。」

……咖啡？

「呃，這句話讓我有一點期望落空的感覺耶。」

「所謂對誰動心的契機，不都是像這樣的小事嗎？」

我向若無其事地拋出這句話的水山小姐告別，在回家路上反過來思考自己的情況。

嗯，或許真是小事也說不定。

——為了甩開心中的鬱悶，我故意開朗地回應她。

「不愧是職業咖啡師，回答得毫不遲疑。不過呢，美星小姐。我原本設想的答案不是這個，而是世界三大『夢幻』咖啡。」

「那就是別稱鼬鼠咖啡的印尼麝香貓咖啡和非洲的猴子咖啡，以及越南的貂咖啡囉？」

我還是沒在咖啡師的微笑中看見一絲動搖。

「這三種都是動物吃了咖啡的果實，也就是咖啡果後，從排出的糞便挑出未消化的咖啡豆，經過清洗、乾燥等步驟處理，製成可以沖煮的咖啡。據說在沿著消化器官通過動物體內的過程中，咖啡豆會產生變化，形成複雜且獨特的香味，麝香貓咖啡產量稀少，所以販賣價格非常高，而猴子咖啡則幾乎被當成傳說看待。」

「不知情的人聽到是從糞裡取出豆子，應該會覺得相當震驚吧。老實說，就連我這種咖啡愛好者，也忍不住眉頭一皺。」

「哎呀，只要能喝到好喝的咖啡，我倒是覺得沒什麼好介意的喔。」

我真想把「膽大如糞」[2]這四個字送給她。

「不過，和普通的咖啡相比，妳也無法否認它會讓人產生抗拒感吧？說到這，其實昨天我某個開咖啡店的朋友剛好從台灣旅遊回來。他送給我的禮物就是『猴子咖啡』。好像是在台灣山區種植咖啡樹，而野生的台灣獼猴偷吃咖啡果，再把牠們吐出的種子收集起來的咖啡豆。怎麼樣？跟糞比起來，應該更有意願喝喝看吧？」

「哎呀哎呀，那還真讓人好奇。您的朋友實在非常大方呢！」

「不，因為真的很貴，我朋友只把他買的分一點點給我。雖然很可惜，但分量夠沖煮兩、

---

2 原文為「糞度胸」，意指一個人的膽量極大。

三杯，我日後會再向妳詳述那是什麼味道……呃，請問妳在做什麼？」

只見咖啡師收起了剛才還拿在手上的餐具，手腳俐落地開始脫下深藍色圍裙。她手指繞到背後，挺起胸膛說：

「青山先生，請容我事先說明，雖然我們是朋友，但以我的原則來說，到身為異性的您家裡叨擾其實是不值得鼓勵的行為。可是，如果想要徹底鑽研一項事物，在過程中難免會伴隨一些危險。還請您千萬別把我誤會成能毫不遲疑地做出這種事的女性。」

「呃，妳該不會……」總覺得她好像對我說了很多失禮的話。「打算現在到我家來吧？」

「若錯失這個良機，您應該在兩天內就會把它喝完了吧。既然如此，因為是猴子咖啡，我也只能忍痛如斷腸地選擇這條路了。」

「斷腸」這個詞，是從母猴失去小猴後，體內腸子斷成數截而來，引申指極度悲傷。我不知道她是不是想開玩笑，但「斷腸」那句話實在很多餘。

我誇張地長嘆一口氣，歪斜著椅子，環顧店內。我十分好奇從剛才就趴在地上翻找家具下方或細縫的藻川老爺爺究竟在幹嘛。感覺隨意放在桌上的幾枚錢幣應該可以回答我的疑惑，但我一時還想像不出大略的情況。

看著他感覺有點可憐地扭動後背，我努力藏起自己的表情，否則我的嘴角就會忍不住上揚了——事情未免進行得太順利了。

「嗯，既然妳都這麼說了，也只好請妳走一趟了」我裝出一副勉為其難的樣子。「不過，如果美星小姐要來我家，那店誰來顧呢？」

我一開口，老爺爺就迅速地站起來，轉身對著我拍拍自己的胸膛。

「我來吧。」

我和咖啡師陷入沉默。在一片死寂中，只聽得見查爾斯彷彿在大啖飼料的清脆咀嚼聲。

「……我會以進修的名義臨時休業。現在客人很少，應該沒關係吧。不好意思，青山先生，能麻煩您幫我把外面的電子招牌搬到裡面嗎？」

「好，我知道了。」

「我來顧店吧。」

我依照她的指示先走到店外，把電子招牌拉到裡面。雖然底下附有輪子，但要拖到紅磚道上的難度比我想像中還高，最後竟花了將近五分鐘。平常這工作一定是交給老爺爺負責吧。

我回到店內，就看到店門旁的地板上放著一個很大的托特包。從開口可以窺見黑白兩色的制服，應該是匆匆忙忙換下來的。最後咖啡師從旁邊的廁所走出來，身上穿著灰色大衣。

「讓您久等了，那我們走吧。」

聽到咖啡師的聲音後，不見棺材不掉淚的老爺爺轉過身來，又說了第三次。

「我就說店——」

「才不讓你顧！」

簡直是虐待心臟。身旁的咖啡師有如火山爆發般大聲怒吼。

「我打死也不會把店交給一直纏著年輕女客人不放，最後被對方拿零錢砸的人顧！在你把零錢不多也不少地全部撿起來前，我絕對不會原諒你！」

這下子我知道前因後果了。在我來到店裡前，他們似乎才剛吵過一架。不過說真的，你究竟在搞什麼啊，老爺爺。

我主動提起咖啡師的托特包，重量比我想像中的重很多，不過我還是一路朝著自己家前進。在前往法院前的公車站途中，咖啡師看到我的苔綠色雨傘，便露出了彷彿很懷念的微笑。在轉瞬即逝的日子中，我們兩人的距離確實逐漸拉近了。當我如此告誡自己，要達成真正的願望或許只是時間的問題——但今天則是另有目的時，先前如濃霧般始終在我心裡徘徊的不安，也一同消失得無影無蹤了。

2

北白川某棟舊公寓頂樓二樓的其中一間房間，就是我的私人堡壘。搭公車的話，得在銀閣寺道站下車；但若在法院前上車的話，就不需換車，可以直接抵達。

「我每天會走路經過今出川通，也經常在白川通搭公車，要去塔列蘭的話，從那條路走會比較方便。」

在說明的過程中，我們也抵達了我家。我拿出鑰匙打開門，自己先走進去，然後在水泥地上請咖啡師進來。

「來，請進，不好意思，我家有點髒亂。」

「打擾了。」

咖啡師輕輕地行禮，然後踏出值得紀念的一步。她從系統浴室前走過，腳步輕快地穿越狹窄的廚房，站在我房間入口說了一句感想。

「很乾淨的房間呀。」

「是嗎？因為我昨天剛好有用吸塵器吧。」

我故意裝傻。其實為了以防萬一，我昨天才仔細打掃過每個角落。六張榻榻米大的房間盡頭放著床，前方是矮桌，其他空間則被最基本的家具占滿，除了乾淨外，毫無其他優點可言。雖然很單調，但獨居男人的房間應該都像這樣吧。

咖啡師一走進我房間，就把脫下來的大衣折好，和歪向一邊的包包一起放在床鋪旁。這該叫美式學院風嗎？菱格紋的針織外套和褲裙的搭配真是絕妙。接著她把我隨手放在地上的托特包放到自己的東西旁邊，左右環顧後便低聲說：

「事不宜遲，把那個東西拿出來吧。」

「又不是什麼來路不明的藥品。請到這邊來。」

我和她一起來到廚房後，就從餐具櫃裡取出保存咖啡豆用的密封罐。我已經事先把朋友給我的咖啡豆放進罐子裡了。一打開蓋子，四周就充滿了烘焙完成的豆香。

「這就是猴子咖啡……」咖啡師露出了心醉不已的眼神。「讓人興奮得想學猴子吱吱叫呢！」[3]

3 日文的「興奮」（ウキウキ）類似猴子的叫聲。

我決定當作沒聽到。「我已經請朋友進行烘焙了。接下來只要把它磨成咖啡粉，然後再沖煮……啊。」

「怎麼了嗎？」

「真糟糕，我現在才想起來，我的濾紙用完了。」

「青山先生也會不小心把濾紙用完啊。」

「是、是啊。不好意思，我們去附近的便利商店買吧。」

「我還是待在這裡好了。」

「不行啦，這裡是我家耶。」

我拉著不知為何鼓著臉頰的她，暫時離開自己的家。我在公寓走廊要通往樓梯的地方停下，把踩在腳跟下的運動鞋穿好。這時，突然有一名棒球帽沿壓得很低的男性爬上樓梯，我們便側著身子讓他先通過。

「剛才那是……」她回頭看著男性，似乎在擔心什麼。

「不知道耶，如果不是住這裡的人，就是送報紙的吧？」

「但他手上好像沒拿報紙耶。」

「因為只有一份，所以沒看到吧，這棟公寓大部分都是獨居的學生，會訂晚報的大概也只有我了。」

走到樓梯底部後，我打開傘。因為兩人無法共撐一把，咖啡師也反應迅速地拿出自己的傘。我像要甩開雨水般地轉著傘柄，帶著她走下今出川通的坡道。

我在寫著「農學部前店」的便利商店裡找到濾紙，還順便買了茶點之類的東西。回到公寓時，總共花了差不多二十分鐘。我在樓梯下收起濡溼的傘時，咖啡師突然往上一看。

「又有人在上面呢！」

經她這麼一說，我也聽到了在二樓走廊上逐漸跑遠的腳步聲。

「應該是快遲到的學生急急忙忙衝出房間的聲音吧。現在已經快到下一堂課的上課時間了。這間公寓的房間排成一列，另一頭也有樓梯。」

看來她現在已經變得如驚弓之鳥般敏感。如果原因與我猜想得相同，那或許可以說是理所當然的情況。雖然是她先提議要來我家，但我也同樣產生了責任感，胸口隱隱作痛。

二樓走廊沒看到半個人影。我家的門上則如我所料地夾著晚報。我取下它後再次打開門，請咖啡師進入裡面的房間。

「咦，那是什麼？」

桌上有個裝飾得很華麗的大包裹吸引了咖啡師的目光。

「哦，之前說好要送妳的賠禮已經送到啦。」

實際說出事先想好的台詞時，還是顯得很生硬。我為了掩飾害羞，把晚報往床上一扔，結果報紙翻了開來，變得亂七八糟的。

「哇！」令人高興的反應。她雙手掩著嘴角，露出驚訝的表情。「這還真是有趣呢！其實——」

「既然都要磨豆子了，不如就請妳來解開這個謎題吧。」

咖啡師聽到我的提議後眨了眨眼。「也就是說……」

「妳也看到了吧，我們一開始來到這裡時，桌上什麼東西都沒有。這個禮物究竟是用什麼方法送進來的呢？當然了，我和妳一起走出房間，可沒有機會把它放在桌上。」

「那個，青山先生。」

「怎麼了嗎？」

「這才是您真正的目的吧？」

唔呃。「妳在說什麼啊，我只是剛好拿到猴子咖啡罷了，而且是妳先說想來這裡的……對不起，我說錯話了，請妳原諒我。」

這是怎麼一回事？我明明想逃避她的問題，卻不知不覺變成一勁地猛道歉。

「請您別這樣，您跟我道歉的話，反而會讓被您耍得團團轉的我更丟臉的。」

咖啡師以哭笑不得的神情說道。畢竟她曾要我帶她去出町柳的咖啡店，所以我猜她一聽到很可能再也沒機會取得的稀有咖啡，一定會要求在新鮮度還沒流失前讓她喝喝看。這個計畫的疑慮在於她究竟肯不肯踏進異性家裡，不過顯然她的好奇心輕而易舉地凌駕了警覺性。

「老實說，我根本沒料到會進行得如此順利呢！原本預設最好的情況是妳晚上才會來我家，結果妳竟然說走就走，連店都提早關門。」

「您別再說了啦。」她的臉愈來愈紅。

「不過，反正咖啡豆是一定得磨的，順便解解看這個謎題也不錯吧？妳等我一下，我現在就去廚房拿豆子跟磨豆機——」

「啊，這個嘛……」咖啡師先把包裹抱在懷裡，看了看沒有關得很緊的衣櫥，再抬頭仰望桌子正上方的天花板，最後朝玄關瞥了一眼。「不需要用到手搖式磨豆機，因為我已經磨好了。」

……咦？什麼？

「這是非常典型的手法。禮物原本放在稍微打開的壁櫥內，位置應該比桌子略高，上面用綁成一圈的長釣魚線或類似的物體穿過，再把線勾在桌子正上方的掛鉤。」

她指了指天花板。我就算不看也知道，那裡有個我釘上去的小型金屬掛鉤。

「之後，為了不讓釣魚線太顯眼，就一路延伸到玄關。您在離開房間時，抓著從門縫間穿出的釣魚線，邊走邊拉。以這個禮物的重量來看，應該會被釣魚線從壁櫥裡吊上來，碰到掛鉤後才停止。這時您再停下腳步假裝穿鞋子，然後剪斷綁成一圈的釣魚線，禮物就會掉下來，並以本身的柔軟觸感當緩衝，最後固定在桌上。接下來您只需要拉扯釣魚線被切斷的那一端，將線藏起來就行了。」

「這、這只不過是妳的推測而已！」我的話就像在說「如果這是虛構的理論，那我自白也不足採信」一樣。「妳有證據嗎？證據在哪？」

「證據現在一定還在那裡，不是嗎？」

咖啡師手指向放在水泥地上的傘架，自信滿滿的態度甚至讓人下意識不敢與她為敵。

「我剛才一直覺得您不停在轉傘，所以應該是把釣魚線纏在傘柄上吧？光從這一點來看，的確是下了一番工夫呢……不過，青山先生。」

「在。」她突然呼喚我的名字，我忍不住挺起背脊。

咖啡師微笑了一下。

「憑這種程度的詭計就想讓我磨豆子，請您不要太小看我好嗎？」

「是、是，我甘拜下風！」

我差點就想對她下跪磕頭了。她只在短短的瞬間就看穿詭計的每一個細節。我在昨天拿到猴子咖啡時想到這個計畫後，就準備了我特別挑選的禮物和所需的工具，今天早上還實驗了好幾次，以提高計畫的可行性，用盡辦法想給她一個驚喜。在實際進行的時候，我還很佩服自己能想出如此妙計，但咖啡師似乎不費吹灰之力就解開它，真是太扼腕了。

她心情很好地搖了搖包裹。

「我可以打開嗎？」

話還沒說完，她就拆了起來。綁住開口的緞帶和外包裝連在一起，使得包裹看起來像個束口袋，可能掉到桌上時力道太大，就算不解下緞帶，開口也早已鬆開。咖啡師用手指把開口撐開，慢慢往下壓。

從包裹裡探出頭來的是個大泰迪熊玩偶。

「好可愛的禮物喔。」所謂的可愛究竟是指泰迪熊，還是指我的挑選眼光呢？她的說法兩種都說得通。

「妳之前說過吧？為了遏止藻川先生愛偷懶的惡習，乾脆在角落的椅子上放個大玩偶之類的東西。」

「啊，原來如此。所以也兼具實際利益，對吧？呵呵，謝謝——」

不知道為什麼，她的手突然停止解開包裹。

「為了避免帶回去時弄溼，等我回到店裡後再拆開吧。」

我強烈地感覺到她慌張地想用笑容掩飾什麼。

「還是先在這裡看一下整隻熊長怎樣吧？」

「呃，可是……」

「好啦好啦，只要像這樣用力一拉！」

我從旁伸向包裹的手一使力，咖啡師就像勉強忍住嘴裡的尖叫般，輕輕地「啊」了一聲。

「咦……怎麼會這樣？」

我沒辦法接受眼前所看到的事實。

終於現出全身的泰迪熊，原本應該只是個普通的玩偶，現在卻像剛跟同類經歷過生死決鬥般，身體和四肢到處布滿裂痕，變得破爛不堪。

3

禮物常常被加上「充滿心意」的形容詞，不過應該不是代表「賦予靈魂」的意思。

「我從包裹開口看見布上的裂痕，原本打算在青山先生發現前帶回去縫補的……沒想到竟會這麼悽慘。」

咖啡師說話時臉色蒼白，我也完全陷入混亂。

「不對啊，這太奇怪了。今天早上出門前，我要把這傢伙掛在衣櫥裡時，還仔細檢查了裡面的東西喔。我那時曾解開緞帶，親眼確定裡面的東西沒有任何問題，然後離開家的時候也確實把門上鎖了。換句話說，它是在變成密室的房間內被弄得破破爛爛的。」

難道真的有靈魂附身在玩偶上？咖啡師當然不會接受這個理由。

「肯定是我們兩個以外的人做的好事。青山先生，您有這間房間的備份鑰匙嗎？」

我走向廚房，拉開餐具櫃的抽屜。我一直把房東交給我的唯一一把備份鑰匙放在這裡。拿出鑰匙後，我走回房間。

「備份鑰匙在這裡──等等，妳在幹什麼啊，美星小姐！」

我在千鈞一髮之際從背後架住咖啡師的雙臂。因為她方才把手放在壁櫥的折疊門上，眼看就要把它一口氣拉開。

「放開我！」就算硬是被我拉住，咖啡師仍舊喘著氣想伸手打開壁櫥。「剛才我檢查過了，窗戶是鎖上的，而玄關門之前也的確鎖著，再加上您說備份鑰匙沒有不見，您知道這個狀況代表什麼意思嗎？」

「什麼意思？不就像我剛才說的，這裡是個密室嗎？」

「沒錯，這也代表著除了我們，沒有人離開這個房間，不是嗎？」

我全身的寒毛都豎了起來。如果不從外面鎖上門的話，無論是誰，都沒辦法讓這個房間變成密室後再離開──換句話說，把泰迪熊弄得破爛不堪的入侵者，一定還待在這個房間的某處。

「可、可是我們又還沒弄清楚他用什麼方法闖進來，通常都是從哪裡進來就從哪裡出去吧？」

「青山先生，您真的有替自己的大門上鎖嗎？」

「啊？妳剛才不是也承認了嗎？玄關的門之前的確是鎖著的。」

「是的，我看到青山先生您用鑰匙開門了，但我沒有看見您是否用鑰匙鎖門。」

所謂的人之常情，就是在聽到這種話後會跟著愈來愈沒把握。

「也就是說，入侵者是從我忘記上鎖的大門進來，然後從內側上鎖的。」

「但他在破壞玩偶後，怎麼都不可能特地把機關恢復成原狀，所以他闖進房間的時間點，大概是在我們去便利商店的那二十分鐘內。」

我腦中第一個浮現的便是棒球帽男的身影。那時候我以為他是送報員，但我們回公寓時也有聽到腳步聲，就算把它當成送晚報的人的腳步聲也不奇怪。

「不過，入侵者的目的是什麼？他刻意破壞玩偶有什麼意義嗎？」

咖啡師充滿恐懼不安的視線仍舊緊盯著壁櫥的門。

「既然入侵者察覺到您忘記鎖門，先不論是否為偶然，他應該看見我們才對。在這個前提下，當我試著想像他去破壞一看就知道是禮物的東西，究竟是為了什麼目的時，我就——」

我突然覺得自己從背後抱住的嬌小身體變得沉重。

「我又覺得自己好像快昏倒了。」

我感到一陣顫慄。咖啡師正懷疑這是名叫胡內波和的男人所做的好事。

如果口頭上的警告無效，接下來就採取實際行動嗎……雖然我不覺得他會這麼做，但若是真的，他的思考模式也太駭人了。光是想到有人入侵房間就很恐怖，假設那個人就是他，她會如此恐懼也是很正常的反應。

戴著棒球帽的男人是胡內波和嗎？我拚命回想他的樣貌，卻沒什麼印象。兩個人的氣質完全不同，但在當時還是覺得很古怪。雖然很想說美星咖啡師應該不會認不出他，但既然他的外觀變化那麼大，也不得不懷疑她的判斷力。

「不過呢，美星小姐……」在無可奈何下，我試著提出關鍵性的反駁。「就算妳的推論有些地方是對的，但入侵者也不會躲在這個壁櫥裡。因為裡面塞滿了我的東西，就連那隻熊，我也費了好大一番工夫才放進去。裡面絕對沒有空間能讓人躲藏，這點我可以保證。」

我沒有說謊，應該說我極度不想讓她看到壁櫥裡的東西。裡面除了衣櫃外，還有牽涉到我的個人隱私，被她看到會很麻煩。無論是誰，都會有一、兩件不想被特定對象知道的事。套用她曾說過的話，即便總有一天會向她坦白，但「現在還沒辦法鼓起勇氣」。

雖覺得她還是不太能接受，但她總算冷靜下來，放棄靠近壁櫥。

「……我明白了。如果不讓我查看的話，就請您自己確認吧。不檢查一次我還是無法放心。若您希望的話，我可以暫時離開房間。」

「好吧，既然妳都這麼說了。」雖然我覺得裡面絕不可能藏人，還是答應了她的請求。

「那我就待在廚房。若有什麼狀況，請您大聲呼喚我。我會衝過來幫您的。」

我鬆開咖啡師的雙臂，她便走出我的房間。就算她說會衝過來幫我，但假設真的出現暴徒，她要用什麼方法阻止對方？難道要拿菜刀嗎？這反而讓我只有不好的預感。

即使我知道壁櫥裡沒有人，但聽她形容得那麼嚇人，連我也覺得有點害怕。我戰戰兢兢地打開壁櫥，裡面確實和我記憶中的一樣，塞得滿滿的。姑且不論剛出生的小熊，就算不把衣服翻開查看，我也知道裡面絕對沒有地方能讓入侵者藏身。

我把衣櫥關好，看著折疊門化作毫無縫隙的一面牆，讓內部形成密室，突然想起一件事——假設入侵者現在還待在這個房間，那他為什麼不離開呢？

如果想趁回房間的我們不注意時做什麼事，那就無法解釋他為何要弄壞玩偶了。透露出自己存在的行為只會讓我們產生警覺，對入侵者來說毫無益處。

再說，今天咖啡師會到我家本來就不是事先約好，所以入侵者也只是臨時起意囉？既然如此，代表入侵者可能在弄壞玩偶後就覺得滿足了。但是當他要離開房間時，正巧遇到我們回來，只好暫時先躲在某處。如果是這種情況的話，玄關的門會上鎖也可以說得通。

從他到現在都還沒現身來判斷，入侵者應該是在思考如何在不被我們發現的情況下悄悄離開房間吧！假設他在躲藏的瞬間也想著這點，應該會盡可能挑選靠近玄關的地方躲藏才對吧？更何況這是個為獨居者設計的狹窄房間，根本沒多少地方好躲。唯一算得上適合的地方，就只有——

「呀啊！」

一陣猛烈的金屬撞擊聲和咖啡師的尖叫同時響起，快昏倒的人應該是我才對。

如果入侵者想找地方藏身，緊鄰玄關的浴室就是絕佳地點。他躲在裡面看著我們經過，尋找能逃離房間的機會。但是，就算他不打算主動離開浴室，只要有人打開浴室的門，他便不得不採取強硬的手段來抵抗。咖啡師或許只是想去廁所而已，但對他來說，那就像扣下扳機。

我搞錯順序了，應該先確認那裡沒有人，再讓咖啡師獨自待在廚房的。

「美星小姐！」

我連滾帶爬地跑出房間，咖啡師呆站在鍋碗散落一地的廚房裡，轉過頭對我「嘿嘿」一聲，露出愧疚的微笑。

「……妳在做什麼？」

「對不起，我只是想拿菜刀當武器。」

似乎是打開廚房水槽下的櫃子，結果引發山崩。

「我還以為自己的心臟要停了呢！」

「隨便打開櫃子的確是我的不對。但我也是逼不得已。不需要拿出菜刀就能解決，真是讓我鬆了一口氣。入侵者沒有藏在衣櫥裡吧？」

「我不是說過了嗎？話說回來，浴室呢？我去看看吧。」

「我已經檢查過了，一看就知道裡面沒有人。」

她什麼時候檢查的？雖然她還是一樣謹慎小心，但好歹也跟我說一聲吧？就算我可以理解人在緊急情況下會做出缺乏常識的事，但連菜刀都沒拿就去開門，不是很危險嗎？

「這樣一切都回到原點了。既然沒有其他地方能藏身，就只能猜想入侵者果然可以自由進出這裡。」

「既然這樣，我們更不能掉以輕心。必須快點找到他進出房間的方法，然後想出對策阻止他才行——青山先生。」

她正經嚴肅的表情讓我忍不住立正站好。「怎麼了？」

「能夠請您借我手搖式磨豆機嗎？還有咖啡豆。」

喔喔，終於輪到它們登場了。我把陶瓷磨刀的手搖式磨豆機交給突然感覺很可靠的咖啡師。然後計算好剛才被我們置之不理的猴子咖啡的分量，放進儲豆槽裡。

「拿這麼珍貴的豆子來磨好嗎？」

「等到妳磨完的時候，謎題應該也解開了吧？我們就可以用猴子咖啡來乾杯。」

她露出笑容對我的決心表示讚賞，接著輕輕地點了點頭。

「要是打擾到妳思考就不好了，我再去房間檢查一下。」

我留下開始轉動手把的咖啡師，回到房間。我絞盡腦汁，仔細回想我們正要前往便利商店時的記憶，確認是否有可疑的地方。放在桌上的禮物和消失的釣魚線代表我的計畫成功了。剛才我也關好了拉門緊閉的壁櫥。剩下的就是便利商店的塑膠袋、晚報和咖啡師倒在一旁的托特包……

應該可以找到什麼線索才對。我趴在地上看了看床下。沒有像都市傳說那樣和人四目相對，應該說我的床下根本沒空間躲人。而且我才剛用吸塵器打掃過，裡面連一塊垃圾都……不對。

在我的床沒遮到的地毯邊緣，我發現了一個奇怪的東西。

是頭髮。以髮型來形容應該是到肩膀，就算不比較長度，我也知道這不是從美星咖啡師身上掉下來的，更別說是我的了。因為頭髮的顏色是明亮的咖啡色，還不只一、兩根，而是好幾十根的一束頭髮。

我昨天打掃過，所以這不是從之前就一直掉在這裡的東西，也不可能是黏在衣服上帶進房間的，因為數量太多了。這一定也是某個人留下的。但不可能有那麼多入侵者，恐怕跟破壞玩偶的是同一人吧。

他做這些事究竟有什麼目的？我再次思考把泰迪熊弄得破破爛爛的目的、在房間留下主人不明的頭髮的目的，然後腦中隱約浮現了某個推論。如果這兩種行為都可以達到某個目的，誰會因此感到高興？那個人可能得知如何入侵和逃離房間的路徑嗎？這兩個問題明確地指向唯一的真相。

「哈哈，我知道了，美星小姐。」

我一面煩惱著該如何說明，一面走向廚房。不知道是不是我的錯覺，咖啡師的臉頰又恢復了血色。連喀啦喀啦的轉動聲也十分清脆。

「知道在小熊身上留下爪痕的犯人是誰了嗎？」

「讓妳如此害怕真是抱歉，其實這全都是我造成的失敗啦。」

我雙手抱起棉花如腸子般從肚子跑出的泰迪熊。

「我用釣魚線穿過禮物包裝的時候，因為怕裡面的東西掉出來，所以也在玩偶身上繞了幾圈。我在室外拉釣魚線時，被拉到禮物開口附近的玩偶剛好壓在掛鉤上，然後一拉扯，掛鉤尖端就把布割開了。哎呀，雖然實驗還算順利，但正式來的時候總會演變成意想不到的情況。」

咖啡師還是沒有停止轉動。在她說出那句話前，快點把話題結束吧。

「總而言之，已經沒什麼好擔心的了。雖然覺得很可惜，但會演變成這種情況都是我造成的，我改天再準備別的賠禮給妳吧！這樣的結果至少比有人入侵房間好，今天就請妳高抬貴手。對不起，害妳嚇了一跳。」

但我還是來不及阻止她。她帶著微笑說道：

「我覺得完全不是這樣。」

喀啦喀啦喀啦。

「……呃，既然我都說事情就是如此了，這次妳也沒有立場反駁了吧？現在與其討論熊，還不如討論猴子。妳磨好咖啡豆了嗎？」

「好了，」咖啡師打開磨豆機，聞了聞猴子咖啡的香味。「當然是磨得非常完美。」

她這說法該不會是……

「騙人，妳不可能知道的。」

「騙人的是青山先生才對吧？雖然我很感謝您體貼地想消除我的恐懼，但如果您以為用程度跟猴子一樣的小聰明[4]就能騙過我，那實在太遺憾了。而且還連續騙了我兩次。」

到現在還在說猴子啊。

4「小聰明」的日文為「猿知恵」，此為女主角所開的玩笑。

「我要把您剛才說的『沒什麼好擔心的』原封不動地還您——託猴子咖啡的福，我已經知道在小熊身上留下爪痕的犯人是誰了。」

說著說著，咖啡師還抬起磨豆機示意，我忍不住質問她。「猴子咖啡？不是因為磨豆機嗎？」

「沒錯。青山先生，您曾在塔列蘭和我談過世界三大咖啡，對吧？」

「是加上『夢幻』兩個字吧。麝香貓咖啡、猴子咖啡和貂咖啡。」

「顧名思義，猴子咖啡是從猴子糞便中取出的咖啡豆。那您知道麝香貓咖啡或貂咖啡又是從什麼動物的糞便取出的嗎？」

「我當然知道。那兩種咖啡所指的應該都是名為麝香貓的動物。」

麝香貓廣泛分布於亞洲熱帶及亞熱帶地區，是哺乳動物綱食肉目靈貓科的動物。牠的名字很容易讓人誤以為是貓科動物，但其實在日本國內生活的動物中，唯一屬於靈貓科的白鼻心，或許才是跟牠血緣最相近的物種。

其實麝香貓咖啡（Kopi Luwak）在印尼當地是指「咖啡跟麝香貓」，鼬咖啡或貂咖啡等別名都是從在美國國內流通時的英文名 Weasel Coffee 而來。即使鼬或貂根本是完全不同的兩種動物，這個引起不必要的誤會的名稱還是沿用至今。

聽到我的回答後，咖啡師滿意地點點頭。

「我想拜託青山先生一件事。請您現在再檢查一次衣櫥，既然我到現在都還沒找到，那我想犯人唯一能躲藏的地方也只有衣櫥了。您先不要回答我您已經看過了，請把堆在一起的衣服翻開來，或是檢查置衣箱之間的縫隙，仔細地找過一遍。若您嫌麻煩的話，我可以為您代勞。」

我在她身上已經感覺不到任何畏懼，但她的眼神相當認真。我被她的氣勢所逼，雖然覺得找了也是徒勞，卻還是站在單人壁櫥前方，拉開折疊門，單手伸進吊在衣架下方的夾克和外套裡面，結果——

「哇！」

我的指尖碰到一個帶有微溫的物體，我不禁發出極為丟臉的尖叫聲，緊接著——

「喵——」

……喵——？

我雙手立刻伸進壁櫥，輕輕拉出那個具有溫度的物體。

「為什麼你會在這裡啊？」

牠兩邊腋下被我的手撐著抱起來，前腳毫無抵抗地往前伸，正是暹羅貓查爾斯。

4

「如果找不到一個人可以脫逃的路徑或藏匿的地點，代表一開始把人當成前提是錯的。雖然麝香貓不是貓，但足以讓我聯想到查爾斯。而小熊身上的痕跡看起來也像是爪痕。」

查爾斯感覺很舒服地在咖啡師側坐的腿上縮成一團，她邊跟我說明邊撫摸著牠的背。

「這麼說來，我一開始也曾想到呢！總覺得它看起來像在哪裡跟其他熊經歷過生死決鬥。

不過，查爾斯究竟是怎麼跑進這房間的？」

「我想大概是因為那個吧。」

她指著放在床旁邊的托特包說。它一直維持倒下來的狀態，露出咖啡師部分制服。

「牠鑽到包包裡面後，就被我帶到這裡來了嗎？」

「我在塔列蘭換好衣服，在進去廁所的這段時間，暫時把托特包放在地上。當時青山先生您在店外，叔叔又是那副德性，所以才沒人發現查爾斯鑽進包包裡吧。」

「而且憑提著的重量也分不出來，對吧？」

「上週查爾斯量體重的時候，大約一千五百公克。牠才五個月大，獸醫也認為牠很健康。」

一千五百公克啊。我試著回想自己以重量為單位購買咖啡豆時的感覺。和其他隨身物品一起提的時候，我曾經覺得有點重嗎——這麼細微的重量變化，或許根本不會察覺到。

「如果包包是空的，可能還會發現，但那個包包原本就有一定的重量……而且剛才由青山先生幫我提，我幾乎沒有碰到那個包包。」

「這樣啊，讓我提的話我當然分不出來。所以，查爾斯在我們去便利商店的時候攻擊了禮物包裹裡的熊囉？」

「牠在應該是空無一人的房間裡察覺到動靜，抬頭往上一看，竟然有個禮物包裹自己動了起來……也不能怪小貓會發動攻擊呢！」我也跟著她笑了起來。「一直擠在又窄又暗的包包裡，可能也讓牠的情緒變得比較暴躁吧。牠大鬧一場之後氣也消了，就逃進壁櫥裡睡著了。」

查爾斯現在也還在睡。雖然說跟飼主很像，但我覺得像錯地方了。

「不過話又說回來了，牠還真安分呢！不僅整個包包在晃動時沒有激烈掙扎，連叫都沒叫一聲。」

「可能被雨聲或公車的引擎聲蓋過了……」

她回答得有些遲疑，似乎連自己也不太相信。

「只要牠稍微動一下，我就會發現了。是突然覺得想睡嗎？明明我們要離開咖啡店前牠還很有精神地吃著飼料。」

「——查爾斯在吃飼料？」

我不懂咖啡師為何皺眉。

「因為是貓，當然會吃飼料吧？妳沒聽見牠咀嚼的聲音嗎？」

「這個嘛，我不記得了……但我只會在固定的時間給查爾斯固定的飼料。我看到牠把白天的份吃完了，店裡當時應該沒有飼料才對。」

咖啡師苦思了一會兒，便看著查爾斯，嚴肅地低語道：

「說不定是我害的。」

「美星小姐害的？」

「查爾斯啃咬的東西，會不會是其中一樣我經常帶在身上的藥呢？聽說我上次昏倒的時候，那些藥從叔叔丟的小包包飛出來，散落在地上。然後查爾斯把當時沒撿到的藥當成飼料吃下去了。」

我「啊」了一聲，眼神從她身上移開。

「不過，那已經是將近一個月前的事情了吧？你們店裡應該打掃得很乾淨，不太可能讓藥一直留在地上吧？」

「一定是滾到櫃子下或其他地方了。結果被今天趴在地上找零錢的爺爺撥了出來。」

「哦，原來如此……開給人吃的藥對貓也有效啊。」

「這我不太清楚，但我曾經聽過有人開例如煩寧（Diazepam）這種除了給精神病患或有癲癇症狀的病人服用的藥給貓當鎮定劑服用，在國外，這好像也是有名的安眠藥。雖然應該不是每隻貓都會有同樣的藥效，但其中也有服用後陷入熟睡的貓。」

她的手在小貓的背上停留了一陣子，最後下定決心似地抬起頭說：

「牠到現在還是睡得這麼熟，讓我很擔心。為了保險起見，我還是送牠去獸醫院看看吧！」

「這麼做或許比較好，等到出事就來不及了。我也跟妳一起去吧？」

「感謝您的好意，但要是咖啡的風味流失就太可惜了，請您先品嘗猴子咖啡吧。」

我完全忘了猴子咖啡。「那妳怎麼辦？」

「確定查爾斯平安無事才是最重要的。雖然覺得十分可惜，」咖啡師露出有些落寞的微笑。「但我還是期待您品嘗後的感想。」

雖然覺得有點可憐，但或許比抱在手上還穩固，所以一樣把查爾斯放進來我家時提的托特包裡。咖啡師把裡面的東西拿出來，用自己的衣服墊在底下，當作貓的睡鋪。

「不會很難扛嗎？感覺很重耶。」

「沒問題，比來這裡的時候輕很多。」

她這麼回答後，就把剛才從托特包裡拿出來正方形扁平箱子交給我。長寬約四十公分，亮黃色的包裝紙上印有心暖商店的標誌。

「呃，這個是什麼？」

「方才我正想說出口時，被您打斷了，其實我當時覺得很有趣，因為我也打算在今天送您賠禮。」

在嚇了一跳後，我幾乎是反射性地確認起箱子的內容物。

我送她的賠禮是因為我叫咖啡師「妳這傢伙」，而她則是為了替藻川先生違背道德的行為向我道歉。我們在同一天做了必須道歉的事，最後也選在同一天賠罪。不過這似乎並不全是單純的偶然。

「我知道您沒有這東西之後，就買了它，打算放在塔列蘭，但畢竟距離當天已經有一段時間，所以在確定您現在還沒買之後，就一直想把它送給您。」

「妳是為了送我禮物才到我家？」

「我對猴子咖啡很有興趣，也的確把它當成藉口。否則在男人家裡和對方獨處……這種不知羞恥的事情……」

咖啡師愈說愈小聲，我一看才發現她的臉頰泛著紅暈。雖覺得她怎麼事到如今還在說這個，但總之，我們倆都把「切間美星來我家」當成向對方賠禮的好機會。完全就是兩個可笑的計畫所演出的一場鬧劇。

「我趕快帶查爾斯去看獸醫了。今天突然到您家打擾，真的很不好意思。」

咖啡師迅速地把查爾斯放進包包裡，然後站了起來。

「我才要跟妳道謝呢！我會好好把玩妳送的禮物的。我的賠禮就下次再找機會送妳吧。」

「這怎麼好意思，畢竟弄壞禮物的是查爾斯嘛。我很喜歡這個禮物喔。」

看到咖啡師輕柔地對我微笑，我覺得心臟好像被緊緊地抓住了。

「——其實妳可以不用那麼害怕。」

我不知不覺地對著打開大門的背影說道。

「會想要接近一個人，不是因為允許對方接近自己，才想要求回報。除此之外，如果還有什麼東西會讓妳感到害怕的話，雖然我可能不太可靠，但我一定會保護妳……」

她回頭看著我的表情相當認真，臉頰的紅暈感覺比剛才更明顯了。

我也被她的情緒影響。「我、我所謂的保護妳，是指妳煮的咖啡的味道啦。如果以後喝不到了，我會很失望的。」

「跟吃了糯米糰子後就變成同伴的猴子一樣，對吧？不過，還是謝謝您的好意。」

咖啡師在最後又莞爾一笑，接著便離開了房間，留下送給我作為賠禮的電子標靶。

我想，那時充斥在我心中的，應該是過度的安心吧！

胡內波和的出現在我們腦中種下了充滿壓迫感的恐怖。讓美星咖啡師如此恐懼的原因，便是持續折磨她長達四年之久的惡意，在克服恐懼的時候，腦裡當然會閃過那些念頭。對她來說，和異性交心就代表必須一直與那種恐怖共處。

但是，聰明的咖啡師所害怕的入侵者，其真實身分只是單純的幻想。唉，老實說，我原本以為事情沒這麼簡單，沒想到在難以理解的現象背後，其實只是躲著一隻小貓罷了。

與把毫無關係的事情牽連進來的不好預感一樣，一個放心的情緒似乎也會擴散影響到各個層面。當我晚上接到電話，得知查爾斯平安無事時，或許不只是我，連咖啡師也逐漸被某種毫無根據的安心感支配。那絕非從輕率樂觀的推測中孕育出的鬆懈感，純粹只是克服了舊傷的痛苦，希望能活得幸福的心情導致的結果。

——所以就算我沒發現今後等待著我們的命運早已像到處亂飛的畫具般，污染了平日的瑣碎小事，也不想把這當成過失或計算錯誤，而是所謂的悲劇。若不這麼做，我就無法相信自己下達的判斷是正確的。

那天，從咖啡師磨好的咖啡豆所沖煮的猴子咖啡中，飄散出如香草般甘甜的香味。味道如此珍貴的咖啡，卻讓我有股莫名的親切感，和塔列蘭伯爵的名言完美重合，若有似無的情感有如淡淡的甘甜般，溫暖了我的胃和胸口。

在連我胸口的暖意，也冷卻不了的冬日所發生的插曲，便是讓我下定決心與切間美星道別的契機。

七　下次見面時，請讓我品嘗你煮的咖啡

1

腰部上的鐵欄杆，冰冷觸感輕易地穿透牛仔褲的布料到達肌膚。

是夜晚佇立在人煙稀少的道路旁而不被他人起疑的最基本偽裝。男人偶爾將手機放到耳邊，偶爾又像在等人似地看著手錶，與嚴冬夜晚的寒冷奮鬥了將近三十分鐘。

男人——胡內波和以體內產生的熱能溫暖自己，卻也同時感到訝異。這股至今仍灼燒著他內心深處的火焰，燃料究竟為何？

若沒有和切間美星相遇，自己就不會得知這種感情。她硬是打開了他一直緊閉保護的心門，就在他想要向外踏出一步時，她卻又把自己的門關上，他在她身上感受到有如明知道無法復原，卻還是以拆解時鐘或收音機為樂的孩子般的殘忍。在他心門已經毀壞時，她竟完全無視他的絕望。急速延燒的怒火讓胡內產生了意想不到的衝動。

他憤怒的對象除了切間美星，還有允許對方撬開門的自己。雖然他的衝動沒有完全成功，似乎還是讓她嘗到了自己所期望的痛苦。所以憤怒的來源已經解決了一半，剩下的便是他自己要面對的問題。

胡內並未選擇把門修好這條路。相反的，他決定成為能打開其他人心門的人，於是發狂似地改變自己。結果他憎恨並徹底否定過去的自己，為他帶來了難以置信的變化。當他知道，放棄過去的自己、讓他人能認同自己竟然只靠簡單的「技術」就能辦到時，甚至感到相當無趣。

他應該已經克服了急於擺脫的過去才對，但為什麼在那之後，他仍一直被切間美星束縛著呢？

胡內的確不再踏進店裡，不過休假日或工作空檔時，他還是暗中在塔列蘭附近徘徊，想掌握切間美星的行蹤。對他來說，這行為原本再難堪不過，應該極力避免，但胡內卻用「監督切間美星」的名義正當化自己的行為。她對待他人的態度會引起問題，自己只是在糾正她的態度後觀察後續發展罷了。胡內用這種藉口讓自己認同難以抑制的執著心。隨著時光流逝，胡內看到切間美星變得愈來愈安分，便覺得連監督她的任務也結束了，對她的執著也減弱到不再靠近塔列蘭。他認為這代表自己總算克服了過去。

但在那一天，他的想法被推翻了。

胡內在外出辦公途中順便前往雜貨店，在店裡偶然發現了切間美星的身影。這並非他第一次在街上看見她，於是他近似習慣地浮現想知道她近況的念頭。他一時在雜貨店樓上跟丟，找著找著，便走到地下樓層，看見他也認識的切間美星的朋友正在講電話。他側耳偷聽，正好聽到朋友一面對著電話形容她所注視的男性客人的特徵，一面叫切間美星折回店內。

他的身體不自覺地動了起來。他想阻止那名男性客人離開，讓對方與切間美星見面，藉此得知兩人的關係。他的計畫成功了。胡內知道兩人既是客人與店員的關係，同時也是會一起前往小酒館的朋友。

客人與店員。胡內無論如何都不能容許這個關係。他完全不顧切間美星在四年間重新振作的過程，又覺得她無視自己的憤怒，和以前一樣想撬開客人的心門。

之前已經熄滅的火焰在心底再次點燃。

但他並未因為衝動而喪失理智。他和四年前不同，已經擁有不想失去的東西。靠著在雜貨店聽過的外表特徵，胡內在某間咖啡店向那名男人攀談，以不直接威脅他的方式加以警告。但兩人的關係並未產生變化。當胡內看到那男人依舊大搖大擺地來往塔列蘭時，他覺得自己只能採取實際行動了，而且是能夠給她比四年前更深切的反省，不，是痛苦的方法。

——燃料，那便是為了在黑暗中也能繼續閱讀，從已經讀過的部分開始燃燒的書頁。一思及沾上油墨後無法揮發的過去，浮上心頭的盡是自嘲。

一道刺耳的開門聲終於讓胡內回過神來。

從他監視的店家內透出朦朧的燈光，灑落在漆黑的街道上。他繃緊身子，豎耳聆聽。毫不畏懼他人存在的悠哉對話，與他在夜晚京都街角避人耳目的行徑截然不同。

「接下來就麻煩您了。」

「沒問題，小心一點喔。明天也拜託妳了，咖啡師。」

「辛苦了。」

在那之後，腳步聲劃破冰冷的寂靜，逐漸往他的方向走來。

終於讓我等到了。他為了讓自己保持冷靜，把單手拿著的罐裝咖啡移向嘴邊，這才想起咖啡早已被他喝完。他不禁露出苦笑。別說讓自己冷靜了，反而暴露出內心有多麼激動。

他雙眼注視的對象一走進街燈較少的小巷，便化為一道人影融入黑暗中。胡內不著痕跡地改變站立的位置，挑選了最適合跟蹤的死角。他不能再犯下四年前的失誤了！雖然這個地點行人很少，但還不算空無一人，由於不能留下證據，在此動手太危險。他必須謹慎地等待適當的時機到來。若情況不對，放棄也是選項之一。他不一定要在今晚動手，只要那間店還沒倒，他明天或後天都可以再來。

他保持著安全距離，跟在悠哉地走回家的人影後方。根據他事先調查，目標回家的路程大約十分鐘，前五分鐘已經平安無事地過去了。但繼續跟蹤了兩分鐘後，突然有股奇妙的感覺襲向他。

那一瞬間，街道停止了呼吸。其實現在的時間距離夜深人靜還有點早，但除了他們兩人之外，一切生物的氣息都完全消失了，甚至連附近住宅透出的亮光或駛過道路的汽車頭燈，也不過像是夜晚的星光閃爍。對他來說，那些名為生活的現實景象，已經完全化為虛構了。

那是命運讓惡意探出頭的一瞬間。他快速地環顧四周，確定沒有任何足以威脅他的事物後，便迅速地悄悄靠近腳步緩慢的背影。即使距離已經近得只要一伸手就能碰到，對方仍像是沒有發現。

——千載難逢。

他毫不猶豫地高舉套上手指虎的拳頭，瞄準眼前的後腦勺，用力往下一揮。右手手背傳來一陣悶痛，人影發出算不上慘叫的呻吟聲，身體有如與覆蓋在路面的影子融合般往下癱倒。他緊盯著對方的後背，恨不得把目標踩爛似地踢了一下又一下，接著在腹部上方靠近肋骨的部位也補上一拳。

對方早已沒有任何反應。看來似乎在一開始攻擊時就完全失去意識了。他雙手撐在膝蓋上，調整紊亂的呼吸，並以稍微恢復冷靜的頭腦想著，切間美星如此聰明，應該能正確明白他的攻擊行為所代表的意義吧！她也會領悟到是自己導致情況演變成暴力事件。她能夠撇清關係嗎？若是警察介入調查，她有辦法裝作毫不知情嗎？

街道在不知不覺間又恢復了生氣，甚至該說是根本就未曾停止呼吸過，始終在體內若無其事地維持著一如往常的生活。不管怎麼樣，他不能留下任何證據，此地一秒也不容久留。

胡內的怒火退去後，便在有如洗澡完感到涼意的寒氣催促下，從充滿惡意的夜晚街道上消失無蹤。當路過的行人呼叫救護車時，早已過數分鐘了。

2

當我懷著慘澹的心情走在綜合醫院的走廊上時，不知從何處飄來兩名女性交談的聲音，鑽進了我耳裡。

「妳聽說了嗎？三〇五號房的病人。」

「哦，就是那個叫咖飛什麼的……」

「是咖啡師。好像是負責泡咖啡的人喔。」

我忍不住停下腳步。她們口中的三〇五號房，正巧就是我現在要去的病房。

一搜尋交談聲的來源，立刻得知是隔壁的病房。我從拉門的細縫窺探，只有兩名中年護士正熟練地收拾房內的東西。不在房內的病患究竟是出院了，還是正準備住院，我無法得知。

「聖誕節就快到了，竟然因為受傷住院，真倒楣。還很年輕呢，至少會參加一、兩個活動吧。」

比較瘦的那位護士說道。

我沒有辦法視若無睹地經過那間病房。單手拿著的慰問花束與醫院再相配不過，我卻總覺得它的鮮豔顏色和香氣與此地格格不入。這個想法也讓我的心情更加低落。

「反正腦部檢查也沒發現異常，聖誕節前應該就可以出院了。不過頭上的繃帶和網狀繃帶暫時沒辦法拆掉，而且工作又是服務業。」較胖的護士以關西腔說道，但不確定是否為京都腔。「而且啊，我還聽到了一些關於那人的謠言。那人說自己只是不小心從樓梯上摔下來，爬到路上的時候剛好沒力氣了而已，但其實是在路上突然被人毆打的樣子。」

「什麼？那幹嘛不直接說實話呢？受害者根本沒必要隱瞞事件真相，做出這種像在袒護凶手的事吧？」

「但是醫生說他的傷看起來不像被階梯撞到的喔。還有啊，其實我是這麼想的，那人該不會被凶手恐嚇了吧？」

「像是如果跟警察說就沒命了之類的？但是會有人乖乖聽凶手的話嗎？」

「不過，那人住進我們醫院的時候，感覺非常擔驚害怕，看起來肯定遇到了恐怖的事，如果真的要找一個不得不聽從凶手威脅的理由，也大概能想像得到是什麼呢！」

「所謂的理由是指有什麼把柄在對方手上嗎？」

「大概是……」胖護士謹慎地看看四周後，把嘴巴湊到較瘦的護士耳邊。瘦護士一聽便雙眼圓睜，以氣音低聲說了一個字。

我從她嘴唇的動作一目了然地看出應該只是複述對方話語的句子——明確指稱性暴力的詞彙。

「我不知道、我不知道，這只不過是我的猜測而已。」可能是聽到對方反問後慌了手腳，護士急忙揮揮手。「不過如果是這個理由，就能夠解釋為什麼被打還不報警了吧。」

「這種情況其實也不少見呢！雖然不可能完全當真，但如果有可能是事實的話，就另當別論了。」

「我也不是單純因為好奇才說這種話的喔。如果只是我想太多那就算了，但那個人的情況真的很讓人擔心啊。遇到那麼悽慘的事，卻不能跟任何人說，只能把委屈往肚子裡吞，應該覺得很痛苦吧。」

——我倒拿著花束的右手在顫抖。

對於以自己的好奇心隨便臆測陌生人的私事，還到處宣揚的護士，我當然會感到憤怒。如果換個想法，覺得她們是因為把病患當成活生生的人，而不是以適當態度來處理的物品，才會感到好奇的話，應該就能夠諒解她們了。我憤怒的對象距離這裡非常遙遠，正巧就是引發這起連陌生人也忍不住擔心的事件的始作俑者。

正如同護士們所說的，這件事沒有鬧大，也沒有明確的證據能指出凶手是誰。但是，浮現在我心中的凶手人選，已經不是臆測，而是再肯定不過的事實。

凶手就是胡內波和。這世上哪可能有那麼多想帶給她不幸的人選呢？

我像根電線杆似地杵立原地一陣子後，兩名護士從病房裡走了出來。她們似乎知道我聽見她們的對話，一臉尷尬地離去。兩人走了幾步後，我看到瘦護士用手推了推另一位護士。

無法拒絕的現實、或許可以避免的危機。自責的想法急速膨脹時，也有幾句話在我腦中不斷旋轉。

——妳這個玩弄別人感情的女人。

那是胡內對飽受驚嚇的她低語的惡言。即使已經過了四年，胡內心中仍熊熊燃燒著和說出那句話時同樣的憎惡。

——要是再發生那種事情，也不知道她能不能再振作起來。

最了解她過去的水山晶子，也說出這樣的證言。前半句早已不是假設情況。前兆已經很明顯地擺在眼前，我卻毫不理會水山晶子的勸告，沉溺在安逸中，最後才會引發這起事件。

我不能去見她。

當我回過神來時，慰問的花束竟掉到地上，發出「啪沙」一聲，花瓣散落各處，醫院的工作人員慌慌張張地趕過來。他們的呼喚聲卻如平凡的一天般穿過我的體內，得不到任何回應。

我不能去見她。我還有什麼臉敢去見她呢？就算我現在去找她，也無法保證不會刺激她的傷痛。不只如此，若連我悲慘的模樣也被躲在某處的胡內看見了，就會演變成完全無法挽回的情況，不是嗎？

我不能去見她。就算其他人能辦到，至少我不可能幫助切間美星振作起來。

我跪倒在冰涼的亞麻地板走廊上。當我甚至希望自己看不到這個無法重來的世界而用雙手遮住眼睛時，突然有人拍拍我的肩膀，我便抬起頭來。

有東西落在我併攏的掌心裡。

是花束。雖然剛才不小心掉到地上，但撿起來後形狀幾乎完好無缺。我往旁邊一看，只見一位女護士以彷彿在指導我的溫柔語氣說：「這是一份心意十足的慰問禮物吧？」

我剛才被遮住的眼睛還無法對焦，只能暫時茫然地看著手掌。色彩繽紛的花束看起來有如反射在雨天路面的霓虹燈光般扭曲，隨著視力逐漸恢復，鮮豔又嬌嫩的花朵開始撩撥我的美感。最後，我的視野終於恢復原狀，明明雙眼看到的應該只有現實存在的事物，我卻覺得花束中透出一道亮光。

我或許能夠幫助她。

說不定能讓她在最不會感到痛苦的情況下，遠離胡內波和的威脅。

那是個風險極大且非常亂來的方法。即使會受到傷害或失去什麼，我也毫無畏懼。如果能夠藉此抵銷因自己的大意而造成的災厄，就算快要打開的門又再次闔上，我也一點都不覺得惋惜。

這次絕不允許失敗。有很多細節必須研究。我一刻也不想浪費，隨意地向護士道謝之後，便從地上一躍而起，往前急奔，將三〇五號房拋在腦後。我快跑的腳步聲在走廊上迴響，雖然馬上有人喝斥我要保持安靜，但就連胸口的疼痛，也以起死回生為目標，溶於激昂的心跳中。

3

那一天，胡內波和仍舊隱身在籠罩街道的夜幕下，獨自沉默地佇立著。

事件發生後已經過了十天。前五天，胡內悄悄地前往醫院確認探病訪客的名字，但沒有發現切間美星以病房為掩護，和那個男人見面。他心想，這次也成功地讓切間美星嘗到苦頭了，或許也因為沒留下證據，他沒有察覺到有人在進行調查的跡象，一想到可以高枕無憂地盡情欣賞兩人分道揚鑣的模樣，胡內的內心便忍不住湧上笑意。

就在這時，他的手機收到了陌生號碼的來電通知。

「你是胡內波和吧？」

他一接起電話，便認出手機裡傳來的聲音是曾在Roc'k On咖啡店和他交談的男人。他感覺到對方虛張聲勢的敵意，知道對方似乎已經看穿一切了。

「我上次完全被你騙了。」他連名字都是報上真名，竟然說自己被騙，被害妄想也太嚴重了。他曾說自己不擅長說謊，那也是真的。「我已經知道你以前幹過什麼好事，這次應該也是你的傑作吧？你以為不會穿幫嗎？」

笑死人了，說什麼穿幫，要是美星沒有因此聯想到自己，他反而覺得困擾。或許是對方用質問的口氣挑釁自己的方式實在很沒意義，他甚至覺得對方的態度只是讓無能為力的空虛感更加強烈。

但接下來男人卻提起了他意想不到的話題。

「別誤會，我並不想把你交給警察。如果不慎讓事情變得更複雜，導致美星小姐愈來愈擔心害怕，也不是我樂見的情況。我會打電話給你，是想和你進行一場交易。」

交易？他有什麼立場談這個？不過胡內決定先聽聽對方怎麼說。

「我想問你一件事。你對我施暴的理由和四年前一樣，是為了警告想和客人交心的美星小姐吧？換句話說，只要我這個客人直接了當地拒絕美星小姐，她就不會再感到痛苦了吧？」

他保持沉默。若是她之後又繼續維持類似的態度，自己或許還會再出面阻撓，男人應該也明白這點。至少當兩人徹底分開後，自己體內沒有想從男人背後補上一擊的恨意。若只看結果的話，確實正如男人所言。

「……不反對嗎？好，我會和美星小姐分開。只要她今後能過著平靜無波的日子，我就別無所求了。」

男人寂寞的聲音如雨滴般一字一句地持續下去。

「不過，我有一個請求。希望你能讓我再去一次那間咖啡店。我之前說過，我非常喜歡她煮的咖啡吧？只要讓我把最後那一杯的味道永遠留在舌頭上，我就毫無留戀了。」

意思是要自己在最後同情他嗎？

「我會在聖誕夜晚上八點到塔列蘭找她。那時候我應該已經出院了，就算當天沒有營業，我想她也會在店裡等我。只要在那裡正式向她道別，我這次就不需要再違背任何約定了。聽好了，我不知道你究竟跟蹤我們多久，但這次你不用來也沒關係。男人說話算話，為了不讓美星小姐又遭遇危險，我會竭盡全力的。」

說完後，男人便掛斷了電話。

該怎麼辦呢？胡內猶豫了數天，最後還是決定親自走一趟。如果對方是特地打電話叫他去的話就算了，既然是要自己別去，表示男人不會耍什麼花招或計謀，應該是認真的。但凡事都有萬一。男人的決心也是會動搖的。更何況，對他來說，親自走一趟也是在對做出明智決定的男人表示敬意。

細小的雪花有如在濃郁的夜色中鑿出空洞般漫天飛舞。將圍巾纏繞到嘴邊不是為了抵禦寒冷，而是要避免嘴裡吐出的白霧洩露自己的存在。他在不會遲到的時間離開自己家，八點前就抵達了目的地。

胡內十分謹慎地觀察咖啡店周遭，完全沒發現任何讓他覺得事有蹊蹺的人。和十天同樣，他讓自己變得毫不起眼，站在路旁緊盯著數十公尺前的狹窄小徑，也是唯一能出入塔列蘭的通道。

時間正好到達八點的時候，他的眼前有了動靜。

那名男人的身影出現在道路另一邊。一開始，看起來只是一個小點，但當他逐漸走近時，伴隨而來的腳步聲相當沉重，彷彿要將洋溢著聖誕夜歡樂氣氛的街道踩碎般。在他走進小徑前，從塔列蘭店中流洩出的燈光瞬間照亮了他的側臉，臉上的表情如蠟像般僵硬。

希望他緊張的態度代表了他的決心。胡內的手指穿過口袋中冰冷的手指虎。五分鐘過去了，還沒有出現新的動靜。他體諒到對方應該沒辦法很快說完道別的話，於是又耐著嚴寒等了一會兒。

當人影終於從住宅間的小徑走到街道時，胡內差一點忍不住大笑出聲。

——切間美星，妳這個不知悔改的女人！

人影不只一個。走在剛才那名男人身旁的是一位穿著灰色大衣的嬌小女性。她戴著幾乎要把黑色短髮完全蓋住的白色報童帽，深深地低著頭，似乎正在哭泣。男人輕拍了一下她的背安慰她，接著就像帶孩子出門的父親般，牽起她的手往前走。

幸好他決定前來親眼見證。沒想到主動要求交易的男人竟輕易地違背自己的誓言！從兩人的情況來看，很明顯的可以得知男人雖然曾要求分手，但女人卻哭著拒絕，纏著男人不放。當胡內確定自己不需要手下留情時，充滿怒火的內心也很想以僅存的理性問對方一個問題。

為什麼會如此渴望讓別人對妳敞開心胸呢？

胡內與男人第一次見面時，就感覺到他和過去的自己有共通點，雖然並非完全相同，但大概跟自己很像。他應該不會主動敞開心胸，或是積極地想和他人深交。

如果無法負起教養的責任，就不要生小孩。同樣的，切間美星的態度也是一樣吧，她沒有考慮到後果的行為，確實給對方帶來明顯的傷害。為什麼還要傲慢地逼迫對方把自己放在心裡呢？

妳可以告訴我嗎？就算自己試著這麼做，我也完全不明白啊。

妳究竟想在硬撬開的門的另一端尋找什麼？

胡內逼近眼前的兩個背影，甚至一時沒發現自己跑了起來。低頭、肩膀不停顫抖的女人，和看起來沒什麼自信並領先半步走在她身旁的男人。親密地互相緊握的手指。胡內繼續靠近，彼此的距離愈來愈短。他們並未轉過身。為什麼不回頭？完全無視於我嗎？浮上心頭的一抹空虛在體內降下汽油雨。無論是兩人的背影，或在自己腹中悶燒的火焰，都愈來愈大、愈來愈旺盛。

——就是現在。

雖然他知道暫時拋下無力反抗的切間美星，先解決男人才是最有效率的，但胡內從一開始就毫不猶豫地瞄準戴著報童帽的人的後腦勺。他想讓切間美星也擁有無法經由時間治癒的心理創傷，以及難以打破的巨大禁忌。

他以和十天前相同的動作，拳頭高舉緊握。雖然他看到兩人在這時發現異狀，鬆開牽在一起的手，但已經太遲了，根本是毫無意義的反應。

他高舉的拳頭劃過空中，用力地朝著目標揮下。

他一時還搞不清楚究竟發生了什麼事。

在那一瞬間，胡內周遭的世界突然轉了半圈，在他還沒反應過來前，後背就被重重地摔在柏油路上。

這一擊實在太強烈了。他很謹慎地注意周遭動靜，卻對目標切間美星沒有半點警覺心。上次攻擊時她毫無反抗能力，所以他腦中根本不認為對方有能力反擊。既然如此，為什麼現在自己會躺在冰冷刺骨的馬路上，無力地仰望天空呢？

他不僅覺得呼吸非常困難，腦袋在頭蓋骨內不停跳動的感覺更讓他的意識逐漸模糊。令他深惡痛絕的兩人低頭窺探他仰躺在地上的臉，當他的雙眼在最後捕捉到兩人的五官時，他彷彿即將掉進深不見底的洞穴般，在洞口用盡僅存的力量，以微弱的聲音咒罵了一句。

——這女的是誰啊！

4

通往塔列蘭咖啡店的小徑位於老舊房屋間的隧道。

我在即將踏進這條又窄又短的道路前停下腳步。

到今天為止，我已經穿過這道「門」幾次了？為了享受她沖煮的咖啡，我推開那扇門幾次了？有時我覺得很緊張，有時又感到興奮。無論是寂寞、失落、安逸，還是幸福，當我穿過已經走了不知幾次的小徑後，在裡頭等待的世界總是溫柔地迎接我。現在想想，所謂的咖啡店，一定懷著印象能長存某人心中的願望，靜靜等待著客人上門。

這樣就夠了。畢竟是自己惹出的事端。我邊安慰自己邊舉步，鑽進隧道中。夜晚的庭院有如在京都市區偷偷開了一個小洞，灑落在庭院地上的燈光，就像人們滲透塔列蘭建築物的溫情般充滿暖意。一想起自己也曾經籠罩在那燈光中，淚腺好像快不聽使喚，我只好慌張地鎖緊它。

我推開沉重的門，鈴聲隨之響起，藻川老爺爺的嗓音傳進我耳中。

「不好意思哪，我們現在沒營業——」

老爺爺一看到我，就像時間暫停似地僵在原地。

我環視店內，眼前的景物如常，像是訴說著這間店對外面的聖誕夜氣氛毫無興趣。不過，今天吧台旁坐著水山晶子，手裡吃蘋果派用的叉子懸在半空中，一臉驚訝地凝視著我。我以眼神向她打招呼後，便在窗邊的座位坐下來，朝著吧台說道：

「給我一杯熱咖啡。」

點餐的方式和初次相遇時一樣，我卻覺得格外安靜。因為今天沒有背景音樂嗎？話說回來，我還是第一次在非營業時間來這裡。

在一段差點讓人睡著的漫長沉默後，一句回答傳來。

「知道了。」

美星咖啡師對我露出有些無力的微笑。她穿著我看慣的黑白色制服，熟悉的黑色短髮輕輕晃動。

我拿起杯子深吸一口氣，讓咖啡香滿溢胸口。

水山小姐和藻川老爺爺帶有壓迫感的視線讓我如坐針氈。美星咖啡師的身體也靠在吧台上，感覺有話想說卻未開口，不明所以地轉著手搖式磨豆機。就連查爾斯也一臉認真地面向我端坐著。究竟在看什麼？究竟想說什麼？

雖然知道濃縮咖啡和濾沖式咖啡不可一概而論，我還是遵從那句名言，逐一確認眼前這杯咖啡。如惡魔般漆黑，這應該算合格了吧！如地獄般滾燙並不代表沖煮的水溫愈高愈好，從冒出的熱氣量和碰到杯子時的感覺來看，可以說是最能夠完美引出咖啡豆香味的溫度。如天使般純粹、優雅又乾淨的香氣，正說明了它沒有添加任何雜質的清爽味道，最後——

第一口。我讓味覺變得比之前每次品嘗時更敏銳，專注地分析味道。第二口。第三口。隨著杯中液體愈來愈少，我的某項猜測也逐漸轉為肯定。

果然如此。近來我隱隱約約感覺到的事絕不是自己多慮。

我在快喝完一半時把杯子放回盤上。

「美星小姐。」

似乎從我的聲音聽出了不對勁，她猛然抬起頭來。「怎麼了？」

「咖啡的味道改變了喔——我覺得水準有點下降了。」

我毫不隱瞞地老實說出自己的感想。

她雙眼圓睜，手也停止轉動，臉色蒼白地搖搖頭。

「我什麼也沒有改變。」

「但是實際上它的確變了。我當然不認為妳應該負起所有責任，不過，先不論理由為何，咖啡味道不再維持一定水準是事實。妳可是專業的咖啡師，無論何時，都應該讓客人品嘗到最完美的味道吧？絕對不能被一時的情感等因素左右。」

我一口飲盡殘存的半杯咖啡，從椅子上站了起來。

「我要走了。在休息時間打擾你們，真的很不好意思。」

藻川先生率先站到收銀台前，對呆站在原地的咖啡師表現出難得的體貼。

結完帳後，我再次轉身對她說：

「我應該不會再來這間店了吧。」

她頓時倒抽一口氣。

「為什麼呢？」

「因為咖啡的味道改變了。妳煮的咖啡已不再是我的理想味道——它變得太甜了。」

「所以我們以後也沒辦法再見面了？您之前說的保護也是謊言嗎？」

「我的確說過要保護咖啡的味道。但是無論我再怎麼想保護，如果妳自己改變了那個味道，我也無能為力。」

「您的意思是，您只對我煮的咖啡感興趣，對吧？」

雖然她顫抖的聲音裡帶有幾分不捨，但我笑著忽視了它。

「妳這句話不太對呢，簡直把我說得像個冷酷無情的人。回顧我們相識的過程，會發現我對咖啡的興趣確實有著無法取代的地位，但這不代表我在妳身上感覺不到任何魅力。只不過，妳吸引我的地方，是妳擁有咖啡師專業，能煮出符合我理想的咖啡。我以這個前提和妳來往，有什麼不對嗎？就算我再喜歡一個歌手，如果他的歌聲無法打動人心，我也無法繼續仰慕他了吧？」

她似乎還想再說什麼，最後卻還是沒有說出。

「妳之前幫了我很多忙，我真的非常感謝妳。那我先走了。」

我低頭向她行禮後，便轉身推開門。事到如今我才明白，這鈴聲不只告知客人來訪，也用來向客人道別。本來只要鈴聲一停止，我就可以毫無顧忌地表現出悵然若失的樣子，但有句話鑽出即將關上的門縫，刺進我後背。

「耗費整整半年的時間，結果想偷的味道竟然消失了，不知您做何感想呢？」

我停下腳步。店門有如反彈般再次打開，鈴聲一直響個不停。

「……妳說『偷』嗎？我之前確實很想偷。因為這樣就不用特地跑來塔列蘭，可以盡情飲用那杯咖啡了。」

「您這樣實在太難看了，至少在最後把真正的想法說出來吧——您打算偷取這間店裡的咖啡味，再把它當成自己研發出來的產品，在店裡販賣吧？」

美星咖啡師一反常態，以嚴厲的口吻譴責正想離去的我。

她真的不是普通聰明。我回頭看向她時，嘴角應該不自覺地上揚了吧？

「也就是說，妳已經非常完美地磨出我真正的目的了。」

「誰知道呢，不過，關於你的身分，我應該早就磨好了。」

咖啡師放開磨豆機的握把，重重地嘆了口氣。或許被迫說出極不願坦白的事情，她才會出現類似一吐怨氣的舉動吧！

「您雖然稱我為咖啡師，但其實您也是咖啡師喔，在那間生意很好的Roc'k On咖啡店裡工作。我沒說錯吧，青山先生——不，是青野大和先生。」

5

兩人加一隻觀眾的存在反而更突顯店裡的死寂。

「……哈哈，真是服了妳。以前好像也曾發生過類似的事呢！沒有什麼比謊言被拆穿後還死不認帳更可笑的。妳什麼時候發現的？」

咖啡師應該早就知道真相了，但聽到我承認後好像還是很沮喪。

「我最初察覺到不對勁，是在知道您前女友的名字叫真實時。」

「不對啊，我應該沒有在妳面前提過她的名字。」

「沒錯，但是我一聽到奈美子小姐打您一巴掌的理由，立刻明白她離去時說的話是什麼意思了。您之前沒有發現嗎？我曾經有一次在您面前叫她『真實小姐』喔。」

我似乎頗擅長在腦中重現人與人的對話內容，馬上想起當時的情景。九月時，在我們思考虎谷真實為什麼會來到塔列蘭的過程中，咖啡師是如此稱呼她的——傷心的真實小姐。

她當時根本沒有會錯意。早在第二次光顧的時候，我想隱瞞的事情就已經露出破綻。

「不過，妳如何從她的名字聯想到我的身分的？」

「接著引起我注意的是您寫給我的信箱地址。既然名字寫成『真實』，那地址裡的『truth』

就有可能是指女朋友的名字。既然如此，我原本以為只是把姓名和生日寫成英文的推測就不對了，也突然覺得您分別使用連字號和下底線很奇怪。」

如同戶部奈美子所稱呼的，「青山」是擷取我姓和名的前兩個發音組合成的類似暱稱的名字[1]。我把這個暱稱聯想成咖啡豆品牌，並申請電子信箱。當我在修改信箱地址時，虎谷真實剛好在我旁邊，於是我便在她的要求下，勉強把她的名字加進信箱地址中。

換句話說，她早就知道我是個會用女友名字來當信箱地址的肉麻傢伙了？我忍著臉上快冒出火來的羞愧感繼續說。

「但要從信箱聯想到我的本名還有段距離呢！之前我不小心說溜嘴的時候，妳果然沒有聽漏，對吧？」

「您是指在小酒館發生的那件事嗎？」

沒錯，我曾有一次不小心在她面前說出自己的本名，也就是我們去的小酒館的店員詢問名字時，我告訴她的回答。看來我把「青色的山」偽裝成是在說明名字怎麼寫的技倆[2]終究沒派上用場……當我這麼想時，她卻沒有點頭認同我的推測。

「那時候我已經知道有關您身分的大部分資訊了，包括您的名字。當時在心暖商店裡的小晶看到您後，不可能又打電話給我。而我身上連一張您的照片都沒有，沒辦法讓小晶知道您的

1「青山」的日文為Aoyama，分別取青野（aono）的ao（青）和大和（yamato）的yama（山）組合而成。

2「青野大和」的日文發音與「青色的山」（aonoyamato）相同。

外表特徵。」

聽她一說我才恍然大悟。我的確不記得自己曾讓美星咖啡師拍過照。除此之外，我和水山晶子的共通點就是塔列蘭，但不巧的是，我每次來這裡時，店裡的客人不多，如果有位感覺像咖啡師的女性友人也在店內，我至少會有一點印象。

「美星告訴我你的事後，我就自己偷跑去那間咖啡，想看看你長什麼樣子。因為店裡客人很多，我想你應該沒有印象。」

水山晶子斷斷續續地向我坦白。雖然我確實沒有印象，但當她想要得知我的容貌時，採取這個方法應該是最實際的吧。

她向我說明胡內為何會找上我的原因時，我嚇了一跳，事實也證明，那不是我多慮。她已透過自己的經驗知道，只要去咖啡店就可以輕易找到我。

「我承認我因為想偷咖啡的味道才努力隱藏自己的身分。但不論是名字還是職業，真要說的話，其實是美星小姐妳自己誤會了，我一開始也沒有肯定妳的推測喔。不僅是名字，連妳擅自認定我是學生也一樣，妳為什麼會對自己的推測起疑呢？」

「雖然有好幾個原因，不過最大的關鍵還是我只在非假日看見您這點吧！與其推測您平日比較有空，倒不如看成是週末沒有時間比較好。話雖如此，但據您所言，在星期日的時候您會前往某個地方。一提起人在沒空的日子會待的地方，大家都會先想到工作場所，對吧？」

我巧遇小須田梨花的「男朋友」時是在週日。所以美星咖啡師在聽我轉述這件事時，就已經隱約猜出我是Roc'k On咖啡店的員工了。另外，胡內和我併桌那天也是週日，應該是胡內剛好利用假日前來找我，那時候她肯定早就知道我的身分了。

「所以我也猜想到，您會手寫聯絡方式給我，不是因為沒有名片，而是您和我從事同樣的工作，所以不方便給我吧？另外，您省略一般來說都會寫的名字，也是為了避免我從名字查到您的身分吧！再加上您曾說您每天都會從位於北白川的家走路經過今出川通，或許是為了讓我想起那條路旁的大學，但對我來說，卻只是得知了您每天通勤的方式而已。」

既然她已經明白我的職業是咖啡店店員，要查出我的名字並不困難。她應該以這種方式知道我的本名吧。

她的說明像是反射動作般毫無遲疑。我已經把所有我想問的都問完了。沒想到橫跨半年之久的真相，竟是如此簡單的答案。我開玩笑地舉起雙手。

「哎呀，我真是太佩服妳了。妳沒有依靠直覺或運氣，就看穿所有一切。」

「……您總算不再反駁我了呢！雖然我一直希望您是其他店的間諜這件事是我搞錯了。」

「的確有點搞錯了。這次的事情跟Roc'k On咖啡店毫無瓜葛，全是我個人為了想在將來開店而採取的行動。」

就算她垂頭低聲說話的樣子讓我胸口一陣刺痛，我也裝作若無其事地笑著糾正她。我不能給Roc'k On咖啡店添麻煩。這是我自己要面對的問題。

「為了達成目的，必須自始至終都精打細算嗎？雖然我跟您說了好幾次『完全不是這樣的』，卻沒辦法指出最嚴重的虛偽之處。您的溫柔和親切全都是在騙我吧？」

「說我騙妳實在太難聽了。」我以前也說過同樣的台詞。是找到查爾斯那時候的事。當時的回憶趁隙逐漸浮上我心頭。「雖然我不否認我利用了妳的誤會，但我應該幾乎沒有主動對妳說過謊才對。是妳一廂情願地覺得為了知道煮咖啡的祕訣而接近妳的我在騙妳吧？」

「我……以為四年前的錯誤已經讓我徹底反省了。」

我心裡暗叫不妙。她始終面向地板的眼中落下了悲傷的淚光。水山晶子最先反應過來，摟住她的肩膀，替她擦去淚水。

「自己究竟犯了什麼錯、為什麼會讓對方以為我在玩弄他的感情，我很努力地思考、掙扎過，覺得自己已經找到答案了。但現在看來，我終於明白，這根本不足以彌補我的錯。自己施加在他人身上的痛苦，究竟有多麼巨大。」

水山小姐瞪我的視線，或藻川先生喉嚨發出的低吼，我完全不放在心上，精神全集中在眼前這位女性說的話和動作上。

「我非常害怕。我比以前更害怕去明白他人的心。如果我能夠好好反省、能夠完全考量到他人的痛苦，就不會再發生類似的事了。我決定了，我以後再也不去窺探誰的內心──」

「那樣是不行的！」

看到她的肩膀震了一下，我才發現自己已經大吼出聲。我希望她能窺探我的內心，所以用盡全力斥責她。

「妳這麼做就失去意義了！就算自己和對方在彼此心裡的地位沒辦法平等，也有很多渴望他人來敲響自己心門的人啊！妳只要靠近那扇門就行了，如果這樣還會害怕的話，就算只去靠近那些看起來希望別人能進入自己內心的人也沒關係。一定不會再出錯的，否則就連今天的道別也完全沒有意義了！」

在安靜的塔列蘭咖啡店裡，只有我的聲音不停迴盪著。在餘音即將徹底消失前，咖啡師突然轉身衝進後方的準備室裡。或許是我失去理智的斥責讓她聽不下去了吧。

為了甩開心中的鬱悶感，我從鼻子呼出一口氣。看來我在這裡停留太久了。我跨出一直敞開的店門口，將塔列蘭拋在腦後，這次再也不回頭了。我無視旁觀者的呼喚聲，任憑關上的門阻隔他們的聲音，鈴聲終於停止了。

夜晚的小公園地上隱隱浮現一條紅磚道，每踩上一塊就會有一塊磚頭碎裂的錯覺。逐漸消失。背後的世界有如沙堡般一步步逐漸崩毀。越過磚頭後，就可以看到唯一的那扇「門」敞開著，我還來不及思考，身體便急著想穿過，心裡頓時湧上自己再也沒機會穿過這個隧道的感覺。

「——等一下！」

但我的告別還沒完全結束。

我痛恨自己不小心停下腳步的反射神經，結果我還是回頭了。

「這個還給您。」

美星咖啡師嘴裡吐著白霧，雙手把某個東西遞給我。她沒有在制服外披上其他衣服，我注視著她發抖的手指所拿的東西。

她手裡有張介紹塔列蘭的大名片紙。紙片背面向內整齊地折成一半，就算不打開來看，我也很清楚上面寫著什麼。我們相遇那天，我把它留在店裡當成賒帳的證明。

「我已經用不著這東西了，放在店裡也占空間，請您帶回去吧。」

「真狠心。妳把它扔掉不就好了嗎？」

「狠心的還不知道是誰呢！以後我只要一看到這張紙片，就會回想起今天發生的事情。要是不一次斷得乾乾淨淨，很可能會陷入惡性循環。若您明白我的意思，就快點收下吧。」

於是我苦笑著收下紙片，放進羽絨外套口袋裡。店裡的照明形成逆光，使我看不清她的臉，相反的，我臉上的表情從苦笑轉為微笑的過程，應該全都被她看得一清二楚。

「我對離別感到依依不捨的樣子有那麼可笑嗎？」

「妳覺得很可惜嗎？但我明明做了令人深惡痛絕的事。」

「是啊，既然都要騙了，真希望您能把謊言編得更滴水不漏呢。如此一來，我的頭腦就不會拆穿您的謊言了。這點讓我覺得非常可恨。」

「這個嘛，妳要痛恨誰是妳的自由，不過我剛才也說過了吧？我沒有說謊，是妳自己覺得被騙的。」

「不，」她堅決地搖搖頭。「您是個大騙子。」

……是啊。我在心中承認了。雖然她不可能知道我想的騙子是什麼意思。

「也就是說，有些事情還是不要知道比較好，對吧？不僅對妳，對我而言也一定如此。」

我再次轉身面對隧道。那道「門」內的黑暗看起來比平常更深不見底。

「我很高興能在最後見到妳，還喝到妳煮的咖啡。我心中已經沒有遺憾了。再見。」

我沒有聽到回答，就連背對著她離去的我，也感覺得到她跌坐在地。其他人似乎在窗邊觀望情況，背後傳來咖啡店的門被推開的聲音，而我仍舊沒有停下腳步。

我一穿過隧道，原本的世界便占據了我的視野。我把「門」從我的記憶地圖完全刪去。在京都這一塊街區，根本不可能會有祕密公園。

一步、兩步地加快速度，我有如落荒而逃般不停往前走。我轉過第一個轉角時，正巧和站在那裡百般無聊的某個人四目相對。她步履輕盈地走到我身邊，一開口就說：

「滿意了嗎？」

我帶著大概只有四成的笑意回答她。「感謝妳答應我任性的要求。多虧了妳，我才能跟她好好道別。」

「別客氣，要是該斷的緣分沒斷乾淨，我也會擔心嘛。」

她報童帽帽沿下的雙眼看著我，彷彿在說她是認真的。

「妳那邊後來處理得怎樣了？」

「他啊，在那附近躺一下子就爬起來了，清醒後一知道發生什麼事，立刻夾著尾巴逃走了。我看他的臉白得像鬼一樣，那種情況應該叫作戰意全失吧！我想應該不用再擔心他會作怪了。誰叫他要欺負大和，最好一輩子就這樣提心吊膽地過日子。」

她眉飛色舞地說出相當殘酷的話，嗜虐的個性讓我體會到不同於冷到發抖的顫慄，形成了被害人反而覺得加害人很可憐的奇怪情況。我拿下包住頭部的針織帽，從網狀繃帶的縫隙抓了抓後腦勺。

「總而言之，妳幫了我大忙。真的非常感謝妳。我們接下來要去哪？」

「找個能夠兩人獨處的地方吧。我想再次跟你一起好好商量我們的未來。」

「去妳家怎麼樣？離這裡也不遠。」

「不，還是去你那邊吧。我好久沒喝大和煮的咖啡了。」

虎谷真實說完後，便露出愉快的笑容，率直地牽起我的手臂。

6

——在事件發生的那一天。

我一如往常地結束Roc'k On咖啡店的工作後，在回家路上被胡內波和襲擊了。我幾乎在遭受攻擊的瞬間就失去意識，對他施暴的過程毫無印象。當我再次睜開眼睛時，人已經躺在醫院了，因為腦震盪，頭部的傷口也需要縫合，再加上胸部骨折，得好好靜養，因此醫生建議我住院一週左右。我立刻遵從，辦理住院手續，我死也不想讓切間美星知道這件事，於是謊稱自己受傷的原因是「從樓梯上摔下來」。

住院後過了幾天，虎谷真實不知道從哪裡得知消息，帶著漂亮的花束前來探病。我很少連續好幾天都請假不上班，所以消息大概是從Roc'k On咖啡店的老闆那裡聽來的吧。自從九月那件事後，我就沒再見過她，所以當我看到她出現在病房裡時，先是吃了一驚，接著就冒出「果然是她」的感想。她把原本的長髮剪了，而髮型正好是跟切間美星很相似的鮑伯頭。

切間美星來我家那天，我一看到掉在房間裡的幾縷頭髮，立刻猜出這是虎谷真實的傑作。先不論頭髮的顏色和長度，既然她曾經和我交往過，應該有很多機會可以偷偷打一把我家的備份鑰匙。她大概是以自豪的好眼力，在大學內看見我們去便利商店買東西的身影，急著想拆散我們兩人，便趕在我們回去前潛入我家。接著她靈機一動，想到可以在房間留下自己的頭髮，好讓咖啡師以為我有其他對象，於是她剪下頭髮後，就急忙離開房間。我們買完東西回來時聽見的聲音，就是她逃走的腳步聲。

雖然之後證實她並非破壞玩偶的凶手，但我認為這無法改變她闖進我家的事實。另外我也想到，既然她一次剪下那麼多頭髮，恐怕也不得不換個髮型了。所以這次重逢時，我從她的髮型證實了自己的推測後，便覺得她的行為有點恐怖。由於她手上還握有我家的備份鑰匙，我也不敢隨便觸怒她。

我先帶她離開病房，選擇在一間有第三者在場的會客室收下她的探病禮物。她很認真地關心我的身體狀況後，便再次要求復合。我不想看到她這麼說，覺得有點無所適從，卻還是表明自己現在沒有心情思考這件事，只收下她送的花束並請她離開，然後準備走回病房，護士們的對話便是在那時聽到的。

直接感受到事情的嚴重性，讓我心中的打擊大到雙腿發軟。我的痛根本算不了什麼，因為身體的傷會痊癒。但是沉浸於毫無根據的安心感而導致悲劇發生後，先別說切間美星之前耗費多少時間、嘗盡多少痛苦才終於振作起來，結果現在又遭遇同樣的挫折，說不定她這次再也無法重新振作了。我不能去找她，因為不能讓她知道這起事件，也怕被胡內看見我去找她。但是，那也代表著我沒辦法保護她不被至今仍陰魂不散的胡內威脅。

我簡直陷入四面楚歌的困境。就在這時，我看到手上的花束，腦中閃過一個妙計。

我立刻轉身尋找並喚回還沒走遠的真實，把事情一五一十地告訴她後，她很爽快地答應助我一臂之力。於是整起計畫大部分都由個性暴虐的她構思，然後執行。

首先，我透過從胡內本人拿到的電話聯絡上他，除了暫時阻止他傷害切間美星，也試圖製造出讓胡內忍不住攻擊我的情況。至於利用人類的心理，告訴他「不來看也沒關係」來勾起他欲望的方法，則是真實的主意。

知道那通電話奏效後，到了聖誕夜當天，我們便採取下一步行動。首先，真實把頭髮染成黑色，再穿上符合切間美星喜好的衣服，以報童帽遮住五官，然後走進塔列蘭。等到接近晚上八點時，我再假裝前往塔列蘭，走進屋簷下的隧道，然後在隧道裡和離開咖啡店的真實會合，兩人並肩走到街道上。

雖然這是可以重複使用的計策，我還是很慶幸胡內完全上當了。只要走路的時候低著頭小心不被識破，不論體型、服裝還是報童帽底下的髮型，真實都跟切間美星十分相似，從遠處看的話，要不認錯也難。我和真實故意牽起彼此的手，過沒多久就感覺到背後有人逼近。真實事前向我拍胸脯保證，自己從小就跟男生一起練柔道，所以絕對不會失敗，完全不管在一旁緊張得要死的我，等胡內和我們之間的距離近到不能再近時，便趁其不備，賞了他一記漂亮的過肩摔。連固定技都還沒用上，胡內就當場口吐白沫昏死過去。然而，真實為了確定胡內是否真的昏過去，竟不小心被他看到臉，我想這應該是她唯一的失誤。

這個計畫的關鍵，就是利用真實和切間美星有很多共通點。不只是單純地藉此引胡內上鉤，也是為了讓胡內以為自己反被切間美星將了一軍，讓他未來再也不敢騷擾對方。所以聽到胡內對真實說「這女的是誰啊」時，我忍不住責怪她。

「放心啦。我從一開始就覺得這個懲罰方式沒什麼用了。」

她滿不在乎地說著，從口袋拿出一張小紙條貼在胡內胸口上。我定睛凝視上面的字。

你很多見不得人的行徑都被我拍下來了。如果今後再試圖接近你迷戀的女性或她周遭的人，我會立刻把那些照片送到它該去的地方，公諸於世。至少在未來十年內，那些照片都會傳遍大街小巷，勸你最好有心理準備。

「……這、這是……」

「我從大和你轉述的那些護士的對話得到的靈感。這傢伙雖然說了一堆冠冕堂皇的大道理，但其實只是對甩了自己的人懷恨在心而已嘛。否則她只是讓別人敞開心胸，也願意以誠摯的心對待別人，他有什麼理由欺負她呢？明明沒什麼內涵，只是自尊心高，才無法原諒甩了自己的女人。對付這種傢伙，與其用暴力的制裁來阻止他，還不如想個能讓他高傲的自尊心摔得粉碎的方法，效果會好很多喔。」

她在說明那張紙條的功用時，即使處於黑暗中，眼睛卻閃爍著耀眼的神采。我赫然發現她手上拿著完全猜不出名稱和使用方法的道具，可能藏在剛才看似什麼都沒帶的身上某處吧。

「呃，妳該不會真的要拍吧？妳拿那東西幹嘛？」

「雖然我一點也不想要他的照片，但是如果這傢伙醒過來沒感覺到身體有什麼異狀，就會發現我們只是在嚇唬他，不是嗎？要是他對這點起疑，計畫就泡湯了，對吧——你可以暫時把頭轉開嗎？」

她對我眨眼的時候，看起來簡直像孩子般天真無邪。但我很清楚，太天真純樸的小孩其實是殘酷又暴虐到超乎想像的生物。喂，不要一面笑一面揮舞那個道具啦！不要拿著那個恐怖的東西揮來揮去啦！

唔哇。我忍不住移開視線，於是她在我身後忙碌了起來……我把耳朵摀住，接下來會發生什麼事，我連想都不願想……

談到真實答應全力協助我，不，應該是擔任計畫主謀的交換條件，當然就是與她復合，以及不再跟切間美星來往。

雖然內心十分不捨，但我已經沒時間尋找其他辦法了。與其讓切間美星再也沒機會振作，我寧願犧牲自己，假扮成背叛她的男人。如此一來，當我們分道揚鑣時，她的悲傷也會轉化成憤怒和輕蔑，鼓勵她尋找下一個邂逅。

如果分手的理由和胡內毫無瓜葛，她便不會聯想到胡內，即使腦中偶爾閃過他的身影，只要胡內今後不再和她接觸，她就會逐漸淡忘他。我充分利用自己其實是別間店的咖啡師，以及一直沒告訴她這點，讓她完全以為我是為了偷咖啡味道才接近她的大壞蛋。

——她實在太聰明了。

因為咖啡味道改變了，以後不會再來了。我才說了這麼一句話，她就能推理出毫不辜負我期待……不，是超乎我期待的內容。

我會隱瞞身分長達半年，不過是因為被她知道我是同行會很麻煩，才一直沒有戳破她的誤解，最後也錯失糾正的機會。雖然我後來曾積極地掩飾自己的身分，但對她來說，都是沒有任何意義的小把戲。

我很慶幸她照著我的暗示解謎，否則我必須非常刻意地把Roc'k On咖啡店的名片掉在地上了。多虧她的譴責，我才能以自白的形式，也就是讓她相信這是事實，告訴她我的目的是為了盜取咖啡味道。她應該不至於察覺到我編了個假的目的吧？有些事情還是不要知道比較好。

無論如何，我都想讓切間美星重新振作。

這才是我最想實現的心願，也是整個計畫的終極目標。所以當她反過來表示要封閉自己的心時，我除了斥責她之外，別無他法。回想起我離開時的情況，我想我希望她理解我的，但是不管怎麼說，要讓她振作起來，以及在她不知道我被攻擊的情況下化解胡內的威脅，也只有這個辦法。我的決定沒有錯。既然如此，就沒什麼好後悔的。既然現在不後悔，以後大概也不會。

「……不過，你還會繼續現在的工作吧？如果那女生被騙了之後還是對你念念不忘的話，她說不定會來找你喔。」

在前往我家的公車上，真實突然這麼說道。

一直沉浸在自己思緒中的我，在回答前輕咳了一聲，當作發表重大消息的開場白。

「關於這件事啊，其實我正考慮自己獨立。」

她瞪大了雙眼。「你要自己開店嗎？」

「雖然時間還有點早，不過我很久以前就跟老闆提過這件事了，所以才會在那間店工作。」

高中畢業後，因為我想研究自己最喜歡的咖啡，便去位於大阪的廚師學校上了一年的咖啡師培育班，在那裡遇見了Roc'k On咖啡店的老闆。他以大受歡迎的咖啡店管理者身分擔任講師，在上課時對我們這些學生表示：「只要在我的店工作三年，一定能學到獨立開店時需要的所有知識和技術。」我被他明確的保證打動，便自願受僱於Roc'k On咖啡店，然後搬到京都。我是在十九歲的春天開始工作，今年冬天結束後就滿三年了。

「雖然應該會花一點時間，不過我想從現在開始正式準備。京都有很多受歡迎的咖啡店，開業資金也不能小覷，我正考慮回距離京都很遠的老家開店。這樣她應該就不會追來了吧。」

「但是最重要的資金該去哪找？」

「別看我這副德性，其實還存了不少錢喔。這三年來，我以總有一天能獨立為目標，一直腳踏實地地存錢。為了省錢，我選擇不會花錢的休閒活動，還仗著自己外表看起來跟學生沒兩樣，偷偷跑去附近大學的學生餐廳吃飯。要開一間咖啡店，資金可多可少，很難用固定的金額概括，其中也有必須準備數十萬圓的例子。只是如果因為這樣就不抱希望，那永遠都不會成功，所以不夠的部分就算跟家人借也要籌到。」

「哦……我都不知道你從那時候就已經在考慮這些了。」

我們下了公車。在走到我家的數分鐘裡，外面的天氣冷到讓我快凍僵了。

「好久沒進去大和的房間了呢！」

「分手後妳一次也沒來我家找我。」

「我又不是這半年來一直都想著你。雖然我的個性的確很陰晴不定啦，但這種事情本來就是這樣吧？有時候會突然沒來由地想做某件事，有時候又會覺得什麼都無所謂。」

個性陰晴不定的定義可不包括隨便懷疑男友出軌之後還打對方出氣。我聳聳肩說：

「不過，其實妳不是很久沒進來我房間了吧？」

「什麼意思？」疑惑地歪了歪頭的她感覺不像在說謊。

「咦，妳不是有備份鑰匙嗎？」

「備份鑰匙？我才沒有呢！」

這次輪到我百思不解地歪了歪頭。於是我趁著走上我家公寓樓梯的時候詢問她頭髮的事。

「那女生到我家時，是妳把頭髮放在我房間的吧？」

「哦，那件事啊。雖然是一時衝動，但後來想想，還真是做了蠢事呢！結果害我不得不改變髮型。」

「妳果然跑進我房間了吧？」

「大和，不好意思，我覺得你完全弄錯了喔。」好像在哪裡聽過這句台詞。她傻眼地回答我。「好不容易進去房間，卻留下自己的頭髮，我才沒那麼笨呢！真要做的話，好歹也會留下口紅或首飾之類，讓人一看就知道那是女生的東西。更何況，哪有人會隨身攜帶半年前就分手的男友房間的備份鑰匙啊，那樣反而很奇怪。」

經她這麼一說，確實如此。我們來到公寓的走廊上。

「所以那個頭髮究竟是……」

「這個啦、這個。」

我們走到房間前時，她抽出夾在門上的晚報，在手裡揮了揮。

「下雪的時候也會放進塑膠袋裡呢。」

十二月的時候，那天剛好下著雨。被我扔在床上，書頁翻開來的晚報。

「啊……原來是這樣啊。」

「我急急忙忙趕在你們之前到達你家，可是根本不能幹嘛。畢竟那女生已經看過我的臉了，假扮成其他女人也沒有意義。當我正在煩惱的時候，剛好看到晚報。所以我把塑膠袋拆下來，剪下一大段頭髮，打算夾在晚報裡時，正好聽到你們回來的聲音，差點來不及逃走。」

我頓時感到一陣無力。我以為是真實違法闖入我家，才沒有告訴切間美星「入侵者」究竟是誰。因為我害怕手裡握有備份鑰匙的她，才會拚命地隱瞞這件事。但沒想到，連這件事也是我的幻想。

我明白房間的鑰匙都在自己手上後，便把鑰匙插入門把上的鑰匙孔，在轉動門把時露出苦笑。

直到最後的最後，我還是一樣完全弄錯了。

我走進自己的家，打開電燈和暖氣。有如冷凍罐頭般的房內需要一點時間才能暖和起來，所以我沒脫掉外套。我到廚房把裝滿水的茶壺放在電磁爐上加熱，然後伸手拿下整齊排在餐具櫃上的其中一個咖啡罐，遞給在房間等我的她。

「這是印尼蘇拉維西島上的托那加山區原產的咖啡豆。這種咖啡豆有個小故事，據說在二戰後，它的產量曾一時銳減，幾乎快從世界上消失了，是經由日本企業的幫助才得以復活喔。我會買下這個咖啡豆，不只是因為它讀起來跟真實的姓虎谷[3]很像，也想藉由它背後的故事代表我們復合的象徵。我現在就用這個咖啡豆幫妳煮咖啡吧。」

這是我自己懷著想和真實好好交往的誠意所準備的東西，心想，她看到之後應該會很高興。但她並未收下咖啡罐，而是心情很好地說：

「什麼咖啡豆都可以啦，反正我又喝不太出來味道差在哪。」

「……咦？可是剛才妳不是說想喝我煮的咖啡嗎？」

「因為那女生半年來都跟你走得那麼近，卻連你煮的咖啡都沒喝過吧？明明我和你交往的時候就喝了很多次。一想到她究竟哪裡了解你的時候，就突然覺得很可笑，然後又想喝你的咖啡了。」

她笑了。如此天真無邪、如此暴虐殘酷。發自內心且毫不掩飾情感地笑著。

沒有惡意和充滿惡意的差異竟是如此渺小嗎？還是說那只是單純的不服輸？我煮的咖啡不過是用來滿足復仇心的道具？

感覺自己的身體好像燃起了一把火。我粗暴地把咖啡罐放在桌上，回答她：

「……是啊。」臉上帶著微笑。「她根本對我一無所知嘛。」

這應該就是正確答案了吧。我不想和真實爭吵，而是真心希望能和真實開心地交往下去。

3「虎谷」的日文發音（toraya），與托那加（toraja）發音相似。

無論如何，為了阻止胡內波和的惡行，她的協助不可或缺。現在，我只要繼續對她百依百順，就可以像以前一樣好好相處。

水滾了。我回到廚房關掉爐火，身體卻還是熱得燙人。我正覺得納悶，才發現自己根本沒把羽絨外套脫掉。我心想，現在暖氣也差不多該奏效了，準備把外套脫掉時，有人在房間裡對我高聲喊道：

「對了對了，你的手機號碼要記得換掉喔。信箱地址也得想個新的才行。」

不，我想已經沒有這個必要了。我想起放在我口袋裡那個相隔半年後又退還給我的東西。

我把手伸進脫到一半的羽絨外套口袋裡，拿出指尖碰觸到的堅硬物體。是記載咖啡店資訊的紙片。

——就算不還給我也無所謂吧？

我如此低語著，正要把那張從中間對折的紙片丟進腳邊的垃圾桶時，赫然驚醒過來。

哪裡不太對勁。剛才我的眼睛清楚捕捉到寫在紙片內側的部分文字，看起來都不是我原本匆忙留下的數字或英文字母。

我焦急地以雙手翻開紙片。

上面沒有我的聯絡方式，取而代之的是一則訊息。

字全寫得又醜又歪斜，還因為太小而難以閱讀，一看就知道是在短時間內飛快寫下的，也是切間美星留給我的離別訊息。

青野大和先生：

感謝你保護我。

若我們還有機會再次見面，

請務必讓我品嘗您煮的咖啡喔。

我會永遠靜候那天的到來。

切間美星

——我的想法真的太膚淺了。

聰明的切間美星怎麼可能沒看穿我們的計畫呢？

她早就知道了！她早就知道我試圖保護她免於胡內波和的威脅，也知道代價是我不得不選擇和她分開。

切間美星留下這句話：讓我品嘗您煮的咖啡。她早就知道我接近她不是為了盜取咖啡的味道。

保護她？讓她振作起來？

切間美星應該會等下去吧！既然留下這則訊息給我，她應該就會一直等下去。就算只是覺得我喝咖啡的樣子很享受，長年懷抱著萬般思緒的她，仍願意敞開心胸和一名異性來往。

我跪倒在地，手指不停顫抖，簡直要把紙片捏皺了。

我是個無可救藥的大蠢蛋。只靠自己一個人什麼都做不到，不過是讓危險稍微遠離罷了，還以為自己是悲劇英雄嗎？嘴裡說是為了重要的人，強調自己的理由光明正大，卻必須仰賴其他人的力量，等到事情結束後，就換成對另一個人言聽計從嗎？

什麼叫保護咖啡的味道啊？什麼叫最喜歡她煮的咖啡啊？我不過是害怕一承認自己真正的感情，就會失去它並受到傷害罷了。我從沒有認真地想探究對方的內心，只是聽從別人的命令隨波逐流，一味想保護自己的心而已，真是大蠢蛋。

我根本沒有保護切間美星。原本想拯救她脫離威脅，實際上卻剝奪了無論如何都必須守護的她的感情，而罪魁禍首不是別人，正是我。

我終於敞開自己的心胸。如潰堤般流出的感情化為沾溼紙片的水滴。

我回想起她溫柔對我微笑的樣子，回想起她利用磨豆子來保持清醒的聰明頭腦，以及充滿慈愛的穩重嗓音。還有那甜得不可思議的咖啡滋味——雖然被惡魔染指，甚至能窺見地獄一景，卻也如天使般純粹，而且甜蜜得不像話的戀情。

事到如今，就算我打開了門，想邀請的人卻已經不在了。她還是像只有在聖夜才會現身的入侵者，視門鎖為無物地翩然降臨，填滿了我空洞的內心。

我是否也已經稍微踏進她的心中了呢？

終章

接下來的數個月平靜無波地過去了。

雖然我誇口要獨立，但真要開一間咖啡店的話，從尋找店面地點、挑選交易業者、擬定符合開店概念的計畫到討論菜單，還有許多難關等著我一一克服，不是一眨眼就能完成的事。當我為了籌措資金而和父母聯絡時，他們也一針見血地告訴我，出資當然沒問題，但必須開出比較具體的金額才行。我與Roc'k On咖啡店的老闆逐一商量的同時，也後知後覺地深刻體會到，自己要走的道路有多麼曲折。

每一天就像遺落了某項事物般。不知從何而來的奇妙熱情填滿了缺少的部分，以心理學的角度來形容，是所謂的昇華吧！原本確實存在於該處的東西卻消失得無影無蹤，以昇華來形容真是再貼切不過了。不過，也可能只是變成別種液體，最後一滴不剩地流出體內。

很快的，困難重重的前途讓我感到洩氣，沮喪地把手肘靠在吧台上。身上這套Roc'k On咖啡店的海軍藍制服襯衫，現在看來也刻滿了三年的歲月痕跡，皺得不能再皺了。

我在嘆氣後反射性地用鼻子深呼吸，充斥店內的馥郁咖啡香便緩緩填滿我的胸口。現在還不到中午，才剛開始營業的空曠店裡只有一名客人，就算加上店員也不過三人。

「怎麼啦，咖啡師？看起來愁眉苦臉的。」

這間店的老闆冷不防地找我說話，害我一時不知該如何回答。

「沒有啦，只是在想點事情。」

「煩惱到長吁短嘆啊，年輕的時候當然無所謂啦，但是與其對什麼事情都認真過頭，也會讓招待客人變得痛苦，還不如拋棄綁手綁腳的規範，讓客人享受安適愉快的服務，如果不能做到這點，要成為一個專業的咖啡店員還早得很呢。」

這其實也是我最近切身體會到的感想，所以不禁對說出如此良言的他深感佩服。不過……

「想磨練溝通技巧的話，還是找女人練習最快。如何，要不要我介紹幾個適合的對象給你啊？哈哈哈！」

因為他接著就說出這些話，我的眉頭立刻打了個死結。「你的好意我心領了。」

「唔，這樣啊。看來你已經找到對象了吧？」

聽他的口氣好像覺得很無趣，所以我決定用冷淡的笑容回答他。雖然我的私事他根本管不著，但那個對象早已經——

咚。這時，一個裝有冷水的杯子放到我面前。送來這杯水的女性一開口就說：

「您不是說以後不會再來了嗎？」

……喔喔，好恐怖。臉上連個笑字都沒有。

「我原本這麼打算啦，畢竟都向她發過誓了。」

「那您現在為什麼會在這裡呢？」

我抓了抓傷口還沒完全消失的後腦勺。「因為我被甩了。」

——我們歷經幾番波折才成功復合，沒想到最後卻是草草收場。

在我們重新出發的那一晚，兩人之間的鴻溝和不睦已經和當初交往時一樣隱約可見了。即便如此，我還是盡可能配合她的腳步。因為要是壞了她的興致，對於已經遠離的威脅的牽制網恐怕會出現漏洞。

但是虎谷真實卻歪著頭對我說：

「雖然我一直想跟大和恢復以前的關係，不過好像有點不太一樣。看到你們兩人好像很幸福的樣子，讓我覺得好不甘心啊。」

「……什麼？」

「我聽奈美子轉述的時候，一開始也覺得沒什麼，但後來愈想愈生氣，就開始考慮拆散你們。在便利商店發現你們之後也是，有可能是認為自己得不到的最完美吧！不管怎麼說，經過這件事後，你們兩人已經完全不可能和好了吧。一個想偷咖啡味道的間諜，事後再怎麼找理由也徒勞無功。這大概就是我的目的。一想到你們兩個被拆散，那女生還遭到自己信賴的人背叛，應該很難一下子忘記傷痛，我好像就已經滿足了。」

她吐著舌頭「嘿嘿」地笑道，我則是震驚地張口結舌。

「……是不是我不夠天真，才完全無法理解她的心情呢？不過，只要想到男女關係有時候是一種互補，倒也覺得她的人格和我徹底相反沒什麼好奇怪的。所以即使她這麼想，我也已經不想制止她了。」

但是，虎谷真實有一點算錯了。我伸手碰觸裝了冷水的杯子。

「所以您馬上違背誓言了嗎？我覺得您嘴裡說的跟實際做的完全不一樣。」

她帶著困惑的低沉嗓音在塔列蘭咖啡店內迴響，連看也不看我一眼，很快鑽進吧台內。

切間美星沒有笑。

她在生氣，譴責我的不誠實。

我原本以為自己真的再也見不到她，但美星咖啡師的確站在我眼前，不是夢境也不是幻覺。只要想到這件事，即使她正在生氣，我也無法止住嘴角的笑意。

「對了，藻川先生那說話方式是怎麼回事啊？」

我壓低聲音問道，咖啡師便瞇起一隻眼睛看向店內一角。

「大概又是被年輕的漂亮女生灌輸了奇怪的事吧？像是與其說一口聽起來像女人的京都腔，改說標準的東京腔比較迷人之類的。」

「他剛才稱呼我為『咖啡師』，感覺特別恭敬不是嗎？」

「叔叔知道你是同行後，其實心裡的打擊還是挺大的喔。」

如果她說的屬實，代表剛才那些話也有挖苦的意思嗎？總覺得有點對不起他。

「所以您今天是光明正大地來查探敵情嗎？看您那身裝扮，應該是在Roc'k On工作時穿的制服吧？」

「因為我接下來就要去上班啦。妳應該早就知道我沒有要偷咖啡味道的意思了吧？」

咖啡師的表情瞬間變得相當嚴肅，然後緩慢地轉起了手搖式磨豆機。

「我已經說得很清楚了，您是個大騙子。」

「原來是在說這件事情。我還以為妳完全被我的理由騙了呢！」

「我沒有上當，是因為您斥責我的關係。否則當時真的差點會變成單純的不歡而散了。」

「妳怎麼發現我在說謊？」

「真要說的話，我從真實小姐來店裡的時候就開始覺得奇怪。」

關於這點，我和真實也曾經擔心過。

「只用報童帽把臉遮住果然還是會被發現啊。」

「因為她直到打烊前都是一個人待在店裡，所以沒多久就搞懂了。畢竟她看起來實在不像只是來喝咖啡的，我還跟小晶討論究竟是怎麼一回事。」

「晶子小姐為什麼當時會在店裡啊？」

「她只是剛好來店裡玩而已。一定是無法忍受一個人孤單寂寞地度過聖誕夜吧。」

我不知道怎麼回答她。現在是關心好友的時候嗎？

「我在店裡現身後，言行舉止卻出乎意料，終於讓妳看出情況不太對勁。但是，妳當場拆穿了我的身分，卻未看出我隱藏在身分中的謊言吧？」

「自從得知您的職業後，我就一直懷疑您可能是間諜。但是隨著我們的交情愈來愈深，我知道您的為人後，便開始覺得會不會是自己想太多了……雖然我自己也如此希望。所以您以咖啡味道改變為理由提出告別時，我反而疑惑您為何到現在才談起這種事。雖然我指責您是間諜，但我心中的異樣感還是揮之不去。」

「而妳心中的異樣感，在聽到我責備妳的話後變成了肯定。」

「一定不會再出錯的——您是這麼說的，對吧？如果這句話毫無根據，就會覺得您的發言非常不負責任。但我聽起來卻不是如此。」

「真糟糕，這部分完全是我的錯誤呢！本來我覺得只要不再有人威脅妳，隨著時間經過，總有一天妳的恐懼也會跟著消失才對。如果妳沒有說那種話，我當時也不至於自亂陣腳。」

「所以在那時我終於發現了。心想：啊，這個人保護了我吧。」

真是渾身不自在。因為我的計畫不能說每一步都成功了。

我伸手撐著臉頰，從吧台另一頭拿起一張紙片。

「總覺得繞了一大圈呢！明明看穿了事實卻沒有立刻告訴我，害我真丟臉。這張紙片也是，為什麼一定要那麼麻煩，在這上面寫訊息給我呢？我說不定根本沒看到就把它丟了喔。」

「關於這件事……是因為我感覺到您不是自願提出告別的。」

轉動磨豆機的聲音停止了。

「只要想想，您說的『不會出錯』是在指跟誰有關的事情，那真實小姐可能扮演的角色也只是協助者。如此一來，您選擇和我告別的理由也呼之欲出了。當時店門一直沒有關上，真實小姐可能從頭到尾都在門對面監視。所以我想告訴您的訊息，必須讓任何人都無法從得知，最好連您都不會當場發現。這當然是因為我也預料到自己可能無法直接聯絡您，或是主動跑去找您的情況。」

「原來妳連這點都想到啦……對真實來說，妳考慮的事情的確是預測錯誤，就結果來說，我們能夠透過這種方式在她不知道的地方保持聯繫，應該算是正確判斷。不過，該怎麼說呢？妳也沒有積極挽留我呢！」

「因為您為了我而遇到那麼慘的事啊，換作是您，您有辦法挽留嗎？」

不會吧，她連這都知道嗎？我啞口無言。我的確不認為自己能永遠瞞下去，但沒想到她在那時就已經察覺了。

「當我知道您保護了我的時候，就突然在意起那頂陌生的針織帽了。因為四年前我也差點被打中頭。雖然無法肯定，但我總覺得您好像受傷了。所以我心想，不只是我覺得分開比較好，或許您也這麼認為。」

她語帶苦澀地說完後，手又動了起來。喀啦、喀啦喀啦，動作比平常還僵硬。

「其實只有這件事，我無論如何都不想讓妳發現。雖然我不知道妳之前差點被打中頭，但是光用針織帽果然還是藏不住呢。」

「一想到我有可能永遠被您蒙在鼓裡，就感到毛骨悚然。如果我知道這件事的話，在您願意原諒我之前，要我道歉多少次都沒問題。這麼說有點奇怪，但請您放心，我曾經向可靠的對象詢問您究竟發生什麼事，現在我全都知道了。我不會逃避。與其為了避免再次傷害而分離，我覺得向您表示歉意更重要。」

對喔。她自己也在四年前遭遇過危險，只是這次換成我。這兩者之間的差別，似乎讓她產生了與其防止今後再次受傷，還不如先把現在的傷治好的想法。無論如何，知道至少不會演變成最糟糕的情況後，我也有些放心了。

「妳所謂可靠的對象，該不會是指我家的老闆吧？」

「沒錯。您好像對外宣稱從樓梯上跌下來，對吧？其實您大可以直接向警察報案的。」

「所以我說那是為了不讓妳知道……啊！」

我想到了一件非常嚴重的事情。她看出我的想法，輕輕地點了點頭。

「我想現在報警應該還不算晚，您覺得如何？」

我想了又想，猶豫片刻後，還是微微地搖搖頭。

「就算不報警也沒關係吧？我們，應該說真實給他的懲罰其實挺重的。我覺得那很有效果，而且也擔心警察問起懲罰的內容。」

她又點了點頭。「那我就相信您的話。只要您能一直這麼有精神，我也別無所求了。」

磨豆子的聲音變輕了。只差一點點了吧。

「最後我還想問妳一件事。為什麼妳明明看穿我的身分，卻一直假裝被瞞在鼓裡呢？」

「既然本人不希望曝光，我還刻意拆穿您就太不知趣了吧。而且我也猜到您的理由可能是因為職業和我一樣……還有……」

「還有？」

她說話突然變得吞吞吐吐，臉頰浮現一抹紅暈。「當我愈和您親近，就愈覺得如果我說出真相，您就不會再光顧了。」

我的推測真是膚淺又可笑。沒有一次猜對。

片刻後，喀啦喀啦的聲音就停了。她拉開手搖式磨豆機的抽屜，聞了聞豆香，露出沉醉的表情說：

「這次也磨得非常完美。」

「事情也告一段落了，對吧？」

查爾斯在我腳邊附和似地喵了一聲。筆直豎起的尾巴有如慶祝圓滿結局而升起的旗幟般惹人憐愛。

「哎呀，讓我們來舉杯慶賀吧！現在又有才剛磨好的豆子，就請妳用它煮一杯熱騰騰的咖啡吧。」

從走進店裡到現在，我總算點了一杯飲料，但美星咖啡師卻板起面孔，冷淡地回答：

「我拒絕。」

……沉默了數秒後，只傳來一道貓叫聲。

「呃，我好歹也是客人吧。」

「可是您不是說我煮的咖啡味道變差了嗎？」

唔呃，就不能把它當成我為了道別而編出的藉口嗎？

「您批評得沒錯。咖啡味道好像有點太甜了，我的技術還不夠熟練，和您相比，簡直望塵莫及。」

「拜託妳不要把我形容得那麼厲害好不好。而且妳根本還沒喝過我煮的咖啡。」

「是啊，所以現在要請您確實履行紙片上所寫的約定了。我也需要喝一杯來當作範本。」

我不禁臉色發青。所謂的約定應該需要雙方同意才能成立，單方面提出的要求應該不叫約定吧？因為工作的關係，我平常根本不介意在別人面前煮咖啡，但能煮出那麼完美咖啡的人，現在卻叫我煮一杯給她當範本，情況當然不一樣。

當我們還在交談的時候，她已脫下圍裙，默默地開始準備打烊了。接著，她對完全愣在原地的我說：

「好了，我們走吧。」

「走去哪？」

一聽到我的回答，切間美星就笑了。這是她今天第一次在我面前笑了。

從初次相遇那天為她著迷以來，她經常露出這種笑容，次數多到數不清。但我還是覺得現在的笑容比過去的每一瞬間都還美好。任何人都擁有、但她長久以來卻一直避免碰觸的心門，希望能被某個人打開，讓自己敞開心胸。僅有懷抱如此想法的人，才能體會甜蜜的滋味。如果稍微帶有一點優越感也沒關係，我想用這個解釋來說服自己。

真是太好了。美星小姐能夠找回那種感情真是太好了。

「去哪？您不是要去工作嗎——我想品嘗您煮的咖啡。沒問題吧，大和先生？」

話雖如此，其實也沒有那麼甜蜜嘛。我現在突然可以體會想跟法國伯爵訴苦的心情了。

後記

能夠左右人生的，
向來都是意想不到的緣分

能夠左右人生的，向來都是意想不到的緣分吧！

當我夢想成為小說家，同時過著看不見未來的打工生活時，一位前輩帶著不知下一部作品該寫什麼題材的我去喝酒。我們去的店家正好有活動，所以在我們喝酒時，偶爾會有不認識的客人上前攀談。

當我和一位看起來與我年齡相仿的女性交談時，難免會碰上必須自我介紹的時機。我支支吾吾地含糊帶過難以啟齒的經歷後，便反問她從事什麼職業。

我是咖啡師。她如此回答，似乎很引以為榮。

我頓時靈光一閃——啊，就是這個。

於是我以這無意間的偶遇為靈感，寫出一本偵探女咖啡師的小說，並投稿新人獎，最後幸運地獲得出道的機會。當時我只能以為數不多的打工費勉強餬口，忍受著對未來的不安，關在自己房內埋頭寫小說，是切間美星帶領我來到外面的世界。

經過改寫後，她的故事呈現在眾人面前，還出乎意料地受到讀者歡迎，甚至跨越了海洋。原本被我鎖在只有三坪大的房間裡的她，竟在不知不覺間飛出我生活的這個國家。當我驚愕地目送她的背影時，突然想到了一件事。

倘若那天我沒有和女咖啡師交談、我去的那間店沒有特殊活動，前輩也沒有邀我去喝酒的話，又會怎麼樣呢？能夠左右人生的，向來都是意想不到的緣分啊！

現在，台灣的各位讀者也能夠看到這部作品。雖然這本書不至於左右各位的人生，但是身為作者，我會帶著有點雀躍的心情，期待這本書能成為一個美好的契機，替各位的日常生活增添些許色彩。

二〇一三年　岡崎琢磨

國家圖書館出版品預行編目資料

咖啡館推理事件簿：下次見面時請讓我品嘗你煮的咖啡／岡崎琢磨著；林玟伶譯. -- 二版. -- 臺北市：麥田出版：家庭傳媒城邦分公司發行, 2023.02
面；　公分. --（日本暢銷小說；65）
譯自：珈琲店タレーランの事件簿
ISBN 978-626-310-352-8（平裝）

861.57　　　111017540

城邦讀書花園
www.cite.com.tw

ISBN 978-626-310-352-8
電子書：978-986-173-938-0(E-PUB)
Printed in Taiwan.

日本暢銷小說 65

咖啡館推理事件簿
——下次見面時請讓我品嘗你煮的咖啡

作者｜岡崎琢磨
譯者｜林玟伶
地圖繪製｜張瓊文
封面設計｜莊謹銘
責任編輯｜宋敏菁（初版）、丁寧（二版）
總編輯｜巫維珍

編輯總監｜劉麗真
總經理｜陳逸瑛
發行人｜凃玉雲
出版｜麥田出版
10483台北市中山區民生東路二段141號5樓
電話：(02) 2500-7696
傳真：(02) 2500-1967
發行｜英屬蓋曼群島商家庭傳媒股份有限公司城邦分公司
地址：10483台北市中山區民生東路二段141號11樓
網址：www.cite.com.tw
客服專線：(02) 2500-7718｜2500-7719
24小時傳真專線：(02) 2500-1990｜2500-1991
服務時間：週一至週五09:30-12:00｜13:30-17:00
劃撥帳號：19863813　戶名：書虫股份有限公司
讀者服務信箱：service@readingclub.com.tw
香港發行所｜城邦（香港）出版集團有限公司
地址：香港灣仔駱克道193號東超商業中心1樓
電話：+852-2508-6231
傳真：+852-2578-9337
馬新發行所｜城邦（馬新）出版集團【Cite (M) Sdn Bhd】
地址：41-3, Jalan Radin Anum, Bandar Baru Sri Petaling, 57000 Kuala Lumpur, Malaysia.
電話：+603-9056-3833
傳真：+603-9057-6622
讀者服務信箱：service@cite.com.my
麥田部落格｜http://ryefield.pixnet.net

印刷｜中原造像股份有限公司
初版一刷｜2013年7月
二版一刷｜2023年2月
定價｜320元